Erhard Bauer

Amuns Tochter

Glück meines Lebens
Für Sonja und Manuel

Originalausgabe - Erstdruck

Erhard Bauer

Amuns Tochter

Historischer Roman
aus dem alten Ägypten

Schardt Verlag Oldenburg

Bibliographische Information der Deutschen Bibliothek:

Die Deutsche Bibliothek verzeichnet diese Publikation in *Der Deutschen Nationalbibliografie*; detaillierte bibliographische Daten sind im Internet über *http://dnb.ddb.de* abrufbar.

1. Auflage 2007

Schardt Verlag
Uhlhornsweg 99a
26129 Oldenburg
Tel.: 0441-21779287
Fax: 0441-21779286
Email: schardtverlag@t-online.de
Herstellung: Fuldaer Verlagsanstalt

ISBN 978-3-89841-310-7

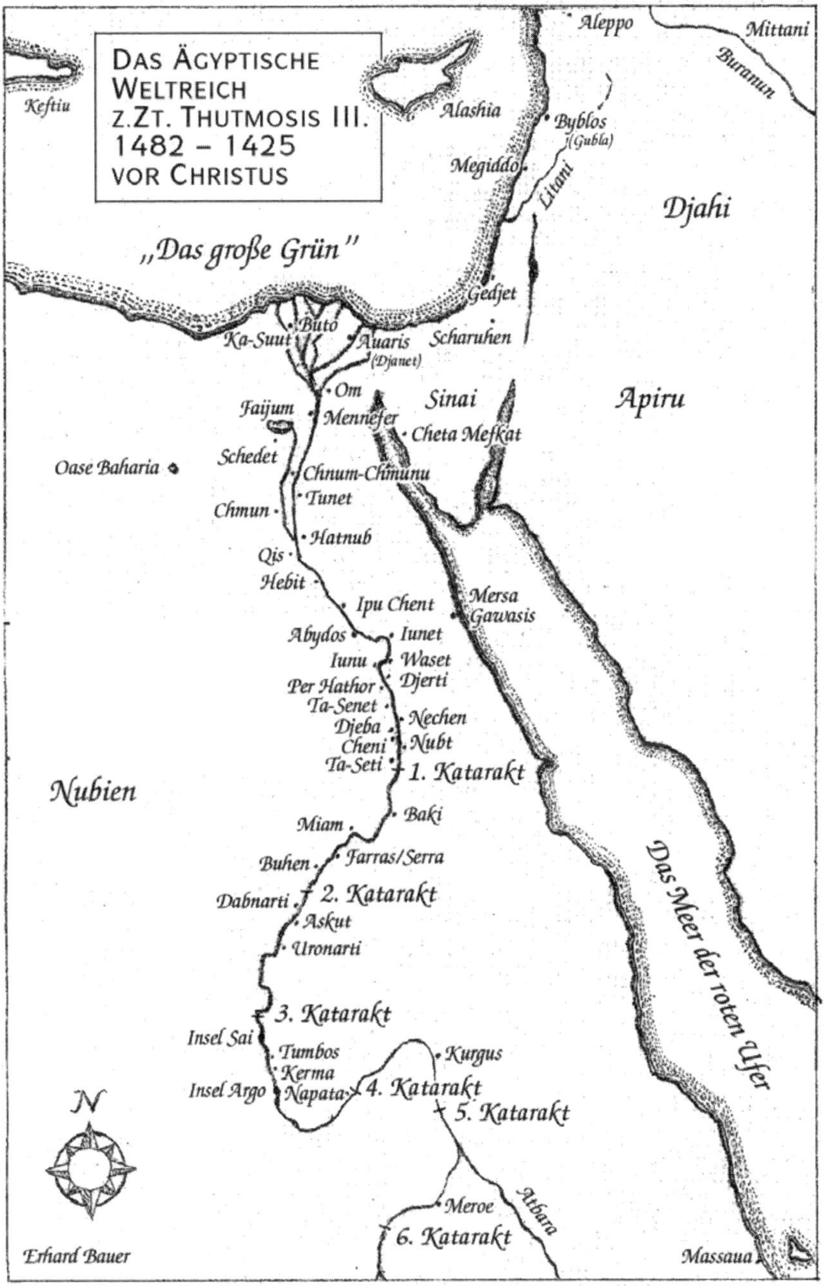
Das Ägyptische Weltreich z.Zt. Thutmosis III. 1482 – 1425 vor Christus
Keftiu
Alashia
Aleppo
Mittani
Buranun
Byblos
(Gubla)
Megiddo
Litani
Djahi
„Das große Grün"
Gedjet
Buto
Ka-Suut
Auaris
(Djanet)
Scharuhen
Om
Sinai
Apiru
Faijum
Mennefer
Cheta Mefkat
Schedet
Oase Baharia
Chnum-Chmunu
Tunet
Chmun
Hatnub
Qis
Hebit
Ipu Chent
Mersa
Gawasis
Abydos
Iunet
Iunu
Waset
Per Hathor
Djerti
Ta-Senet
Nechen
Djeba
Cheni
Nubt
Ta-Seti
1. Katarakt
Nubien
Baki
Miam
Buhen
Farras/Serra
Dabnarti
2. Katarakt
Askut
Uronarti
Das Meer der roten Ufer
3. Katarakt
Insel Sai
Tumbos
Kerma
Kurgus
Insel Argo
Napata
4. Katarakt
5. Katarakt
N
Meroe
Atbara
6. Katarakt
Erhard Bauer
Massaua

Handelnde Personen

Hatschepsut, Tochter des Pharao Thutmosis I, dann Ehefrau des Pharao Thutmosis II, zuletzt regierende Pharaonin mit dem Königsnamen Makarê.
Thutmosis I, Vater der Hatschepsut, Königsname Ahkeperkarê.
Senmut, Baumeister und Großfürst unter Hatschepsut.
Thutmosis III, Stiefsohn und Mitregent der Hatschepsut, Königsname Menkheperrê.
Thutmosis II, Ehemann der Hatschepsut, Königsname Ahkeperenrê.
Ineni, Baumeister und Bürgermeister von Theben unter drei Pharaonen.
Imhotep, Wesir und Erzieher unter zwei Pharaonen, Leibarzt des Königs.
Amathu, Hohepriester des Amun.
Amun-Weser, Wesir unter zwei Pharaonen, Sohn mit dem gleichen Namen.
Amunmosis, Sohn und Thronfolger des Ahkeperkarê.
Amosis Pennechebet, General und oberster Befehlshaber der Militärmacht.
Nofrurê, Tochter der Hatschepsut.
Satrê, Amme und Dienerin der Hatschepsut.
Hapuseneb, Hohepriester des Amun unter Hatschepsut.
Ahmes, Hauptfrau des Ahkeperkarê, Mutter Hatschepsuts.
Mutnofred, zweite Ehefrau des Ahkeperkarê, Mutter des Ahkeperenrê.
Thure, Statthalter und Vizekönig Nubiens.
Manos, König von Nubien.
Isis, zweite Ehefrau des Ahkeperenrê.
Senimen, Bruder des Senmut.
Kenhir, Sem-Imutef-Priester des Sobek, großer Magier.
Nefer-Irdis, Geliebte des Senmut.
Nehesi, General, Großfürst und Siegelbewahrer der Hatschepsut.
Amunhotep, Haushofmeister und Vermögensverwalter der Hatschepsut.
Useramon, Sohn des Imhotep, Wesir und oberster Leiter der Werften.
Thot, Herold und Mundschenk der Hatschepsut.
Puemre, zweiter Prophet des Amun.
Thuti, Fürst und Schatzhausvorsteher der Hatschepsut.
Aja, oberster Späher des Ahkeperkarê.
Hunefer, Vorsteher der Nilmesser.
Parahu, König von Punt.
Suttarna, König von Mitanni.
Anat, **Sabity**, **Tefnet**, Prinzessinnen und Töchter hoher Beamter, Kinder des Kep.
Kanu, Vorsteher der Pferde in der Garnison Mennefer.

Erläuterung der Namen und Begriffe finden Sie im Glossar am Schluß des Buches.

Prolog

Meine Freunde und ich hatten die geheimnisvollen Grabkammern im Tal der Könige gesehen. Keiner von uns sprach ein Wort – zu sehr waren wir von den Totenstätten der Pharaonen beeindruckt.

Adel Yassin, der junge, ägyptische Fremdenführer respektierte unser Schweigen. Durch sein Ingenieurstudium an der Universität Stuttgart war er in der Lage, uns die Wunder des Alten Ägypten in perfektem Deutsch nahezubringen. Er schaute auf seine Armbanduhr: „Es ist noch früh am Tage. Hätten Sie Lust, noch etwas sehr Schönes zu sehen?" fragte er, und seine lustigen, schwarzen Knopfaugen musterten unsere ernsten Mienen.

Selbstverständlich wollten wir; Adel war ein hervorragender Guide und wir daher gewillt, ihm überall hin zu folgen.

Er zeigte nach oben. Die Berge waren von den Schleifen kreideweißer Wegspuren überzogen. „Dort müssen wir hinauf, kommen Sie", rief er.

Und wir quälten uns bei vierzig Grad im Schatten die Serpentinen nach oben. Mancher meiner Freunde bereute bereits, sich diesem Unternehmen angeschlossen zu haben.

Dann endlich hatten wir den steinigen Bergkamm erreicht.

Da tat sich eine Aussicht von großartiger Weite auf. Raubvögel kreisten über Wüste, Feldern und fruchtbaren Ebenen, auf denen Palmen ihre langen Schatten warfen. Das silbrige Band des Nil war bestückt mit vielen Feluken. Die Segel dieser Boote wirkten wie schrägsitzende Falterflügel. In flimmernder Ferne erkannte man die Tafelberge der östlichen Wüste.

Adel zeigte nach unten: „Schauen Sie, dort steht der Terrassentempel von Der-el-bahari, eine der schönsten Schöpfungen der Menschheit."

Als mein Blick seinem Zeigefinger folgte, war ich wie betäubt. Das Halbrund der Berge umfaßte schützend ein wunderbares Bauwerk und bildete mit ihm eine unvergleichliche Einheit. Der Tempel, rückwärtig in die Felsen hineingebaut, lehnte sich an die steile Felswand wie gegen den Brustkorb eines gigantischen Löwen.

„Wer hat das gebaut?" fragte ich Adel fassungslos.

„Eine Frau", war die lakonische Antwort.

Wir tasteten uns vorsichtig zwischen Kalksteingeröll dreihundert Meter fast senkrecht in die Tiefe. Bei jedem Schritt kamen die kristallinen Kolonnaden des Tempels mehr zum Vorschein, und je tiefer wir hinabstiegen, um so erhabener wuchsen die schroffen Kliffen der mächtigen Felswände.

Wie in dreimaligem Anlauf schwang sich unser Blick über schmale, elegante Rampen zu den drei Säulenhallen nach oben.

Während wir voller Staunen und Bewunderung dieses geheimnisvolle Heiligtum betraten, erzählte Adel die Geschichte einer Gottkönigin, die vor 3500 Jahren gelebt hatte.

I

Als vor Jahrmillionen die Wassermassen des mächtigen Urhapi langsam in sein heutiges Bett zurückwichen, hinterließen sie die schroffen Felskliffen am Plateau der westlichen Wüste. Es bildeten sich riesige Buchten mit steil sich auftürmenden, rötlich schimmernden Klippen.

Hoch auf einem dieser Felsen standen vier Sonnenpriester des Amun in der Dämmerung eines noch jungen Tages und warteten auf den Sonnenaufgang. In der Ferne, am gegenüberliegenden Hapi-Ufer, konnte man die riesigen Pylone und die beiden Krönungsobelisken des Ahkeperkarê in der Götterstadt Karnak bereits erkennen.

Plötzlich leuchteten die Obelisken grell auf. Der erste Strahl der Morgensonne hatte sich auf den vergoldeten Spitzen der mächtigen Felsnadeln festgesetzt.

„Rê ist gekommen!" rief einer der Priester. Mit langgezogenen Rufen verkündeten die vier Diener Amuns den Anbruch des neuen Tages. Andere Priester im noch dunklen Talgrund nahmen die Rufe auf und gaben sie weiter.

Unweit dieser Stelle, noch am Westufer des Hapi, hatte sich der Morgentau schwer auf die Palastgärten des Ahkeperkarê gelegt. Das Eingangstor war umsäumt von zwei riesigen Löwen aus schwarzem Granit. Unzählige Bäume, Sträucher und Blumen bedeckten das mit hohen, bemalten Mauern umgebene Land. Geschwungene Brücken führten über Wasserläufe und Teiche. Grünes Moos bedeckte die Ufer. Zahlreiche Vögel waren erwacht und zwitscherten. In den Teichen glitzerte das weiße Gefieder von Schwänen. Kraniche bewegten sich zwischen Schilf und Lotus.

Das Wasser der plätschernden Bäche wurde durch klappernde Schadufs in Gang gehalten. Seltene Fische schwammen in der langsamen Strömung. Bei zunehmender Wärme schaukelten bunte Schmetterlinge in der Luft. Hunderte von Seerosen schwammen auf einem größeren Gewässer. Es war der See der Ibisse. Diese Vögel symbolisierten Thot, den Gott der Weisheit. Stolz und ruhig bewegten sich diese Geschöpfe am Ufer. Es waren die Lieblingstiere des Pharao. Hin und wieder legte einer der Vögel den Hals nach hinten, um mit dem Schnabel das Gefieder zu putzen.

Hinter einem Wall von mächtigen Dattelpalmen erhoben sich die Mauern des Palastes. Malkatta, die königliche Residenz, war sehr umfangreich. Neben dem Thronsaal befanden sich die Bezirke der Königinnen. Daran schlossen sich die Wohnungen der Kinder des Kep an, in denen die Söhne und Töchter vornehmer Tameri-Familien und nubischer Fürsten, zusammen mit den Prinzen und Prinzessinnen des Königs erzogen wurden. Dahinter standen die Amtsgebäude, in denen die höchsten Beamten des Pharao, allen voran der Tatji, residierten.

An diesem Morgen erwachte im Palast ein zwölfjähriges Mädchen unter einem Baldachin aus feinstem Leinen. Eine Frau hatte sie sanft gestreichelt und wachgeküßt. „Wache auf, liebe Hat, die Sonnenpriester haben längst die Ankunft deines göttlichen Vaters verkündet", sagte die Frau mit warmer Stimme.

Mit großen, dunklen Augen schaute die Erwachende auf das Gesicht über ihr. Die schwarze Kinderlocke fiel neben der wohlgerundeten Stirn des Mädchens herab. Eine schmale, leicht gebogene Nase und ein ausdrucksvoller Mund verschönten das junge Gesicht.

„Satrê", rief sie und schlang die Arme um die Frau, „der große Imhotep wird uns heute besuchen. Ein schöner Tag."

Flink hüpfte sie aus dem Bett. Satrê, die ehemalige Amme und jetzige Dienerin des Mädchens, kleidete das Kind an, das froh und munter immerzu redete. „Was glaubst du, wird Amunmosis bald aus Wawat zurück sein?"

„Ja", erwiderte die Amme, „der Kronprinz wird schon sehr bald erwartet. Es war seine erste große Reise im Auftrag deines Vaters. Ich wünsche ihm von ganzem Herzen, daß er diese Reise glücklich und erfolgreich beenden wird."

„Liebst du ihn genau so wie mich?"

„Ja, er ist ja auch dein zukünftiger Mann."

„Ach, Amunmosis hat mich nie beachtet, er wollte immer nur mit den anderen Knaben kämpfen."

„Es kommt der Tag, an dem er dich beachten wird, denn ohne dich kann er niemals Pharao werden."

„Das weiß ich von Imhotep, auch daß das Blut Amuns in mir ist."

„Ja, und eines Tages wirst du die Königin Tameris sein."

Die kleine Hatschepsut wurde still, und die beiden begaben sich auf den Weg zur Residenz des Tatji Imhotep.

Über die ungeheure Macht des Ahkeperkarê wachten vier Männer. Wie vier große Säulen ein ganzes Gebäude stützen, so trugen diese vier Vertrauten des Königs die Verantwortung für das Riesenreich.

Die erste Säule stellte der Baumeister Ineni dar. Er plante und überwachte die Tempel und Bauwerke, die zum Ruhme Ahkeperkarês entstanden. Er diente auch als Bürgermeister der Hauptstadt Waset.

Der zweite Mann des Königs – Amathu – war der Hohepriester des Amun. Als erster Stellvertreter des Pharao im Kult des Reichsgottes und oberster Vorgesetzter über ein tausendfaches Heer von Priestern im ganzen Land, herrschte er über den Amun-Tempel in Karnak.

Der dritte Mann des Pharao hieß Amun-Weser. Er residierte in Mennefer und war Tatji des Nordens und überwachte die Abgaben des Hapideltas – neben dem Gold Nubiens die wichtigste Einnahmequelle des Landes. Amun-Weser sprach Recht und Ordnung als oberster Richter des Königs im Norden.

Die vierte Säule des Reiches war Imhotep, der Tatji des Südens. Der König bevorzugte die Nähe dieses Mannes, da er ihn besonders schätzte. Imhotep überwachte die Goldeinfuhren Wawats nach Tameri und stellte Recht und Gesetz im Süden dar. Wenn es seine Zeit zuließ, kümmerte er sich auch um die Erziehung der Kinder des Kep.

An diesem Morgen, als die kleine Hatschepsut mit ihrer Amme zum Schulzimmer unterwegs war, fühlte sich Imhotep nicht gut. Er hatte schlecht geschlafen und wirre Träume gehabt. Deshalb verzichtete er auf die sonstigen Schreiblektionen und erzählte den Kindern aus der uralten Geschichte der Romêt.

Hatschepsut war froh, daß sie ihr Schreibzeug heute nicht benutzen mußte. So legte sie mit einem Seufzer der Erleichterung ihre Schreibtafel aus Sykomorenholz beiseite und lauschte erwartungsvoll der Stimme ihres großen Lehrmeisters. Sie liebte ihn mit der ganzen Inbrunst einer Zwölfjährigen. Die gütige Ausstrahlung des Tatji wirkte auf sie wie die Wärme der Sonne.

Imhotep ließ mit seiner angenehmen Stimme eine längst vergangene Epoche Tameris auferstehen: „Vor vielen tausend Jahren regierte im Lande Tameri ein König mit dem Namen Osiris. Seine Gemahlin Isis war seine Schwester, wie es unter Gottkönigen bis heute noch üblich ist. Osiris vermehrte den Reichtum des Landes. Er war ein kluger Herrscher. Er lehrte sein Volk den Anbau von Feldfrüchten, so daß aus den umherziehenden Jägern seßhafte Bauern wurden. Er zeigte ihnen, wie man Wein und Bier gewinnt und unterrichtete sie in der Weidewirtschaft.

Der Zwillingsbruder des Osiris hieß Seth, und auch er hatte seine Schwester Nepthys zur Frau genommen. Die erfolgreiche Regierung des

Osiris erzeugte bei seinem Bruder großen Neid, und Seth grübelte ohne Unterlaß, wie er den König vernichten könnte."

Imhotep machte eine kleine Pause und schritt zum Fenster. Schon jetzt waren die Kinder im Bann der Geschichte und rührten sich nicht. „Heimlich hatte Seth die Maße seines Bruders genommen. Er ließ einen prunkvollen Sarkophag bauen und diese kostbare Lade in einen Festsaal bringen. Er lud seinen Bruder und dessen Gefolge zu einem rauschenden Erntedankfest ein und gab vor, ihm zu huldigen. Isis war kurz vor der Niederkunft ihres ersten Kindes und konnte nicht teilnehmen. Der arglose Osiris ließ sich von nur wenigen Wachen begleiten. Als er inmitten der Früchte und Opfergaben die herrliche Lade erblickte, war er begeistert und fragte seinen Bruder, was es damit auf sich habe.

‚Alle Gäste dürfen sich hineinlegen', erklärte Seth. ‚Derjenige, der in den Sarkophag hineinpaßt, erhält ihn als Geschenk. Diese Liegeprobe soll der Höhepunkt meines Festes für dich sein.'

Voller Vergnügen folgten die Anwesenden diesem Angebot. Doch keiner füllte den Hohlraum vollständig aus, auch Seth selbst nicht.

Der König war der letzte, der es versuchte. Sein Körper paßte genau hinein. In diesem Augenblick schlug Seth den Deckel zu. Seine Krieger überwältigten die wenigen Wachen des Osiris. Dann wurde der Sarkophag mit geschmolzenem Metall versiegelt. Die Schergen des Seth trugen ihn hinab zum Hapi und ließen ihn zu Wasser. Als die Sonne unterging, schwamm die kostbare Lade mitten im Fluß zum Delta. Osiris erstickte elendig in seinem hölzernen Sarg."

Imhotep schwieg. Er beobachtete, wie ergriffen die Kinder waren. Die Knaben Thuti, Hapuseneb, Useramun, Puemre, Amunhotep und Thutmosis versuchten vergeblich, ihre Gefühle zu verbergen. Eine seltsame Blässe überzog ihre Gesichter. Eine Ausnahme bildete Nehesi, denn er hatte die schwarze Haut seiner Väter. Die Mädchen Anat, Sabity und Tefnet ließen ihrer Erschütterung freien Lauf, dicke Tränen rannen über ihre Wangen. Nur in Hatschepsuts Augen konnte man Zorn und Wut ausmachen. Der Tatji fuhr fort: „Als die Königin Isis die Kunde vom Tod ihres Mannes vernahm, schrie sie laut ihr Leid und ihre Klage zum Himmel. Sie begann, im Schwemmland und in den Sümpfen des Deltas nach dem Sarg zu suchen. Geleitet von ihren engsten Vertrauten fand sie den Sarkophag, der sich fast unsichtbar unter Wurzeln verfangen hatte. Zwei starke Männer öffneten ihn und fanden Osiris in einem grauenvollen Zustand vor. Würmer bedeckten den ganzen Leichnam. Unter Wehklagen legte Isis sieben

Skorpione auf das Gesicht und den Körper des toten Königs. Die Tiere fraßen die Würmer und verließen danach gesättigt den Sarg. Sorgfältig und zärtlich reinigte Isis ihren Gatten.

Sie trauerte lange an der offenen Lade. Schließlich fühlte sie, wie der Tag ihrer Niederkunft nahte. Sie ließ zwei Wachen am Sarkophag zurück und begab sich nach Mennefer. Dort gebar sie einen Sohn und nannte ihn Horus.

Seth aber wurde mißtrauisch. Er suchte im Delta und jagte durch die Sümpfe, bis er schließlich die Lade fand. Leise schlich er sich an und tötete die Wachen. Danach zerstückelte er den Leichnam seines Bruders vierzehnmal und begann, die Leichenstücke in weitem Umkreis zu verteilen."

Imhotep schwieg. Er bemerkte Hatschepsuts verzweifeltes Gesicht und ermunterte sie mit einem Nicken zum Reden.

„Sein Ka", flüsterte sie, „ohne den Körper ist sein Ka heimatlos und kann nicht leben."

„Ja", bestätigte der Tatji, „wer von euch kann mir diesen Zustand erklären?"

Hapuseneb, der Sohn eines hohen Amunpriesters, begann mit leiser Stimme zu sprechen: „Der Schöpfergott Chnum formt den Menschen aus Hapischlamm, bevor er ihn in den Leib seiner Mutter legt. Gleichzeitig bildet er einen Doppelgänger, der den Menschen unsichtbar ein Leben lang begleitet. Dieser unsterbliche Doppelgänger ist das Ka. Das Ka ist die Lebenskraft und das Schicksal des Menschen. Es bildet seine Natur und sorgt dafür, daß der Mensch nach dem Tod bei den Göttern weiterlebt. Aber es braucht die sterbliche Hülle des Menschen als Haus, in das es immer wieder zurückkehren kann."

„Sehr gut", sagte Imhotep, „jetzt wißt ihr auch, warum Isis über den Zustand ihres Mannes so verzweifelt war. Sie versuchte mit aller Macht, die versteckten Körperteile des Osiris zu finden. Durch die gnädige Mithilfe des schakalköpfigen Totengottes Anubis war diese traurige Suche schließlich erfolgreich.

Isis legte die halbverwesten Leichenteile in Natron.

Nach siebzig Tagen begrub sie den zusammengesetzten Körper des Osiris im heiligen Abydos. Das Ka des Königs überlebte. Seit dieser Zeit ist Osiris Gott der Duat, der Welt der Toten. Wenn wir sterben, ist er unser schützender Begleiter. Er ist der Garant für das Leben unseres Ka."

Müde vom Vortrag hatte Imhotep sich hingesetzt. Die Hitze des Tages legte sich auf ihn und die Kinder. Die bleierne Müdigkeit wurde jedoch von einer seltsamen Unruhe vertrieben. Imhotep konnte es sich nicht erklären, aber er hatte das Gefühl von aufkommendem Unheil. Abrupt versuchte er, diese schweren Gedanken zu vertreiben. Er stand auf und erzählte weiter: „Seth ahnte, daß ihm von dem kleinen Sohn des Osiris Gefahr drohte. Wenn Horus zum Manne würde, hätte er einen unerbittlichen Feind, dessen oberstes Ziel hieße, den Vater zu rächen. Also versuchte er alles, um sich des Kindes der Isis zu bemächtigen. Er verfolgte sie unerbittlich und versprach demjenigen Gold und Wohlstand, der Isis' Aufenthaltsort verraten würde. Als König des Landes Kem besaß er alle Macht, und es war nur eine Frage der Zeit, bis der Kindesmord geschehen würde."

Während der kurzen Pause, die jetzt folgte, bemerkte Imhotep, daß auch die Kinder voller Unruhe und Spannung waren.

„In höchster Not flüchtete Isis mit wenigen Getreuen nach Gubla. In diesem Land, dessen Macht vom Litani bis zum Hapidelta reichte, war sie vor den Nachstellungen des Seth sicher.

Horus wuchs heran. Er wurde ein Mann voller Kraft und Schönheit. Der Tag kam, an dem er ins Land seiner Väter zurückkehrte. Kaum hatte der junge Horus die Grenzen Tameris überschritten, jubelten die Massen, die den Königsmord nie vergessen hatten, und folgten ihm. Seth, dessen Herrschaft von Anfang an hart und grausam gewesen war, flüchtete nach Oberägypten. In Abdju, nahe des Osiris-Grabes, wurde Seth von Horus gestellt. Es kam zum Kampf. Die Anhänger der beiden Gegner bildeten einen Kreis. Während Horus und Seth sich einander näherten, entstand eine Totenstille."

Jetzt spürten die Kinder nicht mehr die unerträgliche Hitze Wasets. Sie schauten gebannt auf den Tatji und erwarteten atemlos die Geschichte dieses Kampfes.

„Blitzschnell zog Horus sein Schwert. Es klang wie das Zischen einer Cobra, als die Waffe die Scheide verließ. Seth atmete tief. Er wußte, als er sein Schwert zog, daß sein Gegner diesen Tag der Rache herbeigesehnt hatte. Daß der jugendliche Mut sich in Übermut verwandeln und dies seine Chance werden könnte, hoffte Seth.

Langsam ging Horus auf seinen Onkel zu. Sorgfältig registrierte er jede Regung in dessen Augen. Gedankenschnell schlug Seth zu, doch Horus parierte wachsam. Laut krachte Metall gegen Metall. Der Kampf war ausgeglichen. Jedoch schien sich mehr und mehr die jugendliche Kraft und

Stärke des Horus durchzusetzen. Seth war verzweifelt, denn er spürte, wie seine Kräfte langsam erlahmten.

Da setzte Seth mit letzter Kraft zum alles entscheidenden Angriff an. Er warf sein Schild beiseite und schwang jetzt mit beiden Armen das Schwert, um Horus den tödlichen Schlag beizubringen. Doch Horus wehrte mit seinem Schild den brachialen Schlag ab. Seths Schwert löste sich mit einem sirrenden Klingen aus seiner Hand. Nun war es an Horus, seinen wehrlosen Gegner zu töten.

Doch der alte Kämpfer Seth gab noch nicht auf. Blitzschnell duckte er sich, während der Schwertstreich des Horus ins Leere zischte. Er rammte die Beine seines jungen Gegners. Während Horus stürzte, entglitt ihm sein Schild. Seth packte zu und schmetterte es seinem Neffen ins ungeschützte Gesicht. Dieser Schlag brach Horus die Nase, und er verlor ein Auge. Das Schwert entfiel seiner Hand, und der heftige Schmerz machte ihn fast besinnungslos.“

Die Kinder waren entsetzt.

Der Tatji erzählte weiter: „Der Mensch wird am stärksten, wenn er durch Schmerzen seinen wahren Mut erreicht. Der junge Held erhob sich. Unbewaffnet standen sich nun die beiden Kämpfer gegenüber. Seth legte seinen Brustpanzer ab, und Horus tat es ihm nach. Dann begann ein erbarmungsloser Ringkampf. Keuchend und schwer atmend fühlte Seth, wie der Jüngere die Oberhand gewann. Seine Gegenwehr ermattete mehr und mehr. Halb bewußtlos hörte er, wie Horus nach Stricken rief. Er spürte, daß sein Gegner ihn fesselte und konnte nicht mehr widerstehen.

Erschöpft verließ Horus das Feld. Seine schwere Verwundung wurde gewaschen und gepflegt. Ermattet und müde legte er sich zur Ruhe.“

Wie erlöst hatten sich die Kinder aufgerichtet. Imhotep schloß die Geschichte mit den Worten: „Seth wurde in die Wüste verbannt und Horus zum neuen König Tameris ausgerufen. Damit wurde Horus zum Stammvater der Pharaonen. Jeder König Tameris ist seitdem ein lebender Horus. Möge die Göttin Maat diese Ordnung immer garantieren, damit es uns gut geht im diesseitigen Leben.“

Imhotep entließ die Kinder. Entgegen ihrer sonstigen Gewohnheit verließen sie heute still und langsam das Zimmer.

Satrê erwartete ihren Schützling mit einem Schilfkorb. Während Hatschepsut ihrer Amme die Geschichte von Isis und Osiris erzählte, gingen sie durch den Palastgarten und ließen sich unter einer riesigen Dattelpalme nieder. Satrê öffnete ihren Korb, und sie aßen die Früchte, die die Amme mitgebracht hatte.

Als sie sich zur Ruhe legten, fragte Hatschepsut schon im Halbschlaf: „Bitte, liebe Satrê, gehen wir nachher nach Birket Habu?“

Satrê nickte, und die beiden schliefen bei leise plätschernden Wassern ein.

Birket Habu war ein großer, künstlich angelegter Hafen am Rande der Gärten Malkattas, den ein Kanal mit dem Hapi verband. Jeden Tag legten Schiffe aus fremden Ländern an mit Dingen, die in die Lagerhallen und Schatzkammern der Residenz getragen wurden. Als Hatschepsut mit ihrer Amme das Hafengelände betrat, wurde sie von den Wachen respektvoll begrüßt. Voller Begeisterung nahm die Königstochter die vielen prachtvollen Gegenstände, die an Land getragen wurden, in Augenschein.

Zedernholz aus Gubla, Getreide, Silber und Wein aus Naharina. Elfenbein und Ebenholz in kleinen Balken aus dem Sudan, daneben Straußenfedern, Eier und Pantherfelle. Wunderschöne Tongefäße, Bergkristalle und Malachit aus dem minoischen Keftiu. Honig und Öl aus Alashia und Kupfer vom Sinai. Türkise aus Cheta Mefkat und Anty, das Myrrhenharz aus dem Inneren Afrikas. Überall saßen die Schreiber des Tatji und führten genaue Listen auf Papyrusblättern.

Schließlich mahnte Satrê zum Aufbruch, denn der König beabsichtigte, im Familienkreis zu speisen.

Das kleine Speisezimmer des Palastes lag neben dem Thronsaal. Die Wände waren mit schönen Malereien verziert und der Boden mit Intarsien ausgelegt. Die bereits anwesenden Gattinnen des Königs, Ahmes und Mutnofred, unterhielten sich.

Die ranghöchste Frau am Hof war Ahmes, die Große Königliche Gemahlin. Mutnofred, als erste Frau des Thutmosis vor seiner Ernennung zum Thronfolger, nahm in der Hierarchie der Frauen den zweiten Platz ein. Die große Kindersterblichkeit Tameris machte auch vor dem Hof des Pharao nicht halt. Von den beiden Töchtern der Ahmes lebte nur noch Hatschepsut, Neferubity war im zarten Alter von vier Jahren gestorben. Von den drei Söhnen der Mutnofred war Wadmosis, der zweitälteste, ebenfalls nicht mehr am Leben.

Als Hatschepsut mit ihrer Amme den Speisesaal betrat, begrüßten sie die beiden ersten Damen. „Imhotep wird mit uns essen“, strahlte die Prinzessin. Der junge Prinz Thutmosis erschien und setzte sich neben seine

Mutter. Als sich die Tür zum Thronsaal öffnete, verstummte die Unterhaltung.

Seine Majestät Thutmosis der Erste, Gottkönig von Ober- und Unterägypten, Akheperkarê, der lebende Horus unter den Menschen, Sohn der Sonne, betrat das Zimmer. Er war in angeregter Unterhaltung mit Imhotep. Respektvoll hatte sich seine Familie erhoben und verneigte sich tief vor ihrem König und Vater.

Dieser Mann war von kräftiger Statur. Man sah ihm an, daß er sich in den vielen Feldzügen seiner massiven Eroberungspolitik gestählt und oft gelitten hatte. Eine breite Narbe quer über seinem Gesicht kündete von dem Kampfesmut dieses mächtigen Pharao. Der König setzte sich, und die Dienerschaft brachte das Essen. Zuerst wurden seltene Fische vom Hapi serviert, dann verschiedenes Geflügel. Der Nachtisch bestand aus Kuchen und Obst.

Ahkeperkarê wandte sich an seine Tochter: „Kleine Hat, Imhotep hat euch heute die Osirislegende erzählt. Kannst du mir sagen, warum Horus den Seth verschont hat?“ Er sah sie mit wachen Augen an und wartete gespannt auf ihre Antwort.

„Ich glaube, es ist des Königs Recht, Gnade walten zu lassen“, sagte das Mädchen.

„Ich hätte Seth getötet“, entgegnete ihr Vater knapp, aber bestimmt. Hatschepsut erschauerte etwas ob der harschen Antwort des Vaters.

Plötzlich öffnete sich die Tür und der Herold des Königs rief: „Der oberste Heerführer Amosis Pennechebet und der Schreiber Senmut erbitten Audienz bei Seiner Majestät, dem König.“

‚Wo ist Amunmosis‘, schoß es dem König durch den Kopf. Er erhob sich ruckartig und begab sich in den Thronsaal. Das Herz Imhoteps krampfte sich zusammen. Er spürte, daß jetzt die Auflösung seiner düsteren Ahnungen bevorstehen würde.

II

Eine königliche Barke segelte hapiaufwärts. Man erkannte sie an dem weißblauen Wimpel des Pharao, der hoch über dem breiten Segel flatterte. Zwei kioskartige Aufbauten an Bug und Heck mit kostbar geschnitzten Tierfiguren schaukelten auf und nieder. Der Wind hatte nachgelassen, man näherte sich der ersten Hapischnelle. Die Ruderer mußten zum ersten Mal seit Waset eingreifen. Granitwände schoben sich an das Wasser heran und preßten es zu einer wuchtigen, schmalen Rinne zusammen. Geschickt wich der Steuermann den Untiefen und Felsriffen im Fluß aus.

„Amunmosis, möchtest du den Felsengräbern des Pepinacht einen Besuch abstatten?“ fragte ein älterer Mann vom mittleren Deckaufbau her.

„Nein, Mer-Mesha, ich möchte lieber bei Chnum verweilen“, antwortete ein blonder, junger Mann, der am Bug stand und aufmerksam die Fahrt des Schiffes beobachtete.

Die Insel Ta-Seti kam in Sicht. Die Bootsfahrer wurden von den Bewohnern der Flußinsel erwartet. Sie hatten den Kronprinzen noch nie gesehen, jedoch schon viel Wunderbares von ihm gehört. Vor allem seine Stärke und Geschicklichkeit im Umgang mit Pferd und Streitwagen sowie seine Kampfkraft mit Waffen hatte sich herumgesprochen. Sie wußten, daß er von seinem Vater im Jünglingsalter von neunzehn Jahren bereits zum stellvertretenden Mer-Mesha des Heeres erhoben worden war.

Langsam näherte sich die Barke dem Ufer. Einige Matrosen sprangen vom Schiff und zurrten es fest. Eine hölzerne Rampe wurde heruntergeklappt. Der erste der Wartenden war Thure, Vizekönig und Statthalter des Ahkeperkarê in Wawat. Alle fielen auf die Knie und verbeugten sich tief, als der Kronprinz die Rampe herabschritt.

Amunmosis begrüßte Thure herzlich und überbrachte die Grüße seines Vaters. Dann begaben sie sich durch ein Spalier gebeugter Rücken zur Residenz des Vizekönigs. Thure hatte seine Residenz mit zahlreichen Schätzen aus Wawat geschmückt. Dennoch war dieses Haus im Vergleich zum Malkattapalast in Waset eher bescheiden. Die Stühle und Tische des Raumes, den Thure mit seinen hohen Gästen betrat, waren allesamt mit Gold beschlagen. Edle Intarsien aus Holz und Elfenbein zierten die Wände.

Amunmosis, Mer-Mesha Amosis Pennechebet und der junge Schreiber Senmut saßen Thure und dessen Schreiber gegenüber. Sklavinnen aus Kusch tischten Fisch, Gemüse und Obst auf.

Nach einiger Zeit begann der Kronprinz zu sprechen: „Thure, du weißt, warum ich mit dem Mer-Mesha und Senmut gekommen bin. Der Goldtribut des Landes Kusch ist im Monat Pharmuti nur zur Hälfte erfüllt worden. Der mächtige Horus möchte die Gründe erfahren."

Der Vizekönig erwiderte: „Hoheit, es ist das erste Mal, daß im Warenverkehr mit Wawat Unregelmäßigkeiten aufgetreten sind. Seit einiger Zeit macht Manos, der Enkel Taharkas, den dein ruhmreicher Ahn Nebpechtirê bei Askut besiegt und getötet hat, Schwierigkeiten. Meine Mittelsmänner berichten, er wolle Kusch wieder zum Königreich machen und sich von Tameri lossagen. Dieser verweigerte Tribut ist anscheinend das erste Zeichen eines Aufstandes."

„Gab es schon Feindseligkeiten?" fragte der Mer-Mesha.

„Nein, es ist noch nichts bekannt."

„Gut, dann müssen wir die Reise nach Miam fortsetzen und Manos zur Rede stellen", sagte Amunmosis, „zuvor möchte ich aber der Ruhestätte des Hapi einen Besuch abstatten."

Dicht vor den Wassern des Kataraks erreichten die Männer die Insel Sehel mit dem Chnum-Heiligtum. Schon in uralter Zeit wurde hier dem Hapigott gehuldigt. Man sah in diesem Gebiet die Geburtsstätte des Flusses, von dem das Wohl und Wehe Tameris abhing. Das Augenpaar eines großgewachsenen Nubiers verfolgte das Geschehen aus sicherem Versteck. Nachdem der Kronprinz das Schiff verlassen hatte, huschte die dunkle Gestalt unbemerkt in das unterirdische Labyrinth des Chnum.

Ein alter Priester, dessen Gesicht überaus zart und durchgeistigt wirkte, empfing den jungen Königssohn. Amunmosis ahnte, daß dieser Gottesmann durch jahrelange Askese der Welt entrückt war und sein Ka bereits ins Jenseits blickte. „Ich danke Amun, dem Götterherrn, daß meine Augen den jungen Gott sehen dürfen", stammelte der alte Gottesdiener mit zitternder Stimme und fiel auf die Knie.

„Führe mich zu deinem Herrn Chnum", sprach Amunmosis sanft und hob den gebrechlichen Greis auf. Als sie sich in die Augen schauten, erblickte der Prinz im Gesicht des Alten Tränen der Rührung. Dann stiegen sie hinab in das Heiligtum. Eine lange Höhle führte in das Innere der Erde. Es umfing sie eine angenehme Kühle. Der alte Priester hielt eine Fackel in die Dunkelheit.

Plötzlich erweiterte sich die Höhle zu einem mächtigen Dom. Der Lichtschein der Fackel erreichte kaum die Wände des riesigen Raumes. Ein großer unterirdischer See erfüllte den ganzen Dom. Inmitten des Sees erhob sich eine riesige Statue aus schwarzem Granit: Ein auf einem Sockel liegendes, mächtiges Tier. Ein Widder mit goldenem Gehörn. Es war der Gott Chnum. Amunmosis erzitterte vor diesem jahrtausendealten Heiligtum und näherte sich ihm langsam im hüfttiefen Wasser. Voller Ehrfurcht erfaßte er den Sockel des Widders, sah auf zu dem Gott und sprach zu ihm: „Großer Chnum, Herr des Katarakts, Geliebter der Flußgöttinnen Satet und Anuket, heiliger Fruchtbringer des Landes Tameri. Der mächtige Horus schickt mich, um deine Gnade und Güte zu erflehen. Ohne dich ist Mensch, Tier und Pflanze dem Tod geweiht. Du erfüllst die Sehnsucht der Menschen nach dem Eintreffen der Flut, die segensreich in jedem Jahr die dunkle Erde bringt und das Fruchtland benetzt. Du läßt die Wasser über das Ufer treten, ohne daß sie Schaden anrichten. Die Gärten erblühen durch dich. Du bist der gewaltige Schöpfergott, der sich täglich zum Hapi niederbeugt und von seinen Ufern den Schlamm birgt, der auf der Drehscheibe des Töpfers zum Ka des Menschen wird. Genau prüfst du den Schlick auf seine Güte und Feinheit und das Wasser auf seine Frische, damit der Ton geschmeidig bleibt und das Ka zur Vollendung kommt. Du erfüllst das Ka mit deiner göttlichen Lebenskraft und legst es in den Schoß der Mütter. Du formst das Schicksal eines jeden Menschen sorgfältig und gut. Ich ergebe mich dir, du großer Gott, ohne dich bin ich nichts, segne mich."

Demütig senkte Amunmosis sein Haupt auf den Sockel Chnums. Lange Zeit hörte man nur das Tropfen des Wassers, das sich von der Höhlendecke löste und in den See platschte. Der alte Priester legte seine knochige Hand auf die Schulter des Kronprinzen: „Komm, du Sohn des Horus, Chnum wird dich erhören. Gehen wir nach oben zum Tageslicht, meine Fackel wird bald erlöschen."

In diesem Augenblick geschah das Furchtbare.

Mit großer Wucht fuhr ein schreckliches Geschoß genau zwischen die Schulterblätter des Prinzen. Der Pfeil kam aus der Dunkelheit, und er veränderte durch sein Unheil die Situation Tameris mit einem Schlag. Amunmosis spürte einen mächtigen Stoß, er knickte nach vorne, dann durchfuhr ihn ein entsetzlicher Schmerz, der ihn laut aufschreien ließ. Der Chnumpriester half dem Prinzen auf die Beine. Halb besinnungslos vor Schmerzen ließ sich der Königssohn nach oben führen. Er fühlte eine große Angst in sich. Es war die Angst vor dem Tod. Der Aufschrei war gehört worden. Der Mer-Mesha und vier seiner Männer stürmten in die Höhle. Augenblicklich erfaßte er die Situation. „Bringt mir den Attentäter – fangt mir dieses Scheusal, das gewagt hat, diese Gotteslästerung zu begehen", befahl er unheildrohend seinen Soldaten. Dann beugte er sich nieder und zog ganz langsam das blutige Geschoß aus dem Rücken des Prinzen. Vorsichtig hob er Amunmosis hoch und trug ihn ins Freie. Notdürftig wurde die klaffende Wunde behandelt.

„Wir müssen schnellstens nach Waset zurück", rief der Mer-Mesha. Dann gab er knapp und bestimmt seine Anweisungen: „Thure, du übernimmst mit deinen Leuten die Verfolgung des Verbrechers, der diese ungeheure Tat begangen hat. Senmut, du wirst auf Ta-Seti mindestens sechs gute, zusätzliche Ruderer suchen. Die Verletzung von Amunmosis kann nur von den besten Ärzten in Waset behandelt werden. Es zählt jetzt jede Minute."

Die Barke legte ab und wurde von den besten Ruderern des Königs mit wuchtigen Schlägen nach Ta-Seti getrieben.

Auf der Nilinsel angekommen, hetzte Senmut auf den Markt, um mit dem Gold des Ahkeperkarê die stärksten Ruderer der Stadt anzuwerben. Als alle Ruderplätze belegt waren, gab der Mer-Mesha den Befehl zur schnellsten Fahrt, die je ein Boot zwischen Ta-Seti und Waset zurückgelegt hatte. Gnadenlos trieb er die Ruderer zu Höchstleistungen an. Die Pausen waren extrem kurz, die unheimliche Begleitmusik zu dieser Fahrt war das Keuchen der durchtrainierten Männer.

Amunmosis fiel immer öfter in tiefe Ohnmacht. Seine Schmerzen waren während der Wachphasen unerträglich. Nur der im harten Soldatenleben von Mennefer geschulte Wille verhinderte, daß der Kronprinz wehklagte. Die Schweißtropfen auf seiner Stirn verrieten jedoch dem General den tatsächlichen Zustand des Verletzten. Jetzt erst wurde ihm das wahre Ausmaß des Geschehenen bewußt. Leise unterhielt er sich mit Senmut auf dem Vorderdeck: „Bete zu Amun, daß der junge Horus am Leben bleibt. Denn wenn er stirbt, wird uns der König töten."

Senmut war entsetzt. Sein Leben hatte durch Amunmosis eine glückliche Wendung genommen. Sollte jetzt, nach nur wenigen erfüllten Jahren an der Seite des Prinzen, das Ende kommen? Angst kroch in ihm hoch. Ganz vorsichtig betrat er den hinteren Kiosk, in dem der Schwerverletzte lag. „Senmut, mein Freund, was ist geschehen? Ich hatte mit Chnum gesprochen. Warum hat mich der Pfeil getroffen?" Die Augen des Prinzen flehten Senmut um Antwort an.

„Hoheit, es muß ein Feind im Verborgenen auf Euch gelauert haben. Ich nehme an, daß der Kuschit Manos dahintersteht."

Amunmosis schüttelte den Kopf: „Mein Göttervater Amun würde mich nie einem Manos ausliefern. Warum hat er mich nicht beschützt?“ Der Kronprinz schien verzweifelt: „Die Göttin Maat kann doch dieses Unheil nicht zulassen. Imhotep hat uns gelehrt, daß Horus der Wiederholer der Geburten ist. Ich war doch zum Horus bestimmt. Warum soll ich jetzt sterben?“

Amunmosis konnte seine Tränen nicht mehr zurückhalten. „Hoheit, wir bringen Euch schnellstens nach Waset. Die Ärzte Eures Vaters werden Euch retten. Ihr werdet nicht sterben“, sagte Senmut bestimmt. Innerlich aber spürte er eine würgende Angst, denn er war sich nicht sicher. Er dachte an die Worte des Amosis.

Eine gnädige Ohnmacht hatte Amunmosis von seinen Schmerzen befreit. Senmut betrat wieder das Bootsdeck und wandte sich an den Mer-Mesha. Amosis Pennechebet trieb mit lauten Kommandos die Ruderer zur äußersten Kraftanstrengung. Die Ruderblätter peitschten das Wasser. Das Boot schnellte bei jedem Schlag Richtung Waset.

„Mer-Mesha, wird der junge Horus sterben?“ fragte Senmut.

Amosis konnte den jungen Schreiber gut verstehen. Mit fast sechzig Jahren war sein Dasein erfüllt. Als blutjunger Marineoffizier hatte er schon unter den Befreierkönigen Kamose und Nebpechtirê gedient, Djeserkarê ihn zum Heerführer befördert und Ahkeperkarê ihn zum Mer-Mesha, dem obersten Befehlshaber der Militärmacht Tameris ernannt. Somit war er in den inneren Führungskreis des Pharao gelangt und nur dem König und dem Tatji Rechenschaft schuldig. Wenn der König ihn töten würde, nähme er ihm nur wenige Jahre. Der junge Schreiber aber zählte gerade 28 Sommer. Leise flüsterte der Mer-Mesha: „Wenn er stirbt, könntest du fliehen. Ich ließe dich ziehen.“

„Amosis, ich habe doch keine Chance. Überall sind Soldaten des Königs.“

„Ja, du hättest wirklich keine Chance. Hoffen wir auf ein Wunder.“

Senmut wandte sich ab in Richtung Kiosk, setzte sich auf den Boden und dachte nach. Seine und des Mer-Meshas Pflicht bestand darin, den Königssohn zu beschützen. Die Unversehrtheit des jungen Horus zu erhalten, war die Aufgabe der Begleiter. Deshalb würde der König hart reagieren und ihre Verantwortung einfordern. Sie hatten versagt. Diese bittere Wahrheit erkannte Senmut jetzt mit aller Schärfe. Er seufzte tief.

Am nächsten Tag, es waren die Ufer von Waset fast erreicht, geschah das Unfaßbare. Der junge, hoffnungsfrohe Sproß des Ahkeperkarê starb. Er war nicht mehr erwacht.

Der Mer-Mesha und Senmut näherten sich dem Königspalast. Eine zentnerschwere Last bedrückte sie. Gleich würden sie dem Gottkönig gegenüberstehen. Sein Zorn und seine Rache würde auf sie herniederfahren. Nichts konnte sie jetzt mehr retten. Alles schien verloren.

Der Pharao saß hocherhobenen Hauptes auf seinem Thron. Rechts unter ihm hatte Imhotep Platz genommen, links in gleicher Höhe des Tatji die Große Königliche Gemahlin Ahmes.

Die Tür zum Thronsaal wurde geöffnet. Auf Knien näherten sich Amosis Pennechebet und Senmut. Als sie die Mitte des Raumes erreicht hatten, legten sie sich in voller Länge auf den Boden. „Majestät", sprach der Mer-Mesha dumpf, „es ist ein großes Unglück geschehen. Amunmosis, dein erstgeborener Sohn und Thronfolger, wurde von dem Pfeil eines feigen Attentäters getroffen. Er starb, kurz bevor das Boot in Waset anlegte."

Trotz der tiefen Todesangst, die Senmut empfand, mußte er den Mut des Mer-Mesha bewundern. Ja, dieser Mann hatte schon viele Schlachten für seine Könige geschlagen. Er kannte weder Angst noch Verzagtheit.

Stille legte sich über die Anwesenden. Das Gesicht des Königs war zu Stein erstarrt. „Amosis Pennechebet, warum hast du das zugelassen?" fragte der Gottkönig scharf und schneidend.

„Als es geschah, opferte er Chnum. Er war allein mit dem Chnumpriester."

Mit lauter Stimme schrie Ahkeperkarê: „Niemals durfte er allein sein. Deine Aufgabe bestand darin, ihn zu beschützen, immer und überall."

„Ja, Majestät", das war alles, was der Mer-Mesha über die Lippen brachte. Er kannte seinen Allherrn. Er durfte nicht nach Ausflüchten suchen, und er durfte auch nicht um Vergebung betteln.

„Dein Verhalten war verantwortungslos. Du und der junge Schreiber, ihr werdet hart bestraft werden. Geht jetzt, alle, ich möchte allein sein!" herrschte der König die Anwesenden an.

Während die beiden Betroffenen rückwärts kniend den Thronsaal verließen, zog sich Ahkeperkarê in sein Schlafgemach zurück. Er legte sich auf sein Bett und starrte nach oben. Seine Gedanken rasten.

Amunmosis war etwas ganz Besonderes. Der König konnte nicht fassen, daß dieser herrliche Sohn, den er über alles liebte, plötzlich nicht mehr da sein sollte. Tief in seinem Inneren hatte er immer gewußt und gespürt, daß dieser blonde Junge ihn selbst weit übertreffen würde. Die Anlagen dieses Prinzen waren außergewöhnlich: Bei fast allen mit ihm besprochenen Schlachtplänen fand der Junge mit traumwandlerischer Sicherheit die richtigen Lösungen. Seine Gewandtheit und sein Kampfesmut lobten und fürchteten alle seine Kameraden. Im Umgang mit den Waffen erzielte er eine vollkommene Treffsicherheit. Trotz der großen Strenge des Königs war Amunmosis jederzeit in der Lage, dem Vater herzliche Liebe entgegenzubringen. Er kannte keine Feigheit. Er war klug. Er hatte Willensstärke und Energie. Seine Gabe, Menschen für sich zu gewinnen, sowie sein Ehrgeiz und Selbstbewußtsein waren dem König nicht verborgen geblieben. Amunmosis lebte in vollkommenem Einklang mit Maat, der göttlichen Weltordnung.

Welche niederträchtige Kreatur hatte es gewagt, dieses Juwel umzubringen. Die Zornesader des Königs schwoll an. „Nein!“ rief er und schüttelte voller Verzweiflung die Stange des Baldachins. „Amun, warum hast du mir diesen Sohn genommen!“ schrie er laut in den Raum. „Was habe ich getan, daß du mir diese bittere Strafe zufügst?“

Langsam neigte sich der Tag dem Ende zu. Die Wachen vor dem Schlafzimmer wurden eins mit der Dunkelheit. Kein Licht.

Groß war das Erstaunen der Soldaten, als plötzlich eine Fackel in der Dunkelheit auftauchte und eine kleine Gestalt näherkam. Sie erkannten die Prinzessin Hatschepsut. Das Mädchen begehrte Einlaß zu ihrem Vater. Die Palastvorschrift bestimmte, daß die Kinder des Monarchen immer Zutritt zu ihren Eltern hätten, in welcher Situation auch immer. Also traten sie beiseite und ließen die Prinzessin eintreten.

Hatschepsut erschrak, als sie ihren Vater erblickte. Bleich und verhärmt sah er aus. Die breite Narbe in seinem Gesicht trat dunkelrot hervor und verlieh ihm etwas Unheimliches. Tapfer ging das Mädchen auf den Trauernden zu und strich ihm vorsichtig übers Haar. Sie sagte kein Wort, sondern kuschelte sich in seine Armbeuge. Der tiefe Schmerz des Pharao milderte sich etwas. Leise fragte er seine Tochter: „Kleine Hat, wirst du Amunmosis vermissen?“

Die Tränen schossen dem Mädchen ins Gesicht: „Oh, Vater, es ist furchtbar, mein Bruder war immer so fröhlich. Wenn er zu mir kam, habe ich immer geglaubt, die Sonne geht auf.“

Jetzt war es der König, der ihr übers Haar strich. Spät in der Nacht begann ein Dialog: „Vater, mein König, sind der Mer-Mesha und Senmut schuld an meines Bruders Tod?“

„In gewisser Weise ja, denn sie hatten die Verantwortung für Amunmosis. Niemals hätten sie ihn alleinlassen dürfen.“

Hatschepsut schwieg eine Weile, bevor sie den schicksalsschweren Satz formte: „Sagt nicht ein alter Brauch, daß der Horus nur in Begleitung eines Priesters bei Chnum opfern soll? Du hast es im letzten Sommer genauso getan.“ Ahkeperkarê war erstaunt. Einerseits bewunderte er ihre rasche Auffassungsgabe und ihr Gedächtnis, andererseits fragte er sich, warum sein kleines Mädchen für die beiden Männer Partei ergriff: „Du hast heute beim Abendessen schon von Gnade gesprochen. Würdest du diese Männer verschonen?“

„Ja! Ich würde sie verschonen. Denn in Senmuts Augen konnte ich ablesen, daß er sein eigenes Leben hergeben würde, um Amunmosis' Tod zu rächen.“

Für eine lange Zeit schwieg der Pharao. Er dachte vor allem an Amosis Pennechebet. Dieser treue Gefolgsmann hatte ihm in zahlreichen Schlachten in Naharina und Aleppo mehrfach das Leben gerettet. Er dachte auch an seine Vorgänger, die dem Mer-Mesha ebenfalls sehr viel verdankten. Durfte er diesen Mann töten? Würden nicht die Dynastiegründer Kamose und Nebpechtirê im Reich des Osiris ihn für immer verdammen? „Kleine Hat, mein Herz ist tödlich verwundet, aber es könnte sein, daß dein Rat zur Gnade bei mir auf fruchtbaren Boden gefallen ist.“

Das kleine Mädchen umarmte ihren Vater, herzte und küßte ihn. Zum ersten Mal seit der schlimmen Nachricht füllten sich die Augen des Herrschers mit Tränen. Zugleich fühlte er, daß in Hatschepsuts Wesen viel von Amunmosis vorhanden war. „Du wirst einmal herrschen im Lande Tameri“, sagte er bestimmt. Hatschepsut hütete diese Worte tief in ihrem Herzen. Sie wollte sie nie mehr vergessen.

Schlaflos wälzte sich Senmut auf seinem Nachtlager. Man hatte ihn auf Geheiß des Tatji unter strenger Bewachung festgesetzt. Wenn heute sein letzter Tag sein sollte, dann wünschte er vor allem, seinen Eltern einen Abschiedsbrief zu schreiben. Die Tür wurde geöffnet, der gefürchtete Augenblick näherte sich. Man führte ihn in das Amtsgebäude des Tatji. Amosis Pennechebet erwartete ihn bereits im Audienzraum Imhoteps.

Der Mer-Mesha sagte aufgeregt: „Senmut, ich glaube, wir haben eine Chance – es ist wie ein Wunder ...“ In diesem Moment betrat der Tatji den Raum. Tief verneigten sich die beiden vor dem höchsten Beamten des Pharao.

„Es ist unglaublich", begann Imhotep, „Ahkeperkarê will euch begnadigen. Er knüpft jedoch die Bedingung daran, daß ihr bei dem bevorstehenden Rachefeldzug nach Wawat an vorderster Front kämpft, um den Tod des Kronprinzen zu sühnen. Nach siebzig Tagen der Trauer werden die Begräbnisfeierlichkeiten für den jungen Osiris Amunmosis beginnen. Das Heer wird in dieser Zeit gesammelt sein und der Tag des Aufbruchs ins elende Kusch anbrechen. Haltet euch bis dahin bereit." Leise fügte er hinzu: „Ich persönlich sage euch, wem ihr euer Leben zu verdanken habt. Es ist seine geliebte Tochter, die Erbprinzessin Hatschepsut Khnemetamun."

„Ich danke Amun, unserem Götterherrn, daß er das Herz des Horus durch die Prinzessin erweichen konnte", sagte Amosis Pennechebet zutiefst erleichtert und verabschiedete sich von Imhotep.

Senmut war so erschüttert, daß er kein Wort über die Lippen brachte. Die beiden Männer verließen die Residenz, wandten sich zum Hapi, um mit dem Fährboot nach Waset überzusetzen.

Senmut erlebte seine Wiedergeburt wie in Trance. Als er sich abends in seiner kargen Soldatenunterkunft schlafenlegte, stellte er sich in Gedanken die Prinzessin vor. Im Thronsaal hatte er sie in seiner Todesangst nicht wahrgenommen. Eine übergroße Dankbarkeit stieg in ihm auf. „Hatschepsut Khnemetamun", flüsterte er zutiefst erleichtert und beseligt. Dann übermannte ihn der Schlaf.

III

Pharao Ahkeperkarê verfügte, daß die Einbalsamierung seines Sohnes in seinem eigenen Totentempel stattzufinden hatte. Ferner bestimmte er, daß Amunmosis mit den vollen Begräbniszeremonien zu Grabe getragen werden sollte, die einem regierenden König zustanden. Stumm und starr stand der Herrscher neben dem riesigen Granitblock, der als Balsamierungstisch mitten im Begräbnistempel aufgebaut war.

Sorgfältig hatten die Steinmetze den Block bearbeitet. Feine Rinnen führten von der Liegefläche nach außen, in denen Blut und Körpersäfte des Leichnams abfließen konnten. Daneben stand ein Tisch mit Füßen aus schwarzem Ebenholz und goldbeschlagener Oberfläche. Darauf waren alle Werkzeuge aufgereiht, die zur Einbalsamierung gebraucht wurden.

Langsam und feierlich näherte sich der oberste Anubispriester dem Granitblock, auf dem der tote Kronprinz lag. Zwei seiner Begleiter folgten dicht hinter ihm; sie waren die Helfer bei seiner schwierigen Arbeit. Andere Priester hielten Weihrauchgefäße in den Händen und sangen die Totenmelodien. Schaurig hallten die Stimmen von den Wänden des Tempels wider.

Mit unbewegter Miene verfolgte der König, wie der Anubis-Mann mit einem feinen Bronzemesser den Leichnam sorgfältig enthaarte. Danach öffnete dieser mit einem schnellen Schnitt die linke Weiche des Toten und entnahm die inneren Organe. Mit Palmwein und geriebenen Spezereien wurden die Eingeweide ausgespült. Die Helfer reichten den Kanopenkrug mit dem Widderkopf des Hapi, worin die Lungen aufbewahrt wurden.

Der Priestergesang war beendet, und die Männer begannen Kapitel aus dem Totenbuch zu rezitieren. Die weiteren inneren Organe wurden den für sie bereitgestellten Kanopen zugeordnet: die Leber in den mit einem Frauenkopf versehenen Krug Imset; der Magen in die Kanope des Duamutef mit dem Schakalkopf und die Gedärme in den Krug des Kebechsenef, der mit einem Falkenkopf verziert war.

„Dein wahrhaftes Herz sei mit dir, du Sohn des Horus“, sagte der Anubis-Priester und ließ dieses Organ unberührt. Sorgfältig wusch er das Innere des Leichnams mit Wein.

Dann nahm er ein löffelartiges Werkzeug und schob es in die Nasenlöcher des Toten. Als er Widerstand spürte, führte er mit einem kräftigen Stoß den Löffel durch die dünne Knochenwand zum Gehirn. Vorsichtig holte er die weiche Masse aus der Höhle des Schädels. Anschließend legten die Priester den Leichnam des Prinzen vorsichtig in einen Behälter mit Natron und bedeckten ihn mit Tüchern, die ebenfalls in Natron getränkt waren. Damit war der erste Teil der Einbalsamierung abgeschlossen. Vierzigmal mußte Rê aufgehen, bis alle Flüssigkeiten aus dem Toten ausgetreten sein würden.

Als die Gesänge der Priester verklungen waren, verließ der König mit steinernem Gesicht den Totentempel.

In den Wochen bis zum Begräbnis wurde die riesige Streitmacht des Pharao in Waset zusammengezogen. Fünf große Transportschiffe aus Mennefer lagen vor Anker. Eine unübersehbare Zahl von Zelten schlug man im Süden der Stadt auf. Trotz der Ungnade, in die Amosis Pennechebet gefallen war, übertrug ihm der Pharao den Oberbefehl. Des Mer-Meshas Bitte, ihm Senmut als Führergehilfen zur Seite zu stellen, wurde von Ahkeperkarê nach einigem Zögern erfüllt.

Der Lärm der rasselnden Kampfwagen, das Wiehern der Pferde und die Rufe der Wagenlenker vermischten sich mit den Kommandos der Offiziere, die mit den Fußtruppen den Nahkampf übten. Hundertschaften von Bogenschützen schossen ihre mit Federn versehenen Pfeile auf die Schilfzielscheiben.

Die Hauptstadt Tameris hatte ihr Gesicht während der Trauerzeit für Amunmosis verändert. Die großen Tempel Amuns, die umliegenden Verwaltungs- und Speichergebäude, die Tempelschulen und Märkte blieben geschlossen. Am Abend drang kein Lärm, wie gewohnt, aus den Hafenschänken ins Freie.

Die Metropole des Reiches, Zentrum des politischen und religiösen Lebens, war still geworden. Nur auf dem Westufer des Hapi konnte man verstärkte Aktivitäten wahrnehmen. Hier lag die Stadt der Toten. Die Nekropolenarbeiter und Künstler, die die Gräber der Vornehmen mit Szenen des Alltags ausschmückten, arbeiteten bis zur Dunkelheit in ihren Werkstätten. Ebenso die Einbalsamierer, Sargmacher und Hersteller von Mumienbinden und Grabgütern.

Im Palast des Königs waren Delegationen aus allen Teilen des Reichs angekommen. Ahkeperkarê empfing Amun-Weser, den Tatji des Nordens, sowie Medech Ineni und Amathu, den Hohepriester des Amun. Der Feldzug gegen Wawat konnte viele Monate dauern, deshalb mußte der König die innere Stabilität des Reichs während seiner Abwesenheit sicherstellen. Die wichtigsten Gespräche führte der Herrscher mit Tatji Imhotep und

Thure, dem Vizekönig von Wawat. Zusammen mit Amosis Pennechebet wurde die Strategie des Feldzugs festgelegt.

Vierzig Tage hatte der Körper des Kronprinzen in Natron gelegen. Jetzt kam der Zeitpunkt, den Toten als Mumie für die Fahrt ins Reich des Osiris herzurichten. Durch den Flüssigkeitsentzug war ein Schrumpfungsprozeß ausgelöst worden, der die Haut des Leichnams lederartig ausgetrocknet hatte. Die Leibeshöhlung füllte man mit zuvor in Duftöl getauchten Leinenstoffen. Der große Schnitt, durch den die inneren Organe entfernt worden waren, wurde sorgfältig zugenäht und darauf eine goldene Metallplatte mit Horusauge gelegt. Ein Großmeister der Balsamierer verwandelte das eingefallene Totengesicht in ein lebensechtes Antlitz. Anstelle der Augen setzte er Emailpupillen ein, die Wangen wurden mit duftenden Tampons aufgefüllt und die Lippen gefärbt. Kostbare Fingerlinge aus Gold verzierten die Hand, auch die Zehennägel erhielten diesen glänzenden Überzug.

Dann begann der Prozeß des Bindens. Lagenweise wurden immer wieder Leinenstreifen, die man vorher in duftenden Ölen getränkt hatte, fest um den Körper gewickelt. Schmuckstücke und Amulette nähte man zwischen die Schichten ein. Während dieser Arbeiten brachte die Anubis-Priesterschaft des Totentempels unaufhörlich Opfer für das Ka des Kronprinzen dar. Seine Lebenskraft sollte für den Weg ins Totenreich gestärkt und seine Auferstehung im Jenseits gesichert werden.

Dann nahte der feierliche Moment, in dem die fertiggestellte Mumie dem König übergeben wurde. Ahkeperkarê war zufrieden und ordnete das Begräbnis für den nächsten Tag an.

Nachdem über Kopf und Schultern der Mumie eine massivgoldene Portraitmaske gestülpt worden war, gaben die Anubis-Priester den Leichnam zur Bestattung frei.

Am Begräbnistag formierte sich der Trauerzug und setzte sich langsam in Bewegung. Der Weg führte vom Totentempel des Ahkeperkarê in ein einsames Tal, dessen Anfang eine natürliche Pyramide bildete. An der Spitze schritt der König. Er trug ein Weihrauchgefäß, aus dem weißliche Schwaden aufstiegen. Die Anubis-Priester, von denen jeder eine Götterstandarte trug, folgten in zwei Reihen ihrem Herrscher. Ein bootsähnlicher Schlitten, worauf der vergoldete Katafalk des toten Prinzen lag, wurde von vier Ochsen gezogen. Der hölzerne Sarg, der die Mumie barg, war von übergroßer menschlicher Gestalt.

Dem Katafalk folgte die übrige Familie des Königssohnes, seine Mutter Mutnofred und Ahmes, die Große Königliche Gemahlin, Hatschepsut und der junge Thutmosis.

Nach den beiden Tatjis kam Amathu im Pantherfell des Hohepriesters, der eine lange Reihe von Amunpriestern anführte. Hohe Würdenträger des Landes, darunter Ineni und Amosis Pennechebet mit ihren Familien, bildeten den Schlußpunkt des Trauerzuges.

In einigem Abstand sah man Lastenschlitten, die das Grabgut des Kronprinzen trugen: wertvolle Gegenstände aus seinem persönlichen Besitz, mumifizierte Nahrungsmittel für die lange Reise ins Totenreich, Krüge mit Wein und Öl, hölzerne Götterfiguren und Statuen. Ein großer Stier, der als Opfer für das Totenmahl vorgesehen war, wurde von den Dienern des Königs hinter diesem Schlitten geführt. Langsam bewegte sich der Zug durch das Fruchtland, das den Totentempel des Ahkeperkarê umgab.

Als das rote Land der Wüste erreicht war, änderte sich die Landschaft schlagartig. Steil aufragende Felsen umgaben den uralten Weg, der ins Innere des Berglabyrinths führte. Kein Baum, kein Halm, keine Vogelstimme, nichts – nur noch majestätische Ruhe und Einsamkeit. Die gleißende Hitze des Rê blendete die Augen der Trauernden.

Dann war Merit Sêger, die gewaltige Naturpyramide, erreicht. Ab hier begann das Tal, in dem Ahkeperkarê von Ineni eine herrliche Grabanlage hatte bauen lassen. Ursprünglich für ihn selbst bestimmt, hatte er nun angeordnet, daß der tote Thronfolger hier die Reise ins Amduat antreten sollte.

Als der Platz vor der Grabanlage erreicht war, begannen die Vorbereitungen zur Bestattung. Die Anubis-Priester reinigten den Platz mit geweihtem Wasser, das in vier Steinkrügen bereitgestellt war. Dann wurde in vier großen Kesseln Weihrauch entzündet und an jeder Ecke des Eingangsbereichs plaziert. Der Mumiensarg des Prinzen wurde vom Katafalk gehoben und an die Eingangstür des Grabmals angelehnt. Man öffnete ihn ein letztes Mal, um die Zeremonie der Mundöffnung vornehmen zu können.

Mutnofred kniete vor Amunmosis und beklagte laut seinen Tod. Ahmes trat bitterlich weinend hinzu und berührte tröstend ihre Schultern. Ahkeperkarê berührte mit einem kupfernen Dechselhaken den Mund der Mumie und sprach: „Sohn meines Herzens, geliebt von Maat, dein Mund war geschlossen, und ich öffne ihn dir mit dem Dechsel des Anubis, auf daß du im Totenreich des Osiris in der Gesellschaft der Götter reden kannst zum Ruhme Tameris. Ich bitte Osiris, den Herrn der Ewigkeit, meinem Sohn einen Platz in der Barke des Rê zu gewähren, auf daß er uns nahe ist für immer. Ich, als der lebende Horus unter den Menschen, wünsche dir, daß du alle Prüfungen des Amduat überstehen mögest. Dein Ka soll leben Millionen von Jahren."

Dann trat Amathu hinzu und berührte mit seinen Fingern die Augen der Mumie und sprach: „Amunmosis, du geliebter Göttersohn, ich öffne dir deine beiden Augen, damit du die Gefahren im Amduat siehst und ihnen ausweichen kannst. Auch daß du die Anweisungen im Buch der Toten zu lesen verstehst, um glücklich bei dem gerechtfertigten Osiris anzukommen. Überwinde die Mächte der Finsternis. Du sollst die Schönheiten des großen Hauses in Annu sehen, und dein Ka soll in der Gesellschaft der Götter sein ewiglich."

Dann wandte sich Amathu dem Opferstier zu und tötete ihn. Alle Anwesenden nahmen an dem anschließenden Totenmahl teil.

Die Mumie wurde in den großen Granitsarkophag im Innern des Grabes gebettet, der Deckel jedoch noch nicht geschlossen. Die Tür zur Grabkammer blieb offen. Das Ka des Prinzen sollte teilhaben an dem Abschiedsfest. Fleisch, Brot, Bier und Wein wurden gereicht. Perlenkränze und Brustkreuze aus Blumen schmückten alle Anwesenden.

Zum Schluß stellten die Priester die Kanopenkrüge und die Uschebtis, die kleinen Helfer des Prinzen auf seinem Weg in die Unterwelt zum Sarkophag und schlossen ihn. Die übrigen Grabbeigaben wurden in der Kammer niedergelegt.

Als Rê blutrot im Osten versank, kehrten die Trauernden heim.

IV

Anderntags war der Pharao früh erwacht. Sofort begab er sich zum Ostufer des Hapi, zur Götterstadt Karnak. Dort erwartete ihn Amathu, der Hohepriester des Amun.

Gemeinsam besuchten sie den Tempel der Kriegsgöttin Sachmet. Das Sankturarium der Sachmet war klein und geheimnisvoll. Nachdem die Tür geschlossen worden war, befanden sich die beiden Männer in beinahe völliger Dunkelheit. Nur eine winzige Öffnung in der Decke ließ einen kleinen Lichtstrahl in die Mitte des Raumes fallen. Nachdem sich die Augen an die Dunkelheit gewöhnt hatten, erkannte man schemenhaft die löwenköpfige Göttin mit der schlanken, aus schwarzem Granit gehauenen Mädchenfigur. Lange ruhten die Augen des Hohepriesters auf dem Löwengesicht der Kriegsgöttin, deren Haupt die Sonnenscheibe krönte. Dann sprach er langsam und feierlich: „Edle Sachmet, Lenkerin der Schlachten, die du die Arme der Krieger stark machst im Kampf und die Pfeile in das Herz der Feinde schickst – vor dir ist erschienen Akheperkarê, der Horus unter den Lebenden. Der König ist zu dir, o Göttin, gekommen mit Opfergaben, die er dir bringt, damit du ihm dafür den Sieg gegen den niederträchtigen Feind in Kusch schenken mögest. Er ist es, der das Chaos bannt und das Gesetz der Maat in das Land Kem bringt. Er ist es, der die Verbindung zwischen den Göttern und den Menschen aufrechterhält. Er ist es, der dem Hapigott Chnum huldigt, damit das Wasser unsere Felder überschwemmt und das Land viel Frucht bringt. Schenke Seiner Majestät den Sieg, denn Maat ist bedroht im Lande Kem." Dann kniete er nieder und legte sein Haupt zu Füßen der Göttin.

Ahkeperkarê verharrte sehr lange, bevor er seine Stimme erhob: „Sachmet, meine Freundin, du warst immer an meiner Seite. Ob ich in Naharina gegen Mitanni kämpfte oder gegen die Elefanten in Njin, immer hast du meine Hand geführt. Mein Zorn richtet sich gegen Manos. Er hat zuerst die Tribute verweigert, und dann" – des Königs Stimme brach – „hat er den jungen Horus töten lassen."

Nach einer längeren Pause sprach er weiter: „Ich opfere dir Brot und Wein. Edle Sachmet – gib mir den Sieg."

Er legte die Opfergaben zu Füßen der Göttin nieder und beugte sein Haupt. Die Zeit verrann, viele Male drehte der Tempelpriester die Sanduhr. Die beiden Männer knieten noch immer in stummem Gebet im Sanktuarium.

Für den nächsten Tag hatte der König den Befehl zum Abzug der Truppen nach Wawat gegeben. Fünf riesige Transportschiffe beförderten das Heer des Ahkeperkarê flußaufwärts. Die Kolossalschiffe, die der große Meister Ineni gebaut hatte, konnten eintausend Mann aufnehmen, einschließlich zweihundert Pferde und Kampfwagen der Wagentruppe. Das Kommandoschiff Falke des Pharao segelte voraus. Bis zum ersten Katarakt befanden sich sämtliche Offiziere an Bord. Der König verkündete die Bedingungen für das Ehrengold. Diese begehrte Auszeichnung im Kampfe war entscheidend für den militärischen Aufstieg eines Soldaten in Tameri.

„Der Zorn meiner Majestät gegen die elenden Kuschiten ist groß. Deshalb verfüge ich, daß jedem geschlagenen Feind die rechte Hand abgetrennt wird. Das Ehrengold Amuns wird nach der Zahl der Hände verteilt. Ich verpflichte die Offiziere zur strengsten Überwachung dieser Anordnung“, lautete die Order des Pharao.

Senmut empfand schaudernd zum ersten Mal die erschreckende Realität des Krieges. Unter Amunmosis war er nie an einem Feldzug beteiligt gewesen. Der Kronprinz hatte ihm jedoch das Kriegshandwerk beigebracht. Senmut konnte einen Kampfwagen lenken und sehr gut mit Pferden umgehen.

Iunu, die Stadt des Month-Heiligtums, und Djerti wurden passiert. Zahlreiche Menschen hatten sich am Ufer versammelt und jubelten ihrem König zu. In der vibrierenden Mittagsluft tauchten am Bug der Falke die beiden großen Hügel von Per-Hathor auf. Im Schein des Rê leuchtete der Tempel Hathors, der Goldenen, Schutzherrin der Liebe, Freude und Schönheit.

Die Erntezeit Schemu ging mit dem Mesore zu Ende, die Hitze hatte ihren Höhepunkt erlangt. Am späten Nachmittag erreichte die Streitmacht Ta-Senet. Ahkeperkarê spürte einen tiefen Schmerz in der Brust, als er den Chnumtempel erblickte. War doch seinem Sohn im Angesicht dieses Gottes auf Sehel die tödliche Verwundung zugefügt worden. Der Attentäter war trotz intensiver Suche nicht aufzufinden. Der König ballte seine Fäuste, die Wut in seinem Herzen war grenzenlos.

Der Troß lagerte bei Nechen, an einem Seitenarm des Hapi. Der Pharao besuchte mit seinen Heerführern auf dem gegenüberliegenden Ufer den Tempel der Geiergöttin Nechbet, der Herrin Oberägyptens. Auch hier sollte der Feldzug durch reiche Opfergaben günstig beeinflußt werden, denn Nechbet galt als die mächtigste Kraft im Süden.

Am nächsten Tag umsegelten die Schiffe die Sandbank der Stadt Djeba, die in einem Seitenarm des Hapi lag. Dann folgte ein langer Teil ohne Felder und Ansiedlungen. Das rote Land der Wüste schob sich direkt ans Ufer. Alles flimmerte in der Hitze des Rê.

Plötzlich stellten sich die steilen Sandsteinklippen von Cheni den schwerfälligen Wasserfahrzeugen in den Weg. Heftig mußten sich die Ruderer in die Riemen legen, um das Hindernis zu überwinden. Danach zeigten sich die Ufer immer mehr in freundlichem Grün, und die Schiffe durchfuhren das nördliche Fruchtland von Nubt. Am Ende des zweiten Tages lagerte das Heer auf einer großen Sandbank an der Innenseite einer Flußbiegung.

Am dritten Tag befand sich die Streitmacht des Pharao bereits im Sandsteingürtel Nubiens. Das Hapital wurde schmal und unfruchtbar. Die nahenden Granitwände kündigten Ta-Seti an. Das Navigieren der großen Truppentransportschiffe wurde außerordentlich schwierig. Als Ahkeperkarê in Ta-Seti an Land ging, wurde er von Thure, seinem Vizekönig, aufgeregt empfangen: „Majestät, seit fünf Tagen sind keine Kuriere mehr in Ta-Seti angekommen. Ein Flüchtling aus Faras erzählte furchterregende Dinge. Die Festungen Serra, Buhen und Kor seien von Manos zerstört und die Besatzungen ermordet worden. Von den Festungen Dabnarti, Askut, Uronarti und den Inseln Sai und Argo habe ich seit langem keine Berichte mehr erhalten. Das letzte, was ich aus diesem Gebiet gehört habe, war, daß sich die Bevölkerung von Tumbos und Kerma auf der Flucht durch die Wüste befinde. Manos scheint von allen guten Geistern verlassen zu sein."

„Er will meine Macht brechen, dieser elende Kuschit", das war alles, was der Herrscher anmerkte. Dann begab er sich zur Residenz des Thure, um mit dem Vizekönig und den Offizieren die neue Lage zu besprechen. Eile war geboten, denn viele Menschenleben und Besitztümer befanden sich in höchster Gefahr.

Fast vierhundert Jahre vor diesem Feldzug hatte König Sesostris der Dritte – der legendäre Chakaura – an der ersten und zweiten Hapischnelle große Umgehungskanäle bauen lassen. Damit war ein schneller und sicherer Warenverkehr mit Wawat erreicht worden. Die Soldaten des Ahkeperkarê treidelten mit ihren Pferden die großen Transportschiffe durch den ersten Sesostris-Kanal. Einem Ameisenheer gleich zogen sie die Riesenboote des Ineni an langen Treidelseilen gegen die Strömung.

Die schlechten Meldungen in Ta-Seti hatten den Pharao sehr beunruhigt. Er befahl eine schnellere Gangart des Feldzuges. Wo es möglich war, wurden Segel und Ruder gleichzeitig eingesetzt. Als die Festung Baki am Abend erreicht war, legten die Ruderer schweißüberströmt ihre Riemen aus der Hand.

„Baki ist unversehrt, Majestät“, meldete Amosis Pennechebet seinem Herrn.

Die Besatzung der Festung jubelte, als des Königs Heer eintraf. Die stationierten Soldaten lebten seit Tagen und Wochen in ständiger Angst vor den Kuschiten. Zwar hatte Manos die Festung nicht angegriffen, aber die Goldladungen aus dem Tal Allaqui waren ausgeblieben und seit langer Zeit kein Händlerzug mehr gesehen worden.

Bei der Weiterfahrt wurde die Reisegeschwindigkeit nochmals erhöht. Schwer ächzten die Männer an ihren Ruderblättern. Schon am nächsten Tag erreichte das Heer Miam. Diese befestigte Stadt stellte das Verwaltungszentrum von Wawat dar und war in Friedenszeiten die nördlichste Residenz des Manos. Der König und seine Heerführer stellten überrascht fest, daß Miam nicht zerstört war.

„Manos ist schlau“, stellte der König fest, „er will sich weiter südlich zur Schlacht stellen und hofft auf einen Sieg. In diesem Fall wäre ihm Miam als nördlichster Ausgangspunkt für einen Feldzug nach Tameri wichtig. Deshalb hat er es verschont.“

Die älteren Offiziere um Amosis Pennechebet nickten. Sie wußten, daß ihr Pharao die Lage in zahlreichen Feldzügen immer richtig eingeschätzt hatte.

Die Stadt platzte aus allen Nähten. Zahlreiche Flüchtlinge aus den beiden fernen Dörfern Tumbos und Kerma hatten sich durch die gnadenlose Wüste bis hierher durchgeschlagen. Viele Alte und Kranke waren auf der Flucht umgekommen. Die Überlebenden, gezeichnet und elend aussehend, erzählten dem König von den Leiden der Hitze und von ihrem unsäglichen Durst.

Am Nachmittag des nächsten Tages erwartete das Grauen die Streitmacht Tameris. Die Stadt Farras und die Festung Serra waren nur noch verbrannte Hügel. Kein Haus mehr, keine Mauer, nur noch rauchende Trümmer und verkohlte Leichen.

„Das ist das wahre Gesicht des Kuschiten“, sprach der König fassungslos, „von jetzt an werden wir nur noch tote Rômet sehen.“

Ahkeperkarê hatte recht. Am Abend erreichte das Heer die wichtigste Festung Tameris in Kusch – Buhen. Schon von weitem konnte man erkennen, daß die wuchtigen Mauern, die einst Chakaura errichtet hatte, nur noch riesige Steinhaufen waren. Kein einziger Rômet-Soldat hatte überlebt. Es folgte die traurigste Nacht, seit die Streitmacht Tameris Waset verlassen hatte. Die Toten, die man noch fand, wurden beerdigt. Der Pharao ließ zwanzig Männer bei der Festung, um die schlimmsten Spuren der Zerstörung zu beseitigen.

Das Gebiet des zweiten Kataraktes mußte am nächsten Morgen durchfahren werden.

Da näherte sich einer der Späher dem Kommandoschiff des Pharao. Nachdem der König ihn zum Reden aufgefordert hatte, sprach der Mann mit aufgeregter Stimme: „Majestät, der Feind hat riesige Felsblöcke in den Kanal des Chakaura geworfen. Durch diese Hindernisse ist es unmöglich geworden, mit unserer Flotte weiterzufahren."

Der König besprach sich mit Amosis Pennechebet. Danach fuhren der Mer-Mesha und Senmut voraus zum Katarakt.

„In früheren Jahrhunderten, bevor Sesostris der Dritte den Umgehungskanal gebaut hat, gab es einen uralten Schiffsweg durch das Kataraktgebiet", sagte Amosis zu Senmut.

Diese Mitteilung interessierte Senmut sehr, und er stieg hinein in das Gebiet der verblockten, riesigen Granite. Aufmerksam verfolgte er die verschiedenen Rinnen, durch die das Wasser toste, jedoch fand er zunächst keine zusammenhängende Wasserlinie. Schließlich gewahrte er eine Stelle, die völlig trocken war, weil das Wasser vor langer Zeit einen anderen Weg gesucht hatte. Weiter oben fand er dann die Lösung: Durch eine künstliche Aufschüttung war es möglich, das Wasser wieder auf den alten Weg zu bringen. Freudig teilte er seine Entdeckung dem Mer-Mesha mit: „Der König kann den Feldzug fortsetzen, ich habe den alten Schiffsweg entdeckt."

Amosis Pennechebet konnte es zunächst nicht glauben, überzeugte sich dann aber selbst an Ort und Stelle. Fieberhaft arbeiteten hunderte von Männern an einem mächtigen Damm, so daß schließlich das Wasser ungestüm durch den alten Schiffsweg toste.

Der König gab seinem Mer-Mesha zu verstehen, daß er Senmut zu sprechen wünsche. Im Herzen Senmuts tobten unterschiedliche Gefühle. Zum einen dachte er noch voller Schrecken an den Tag in Waset, als die Enttäuschung des Gottkönigs seinen fast sicheren Tod bedeutete. Zum anderen an die wunderbare Auferstehung und geheimnisvolle Rettung seines Lebens durch die Tochter dieses mächtigen Herrschers.

Ahkeperkarê empfing ihn in seinem prächtigen Kiosk auf dem Schiff Falke. Senmut warf sich auf den Boden und erwartete voller Ehrfurcht und Spannung die Stimme des Pharao.

„Senmut, Freund meines Sohnes, es ist dir gestattet, mir in die Augen zu schauen."

Senmut erhob sich und war wie geblendet. Die Aura des Herrschers überwältigte ihn. Der König trug die blaue Chepresch-Krone, die nur in Kriegszeiten die Häupter der Pharaonen schmückte. Der fein modellierte Leib einer Cobra, über und über mit Gold und Juwelen besetzt, blitzte auf der Krone. Senmut spürte eine ungeheure Kraft, als der König ihn mit seinen großen, dunklen Augen durchdringend ansah. Der junge Mann erschauerte bis tief in sein Innerstes.

„Der Mer-Mesha berichtete mir, daß du den alten Schiffsweg entdeckt hast, der es uns ermöglicht, weiterzuziehen", sprach der Pharao.

„Es ist mir eine große Ehre, dem Einzig Einen behilflich zu sein", erwiderte Senmut und verbeugte sich tief, während er sich instinktiv mit seiner rechten Hand an sein Herz faßte.

„Wenn die Schlacht beginnen wird, dann bleib in meiner Nähe", befahl der König, „ich weiß, daß Amunmosis dich kampfeskundig gemacht hat."

Abermals verbeugte sich Senmut, und Ahkeperkarê dachte dankbar an seine Tochter Hatschepsut. Sie muß die Qualitäten dieses jungen Mannes erkannt haben, sagte er sich und gab Senmut mit einem Wink zu verstehen, daß die Begegnung beendet sei. Tief beeindruckt verließ der junge Mann das Kommandoschiff.

Mühsam wurde der zweite Katarakt überwunden. Da die Gewalt des Wassers sehr groß war, verlor mancher Soldat in der reißenden Gischt sein Leben.

Die drei Festungsinseln des Chakaura Dabnarti, Askut und Uronarti boten alle das gleiche Bild. Die Festungen waren geschleift. Es gab keine Überlebenden.

Nach drei Tagen erreichte das Heer der Rômet den dritten Katarakt. Diese Steinbarriere war die gewaltigste. Noch nie hatte ein Wasserfahrzeug dieses Hindernis überwunden. Die Riesenboote des Ineni ankerten am Fuß der tosenden Wasser. Das Weiterkommen mit diesen Schiffen fand hier sein Ende. Der Troß mußte zu Land weiterziehen.

Am Rande des Flusses, dort, wo das rote Land begann, zog das Heer durch den Sand. Gnadenlos brannte die Sonne auf die Männer nieder. Senmut liebte die Wüste. Diese blonde Weite mit ihren herrlichen Dünungen, vom Wind geformt und immerzu verändert. Ihn faszinierten die Luftspiegelungen in der flimmernden Mittagshitze. Große Seen mit herrlichen Palmenwäldern bildeten sich und verschwanden wieder, wenn man näher kam. Dankbar spürte er die Nähe des Hapi. Er bedeutete Leben und Kraft in dieser gnadenlosen Flammenwüste.

Abends erreichte die Streitmacht die Insel Sai. Während auch hier die Festung zerstört war, fand man in der Stadt nur geringe Spuren der Vernichtung. Keine Menschenseele war zu entdecken. Sai war eine Stadt ohne Leben. Die Kuschiten hatten getötet und vertrieben. Der Tempel der Ahotep war restlos geplündert. Voller Zorn betrachtete Ahkeperkarê die Statue Amuns, die zerschmettert am Boden lag. Nach weiteren vier Tagen erreichten die Rômet den Grüngürtel von Tumbos und Kerma. Die Späher hatten Geisterstädte gemeldet. Von einer Streitmacht des Manos keine Spur.

Langsam erreichte ein zerlumpter Händler auf einem müden Maultier das Steilufer des Hapi. Er erblickte zu seinen Füßen im Abendrot eine wunderschöne Insel mit einer prachtvollen Vegetation. Palmen, Tamarisken, Feigenbäume, Akazien und allerlei Buschwerk wurden eingerahmt von einem üppigen Blumenmeer. Ein breiter Schilfgürtel säumte die Ufer. „Ein Paradies", murmelte der Händler und stieg von seinem Tier. Vorsichtig legte er sich an den Rand des Steilufers und beobachtete mit scharfen Augen die Insel. Es waren die Augen von Aja, einem der besten Späher des Pharao.

Langsam senkte sich die Nacht hernieder, während Aja regungslos auf dem Bauch lag. „Sie sind da", sagte er. Sein geübter Blick hatte einen winzigen Feuerschein erkannt. Das Zaumzeug seines Reittiers beschwerte er mit einem großen Stein und stieg ganz langsam und vorsichtig zum Flußufer hinab. Er suchte und fand endlich einen morschen Baumstamm, den er leise ins Wasser schob. Tief senkte sich das verfaulte Holz in die Strömung. Dann ließ er sich vom Fluß auf die paradiesische Insel Argo zutreiben.

Als er den Grüngürtel erreicht hatte, teilte er die Schilfstengel nicht mit den Händen, sondern versuchte, jede verdächtige Bewegung vermeidend, durchzuschlüpfen. Am Ufer atmete er tief, seine Nase sog den Südwind ein. Die Luft roch brenzlig, sie führte Rauch mit sich. Mit der jahrelang geübten Vorsicht schlich sich Aja ins Innere der Insel. Langsam und lautlos, mit dem Leib am Boden wie eine Schlange, bewegte er sich durch das dichte Unterholz. Je weiter er vorankam, desto stärker wurde der Geruch.

Plötzlich entdeckte er einen sanft flackernden Schein hinter alten, zerfallenen Mauern. Ein leises Wehen in der Luft und kaum hörbare Geräusche am Boden zeigten ihm, daß er sich in der Nähe der Wachen befand. Aja nahm alle Sinne zusammen. Seine lebenslange Erfahrung als Späher meldeten ihm Dinge, die ein normaler Mensch nicht mehr wahrnehmen konnte. Mit eisernen Muskeln und stählernen Nerven bewegte er sich nur auf Fuß- und Fingerspitzen an das Gemäuer heran.

Plötzlich näherte sich mit leisen Schritten eine Wache. Aja duckte sich tief wie eine gejagte Wachtel in eine Mauernische. Als die Gefahr vorüber war, hob er ganz vorsichtig seinen Kopf.

Dann sah er das Feuer. An ihm saßen vier Männer. Einer von ihnen stach durch seinen riesenhaften Wuchs heraus. Aja erstarrte: Es war Manos! In diesem Moment bedauerte es Aja sehr, daß er fast unbewaffnet war. Durch einen gezielten Schuß mit einem Hyksos-Bogen wäre die größte Gefahr Tameris auszuschalten gewesen. Gerne hätte er sein Leben für diese Tat hingegeben. So mußte er warten, kaum atmend vor Spannung. Aja spürte das Giftbeutelchen zwischen seinen Zähnen. Er dachte an das Schicksal von Hui, dem Späher von Buhen, der erst vor kurzem in die Hände von Manos gefallen war. Dieser Teufel hatte ihm die Beine brechen lassen. Nachdem man ihn aufs Feuer gelegt hatte, wurde dieses wieder gelöscht. Die verbrannte Haut zog man ihm anschließend in Streifen vom Leib, um ihn dann in ein Natronbett zu legen. Drei Tage lang war Hui gestorben. Die unendliche Pein, die Hui in ein brüllendes Stück Fleisch verwandelt hatte, veranlaßte Ahkeperkarê, daß alle seine Späher ihr Leben zu jeder Zeit selbst beenden konnten. Aja war seinem König dankbar. Schon der Kontakt zu dem kleinen Giftbeutelchen zwischen seinen Zähnen gab ihm eine unendliche Ruhe und Gelassenheit.

Die brennenden Zweige prasselten in der Glut. Eine kleine Mückenschar tanzte um den aufsteigenden Rauch einen Reigen. Aja mußte sich sehr lange gedulden. Endlich sprach der riesige Nubier: „Wo stehen die Rômet jetzt?“

„Eine Tagesreise nördlich von hier, mein König“, antwortete einer seiner Späher.

„Hat sie der verblockte Kanal nicht länger aufgehalten?“

„Nein, sie haben wie durch ein Wunder die nächste Hapi-Schwelle erreicht. Dann haben sie ihre Schiffe verlassen.“

„Der Pharao schäumt vor Rache“, bemerkte ein anderer Späher.

Manos lächelte: „Bis jetzt läuft alles nach Plan. Sie werden im Kessel vor Napata in die Falle gehen. Je schneller sie hetzen, desto besser für uns.“

Eine Falle bei Napata, grübelte Aja in seinem Versteck. Dann durchfuhr ihn plötzlich die Erkenntnis.

Zweimal war er in seinem Späherleben bis zum vierten Katarakt vorgedrungen. Und sein scharfer Verstand signalisierte ihm die Lage des Kessels. Die Hapisenke bei Sanam, hämmerte es in seinem Kopf. Jetzt hatte er nur noch einen Gedanken: zurück zum Heer. Zurück zu seinem König. Ahkeperkarê mußte von dieser todbringenden Hinterlist erfahren. Aja war kein Stratege, aber er ahnte die Gefahr, die bei Sanam lauerte.
Mit großer Meisterschaft gelang es ihm, unbemerkt und sehr rasch die Stelle zu erreichen, wo er den alten Holzstamm zurückgelassen hatte.

Langsam trieb die Strömung das Holzstück von dannen. Hätte ein mißtrauischer Mensch den Stamm beobachtet, dann wären ihm winzige Richtungsabweichungen aufgefallen, die nicht der Stromrichtung entsprachen. Aja war sehr unruhig, denn es dämmerte bereits der Morgen.

Auf keinen Fall durfte er beim Aufstieg am Steilufer entdeckt werden. Vor allem mußte er darauf achten, kein einziges Steinchen der Wand abzulösen. Das Getöse einer Steinlawine – und wäre sie noch so klein – hätte seine Entdeckung und seinen Tod bedeutet.

Die Falle von Sanam, dachte er immer wieder. Ihm schien die Überbringung dieses Plans das Allerwichtigste in seinem Leben zu sein. Die größte Spannung wich, als er flußaufwärts seinen Esel wiederfand, ihn bestieg und wie gehetzt von dannen ritt.

„Ja, es ist eine perfekte Falle. Man nennt diese Senke ‚Das Tal der tausend Sägen‘. Ein undurchdringliches Felsenband umgibt eine große, trokkene Tiefebene. Man kann mit wenigen Soldaten die Ausgänge kontrollieren und so auch das größte Heer aushungern und zermürben“, erklärte Amosis Pennechebet seinem König und den übrigen Heerführern, die sich im Zelt des Pharao zur Beratung versammelt hatten.

„Der Hapi fließt zwei Tagesmärsche von hier umgekehrt von Süd nach Nord, um weit hinter Napata wieder die gewohnte Nord-Südrichtung einzuschlagen“, sprach Thure, „es muß deshalb eine Abkürzung in Richtung Napata geben.“ Der Vizekönig legte einen großen Lageplan auf den Tisch, um seine These zu bekräftigen. Tatsächlich konnte man ein riesiges S auf dem Plan erkennen, das den Lauf des Hapi zeigte.

„Diese Abkürzung gibt es“, erwiderte der Mer-Mesha, „sie ist aber nur mit der Wagentruppe zu bewältigen, denn die Wasservorräte reichen auf dieser Distanz für die Fußkämpfer nicht aus. Sie sind zu langsam.“

Der Pharao erhob sich, deutete auf den Plan und erläuterte die Strategie: „Gut, wir werden mit den Fußtruppen wie bisher flußaufwärts weitermarschieren. Thure übernimmt die Führung dieser Männer. Ein kleiner Teil der Wagenkämpfer fährt am Troßende mit, um die Späher des Kuschiten zu täuschen. Meine Majestät und Amosis Pennechebet werden über das rote Land fahren, um in den Rücken des Feindes zu gelangen. Dann werden wir mit einer Zangenbewegung die Kuschiten in ihre eigene Falle treiben. Es ist vor allem wichtig, daß die Bogenschützen die lauernden Ratten aus den Löchern schießen.“

Die Heerführer spürten die grenzenlose Härte und Entschlossenheit ihres Königs. So kannten sie ihn aus früheren Feldzügen.

Am nächsten Tag teilte sich das Heer. Die Wagenkämpfer fuhren vorsichtig in die unendliche Wüste hinein. Die beiden Heere würden sich bis zum Tag des Angriffs nicht mehr wiedersehen. Auf diese Weise konnten die Späher des Manos die Teilung nicht entdecken. Die endlose Wüste verschluckte die Wagen und die Pferde. Der Wind hatte dieser Weite eine meeresgleiche Dünung gegeben. Manchmal war der Boden mit einer Schicht schwarz glänzender Kieselsteine bedeckt, dann wieder mußten Wadis durchquert werden, die noch nie Wasser geführt hatten.

Die blendende Helle brannte in den Augen der Kämpfer. Alles schien hoffnungslose Leere zu sein, soweit das Auge reichte. Es wurde schwierig, Speichel zu bilden, und eine kleistrige Masse verklebte den Mund. Der Rhythmus des Trinkens beschleunigte sich. Schaudernd empfand auch der Pharao die Feindseligkeit dieser Landschaft, den heißen Hauch der Wüste.

Er bewunderte, mit welch traumwandlerischer Sicherheit sein Mer-Mesha in dieser menschenfeindlichen Gluthölle den Weg nach Napata fand. Er dachte an seine Tochter, die ihn überzeugt hatte, diesen Mann nicht zu töten, und empfand wiederum große Dankbarkeit für Hatschepsut.

Am dritten Tag erkannte man hinter einer letzten Sanddünung Napata. Das Heer blieb unentdeckt, denn der König und seine Krieger fuhren vorsichtig in großem Bogen um die Stadt, um dann am Ufer des Hapi zu rasten. Die Späher des Pharao mußten nun wieder suchen und erkunden, denn eine Feindberührung mußte vermieden werden. Mit großer Spannung warteten die Wagenkämpfer auf die erlösende Meldung vom Eintreffen der Fußtruppen am ‚Tal der tausend Sägen‘. Sollte der Überraschungsschlag gelingen, war es unabdingbar, daß die beiden Truppenteile gleichzeitig an den sich gegenüberliegenden Öffnungen der Senke angriffen.

Hunderte kuschitischer Augenpaare verfolgten aus sicheren Verstecken die Streitmacht Tameris, die sich der Senke näherte. Plötzlich hielten die Fußtruppen des Pharao inne und begannen, nach rechts und links auszuschwärmen, ohne das ‚Tal der tausend Sägen' zu betreten. Bevor die Kuschiten sich von ihrer Überraschung erholt hatten, waren sie in erbitterte Kämpfe verwickelt. Die Bogenschützen Tameris schossen auf alles, was sich hinter Steinen und Büschen bewegte. Auf der anderen Seite des Tales wartete Manos mit der zweiten Hälfte seines Heeres, um die eingeschlossenen Rômet in der Senke zu vernichten. Er wartete vergeblich. Schließlich kam ein Kundschafter von der gegenüberliegenden Seite des Tales und meldete Kämpfe, die der Kuschitenkönig so nicht erwartet hatte. Rasch sammelte er seine Leute, um der anderen Hälfte seines Heeres zu Hilfe zu kommen. Er fuhr an der Spitze seiner Wagenkämpfer quer durch das Tal. Währenddessen wurden die langsamen Fußkämpfer des Manos von der schnellen Wagentruppe des Pharao überrascht.

Noch bevor die vorne marschierenden Soldaten der Kuschiten die Lage begriffen hatten, wurde der hintere Truppenteil bereits in heftige Kämpfe mit den Wagen Tameris verwickelt. Wer nicht von den messerscharfen Sicheln der Räder niedergemäht wurde, der starb durch die tödlichen Pfeile der Wagenschützen.

Als Manos in die Kämpfe am Eingang des Tales eingriff, war ein Drittel seines Heeres bereits vernichtet. Der Zorn des Kuschitenkönigs war grenzenlos. Er konnte es nicht fassen, daß seine perfekt ausgeklügelte Falle nicht zugeschnappt war. Was hatte sich hier ereignet?

Er raste mit dem Kampfwagen an der Spitze seiner Truppe hinein in den blutigen Wirbel des tobenden Kampfes. Von oben regneten die leichten Wurflanzen der Romêt herab. Manche seiner Kämpfer stürzten getroffen von den schnellen Kriegswagen. Manos aber blieb unversehrt, auch der Pfeilhagel der ägyptischen Bogenschützen verfehlte ihn. Er war ein starker Kämpfer. Dort, wo er auftauchte, war Bewegung, Kraft und Blut. Kreischende Pferde und Todesschreie von stürzenden Kämpfern begleiteten seine furchtbare Bahn. Aus dichtem Knäuel sah er plötzlich den Pharao. Ahkeperkarê hatte seine Heerführer angewiesen, ihm den Weg zu Manos freizukämpfen.

Der kuschitische König reagierte sofort. Wenn er den Pharao töten würde, wäre die Schlacht so gut wie gewonnen. Er kannte die ungeheure gottähnliche Bedeutung dieses Königs, ein Sieg gegen ihn im Zweikampf würde die Streitmacht Tameris entscheidend schwächen. Manos befreite sich von dem wahnwitzigen Totentanz und lenkte seinen Wagen in die Richtung des Pharao. Erleichtert registrierte Ahkeperkarê, daß der Nubier den Zweikampf annahm.

‚Amunmosis, jetzt wirst du gerächt', schoß es dem Pharao durch den Kopf. Er ließ seine beiden Pferde antraben. Dann wurde die Geschwindigkeit der beiden Wagen immer größer. Zuletzt rasten sie mit wirbelnden Rädern aufeinander zu.

Beide Könige beherrschten das Lenken und Kämpfen ohne zweiten Mann. Dazu wurden die Zügel um die Hüften gelegt, auf deren Druck die edlen Pferde reagierten, während die Hände zum Kämpfen frei waren.

Beim seitlichen Zusammenprall brachen die Sensen der Kampfwagen entzwei. Den Schwerthieb des Manos konnte Ahkeperkarê mühelos parieren. Die Könige wendeten und fuhren wieder aufeinander los.

Beim nächsten Aufeinanderprallen brachen die Sensen der anderen beiden Räder. Der Pharao mußte wieder parieren. Der Zorn des Manos wuchs.

Senmut, der an der Seite seines Königs durch das Tal gefahren war, verfolgte den Kampf aus nächster Nähe. Er sah mit großer Überraschung, daß der ägyptische Wagen viel robuster gebaut war, während Manos' Kriegswagen schlingerte und fast auseinanderbrach. Der nubische König stieg wutentbrannt aus seinem Gefährt und schrie: „Ist der Horus aus Tameri stark genug, auch zu Fuß gegen mich zu kämpfen, oder ist er dazu zu feige?"

Wortlos entstieg Ahkeperkarê seinem Kampfwagen, und Senmut reichte ihm sein kurzes Kampfschwert. Langsam schritt er auf den Nubier zu.

Zuerst umrundeten sich die beiden Könige, während ihre Augen tief ineinandergetaucht waren. Manos führte den ersten Schlag, dem Ahkeperkarê mühelos ausweichen konnte. Dann griff der Pharao an. Er stieß sein Schild überraschend nach vorne und ließ in einer fließenden Bewegung seinen Schwertarm folgen. Dabei beugte er sich leicht nach vorne und gab kurz in den Knien nach. Manos bückte sich, wodurch seine Schultern direkt unter das Schwert des Ahkeperkarê gerieten. Im allerletzten Moment riß er sein Schwert nach oben und lenkte den Schlag seitlich ab. Die Klingen klirrten bei der Wucht des Aufpralls hoch und schrill. Der Pharao wich zurück und war bereit für die nächste Attacke. Er war gewarnt, kein anderer Kämpfer wäre aus dieser gefährlichen Situation entkommen.

Die beiden hatten ihren Rhythmus gefunden. Die schiere Kraft des Nubiers glich der Tameri-König durch elegante Kampftechnik aus. Aufschlagen, abschlagen, parieren – aufschlagen, abschlagen, parieren. Lange dauerte der Waffengang. Es hatte sich ein großer Kreis gebildet. Das kuschitische Heer war fast geschlagen, als Manos noch immer kämpfte. Die Handgelenke ermüdeten, die Beine schmerzten.

Plötzlich strauchelte der Pharao beim Zurückweichen über einen Stein. Die Rômet schrien ängstlich auf. Manos erkannte sofort seine Chance und stürzte mit hocherhobenem Schwert auf Ahkeperkarê. Im letzten Moment gelang es dem Pharao, sich zur Seite zu rollen.

In diesem Moment schlug die Sekunde des Senmut. Mit ungeheurer Präzision schoß er den bereitgelegten Pfeil aus dem Hyksosbogen auf Manos. Erstaunt und erleichtert nahm der ägyptische König wahr, wie sein Gegner röchelnd nach vorne fiel. Der Pfeil des Senmut war quer durch seinen Hals gedrungen. Der Schütze legte zutiefst befriedigt den Bogen in seinem Kampfwagen ab. Er hatte dem Pharao das Leben gerettet.

Ahkeperkarê wankte in sein Zelt und trat – bis an seine Grenzen erschöpft – in den Kreis seiner Offiziere. Er dankte mit schwacher Stimme den Freunden, Gefährten und Edlen und verteilte das Ehrengold an die tapferen Krieger. Amosis Pennechebet hatte nach dem Ende des entsetzlichen Blutbades das Schlachtfeld räumen lassen. Die Kuschiten, die überlebt hatten, warfen ihre toten Landsleute in den Hapi. Die Krokodile hielten reiche Ernte.

Die toten Rômet wurden im Wüstensand wie ihre Vorfahren in Hockstellung begraben. Die Körper würden nicht verwesen, das Ka würde seine Heimstatt erkennen. Für den größten Teil des Heeres war der Tag nach der Schlacht ein Tag des Ruhens und Kräftesammelns. Die Elitetruppen aber mußten versprengte Nubier sammeln und fanden bei der Suche zahlreiche Vorratslager des Gegners. Die Heiler und Pfleger hatten die Verwundeten zu versorgen. Die zahlreichen gefangenen Kuschiten sollten als Sklaven nach Tameri verschleppt werden.

Einen Mond nach der Schlacht begann der Troß den Rückmarsch. Die Grenzstele des Reiches wurde in Kurgus, jenseits des vierten Katarakts wieder erneuert, da sie Manos zerstört hatte. An der dritten Nilschwelle wurden die Schiffe beladen. Die Leiche des Manos ließ der ägyptische

König an der Rah seines Schiffes mit dem Kopf nach unten aufhängen. In Ta-Seti wurde Thure verabschiedet.

Die Kunde vom Sieg der Rômet war nach Waset vorausgeeilt. Späher hatten gemeldet, daß die Riesenschiffe des Ineni und die Falke bis Sonnenuntergang die Hauptstadt erreichen würden. Alle Bewohner waren auf den Beinen, denn man wollte die Ankunft des siegreichen Pharao nicht versäumen. Die königlichen Damen ließen sich in ihren Sänften zum Hapi hinabtragen. Hatschepsut war sehr aufgeregt. Munter redete sie mit ihrer Mutter und Mutnofred, während die anderen Kinder hin und her rannten.

Als erstes konnte man die Falke erkennen, als Rê schon tief am Horizont stand. Näher und näher kam das königliche Schiff. Im Takt hoben und senkten sich die Riemen. Großer Jubel brach aus, als der König am Bug des Schiffes erschien und seine Arme ausbreitete. Über sich, am Rahsegel, hing die Leiche seines Feindes.

Trommelschläge und Trompetenstöße begleiteten die Falke, als sie ins Hafenbecken einschwenkte. Kaum hatten die Hafenarbeiter das Schiff an der Anlegestelle festgemacht, rannte Hatschepsut wie ein junges Füllen die Rampe hinauf und fiel ihrem Vater mit einem Aufschrei in die Arme.

„Kleine Hat, ich möchte dir meinen Lebensretter vorstellen“, sagte der Pharao, als Senmut hinzugetreten war. Voller Überraschung sah sie ihn an. In ihrer Erinnerung hatte Senmut als zitterndes Bündel am Boden gelegen, ängstlich um sein Leben bangend. Und jetzt stand er vor ihr als strahlender Held in der Gunst des Herrn der beiden Länder.

Zögernd gab sie ihm ihre Hand. Die dunklen Augen in Senmuts braungebranntem Gesicht strahlten übergroße Dankbarkeit aus, als er der Prinzessin die Hand drückte.

„Kommt, gehen wir zu Amathu, das Dankopfer wird bereit sein“, rief der König seinen Gefolgsleuten zu.

Ahmes, die Große Königliche Gemahlin, hatte ihre Sänfte verlassen und näherte sich dem Siegreichen. Er streckte ihr beide Hände entgegen und beugte sich zu ihr nieder. Sie hob ganz leicht den Kopf, und sie berührten sich mit den Nasen. „Ich beglückwünsche Ahkeperkarê zu seinem herrlichen Sieg in Kusch. Ich bin sehr stolz auf meinen König, willkommen zu Hause“, flüsterte sie in sein Ohr.

Auch die zweite Dame des Königshauses, Mutnofred, wurde herzlich begrüßt. Der junge Thutmosis klammerte sich an seine Mutter, als der Gewaltige auch ihm ein Willkommen schenkte. Er hatte jahrelang im

Schatten seines überragenden Bruders gelebt und konnte sich an den Gedanken, der neue Thronfolger zu sein, noch nicht so recht gewöhnen.

Die großen Vier des Reiches machten dem Herrscher ihre Aufwartung. Zuerst die beiden Tatjis, dann Ineni. „Der Stier liegt auf dem Opfertisch, alles ist bereit für den Herrn der beiden Länder“, sagte Amathu und geleitete den Pharao mit seinem Gefolge zum Tempel des Amun. Stolz schritt der Hohepriester als Hausherr durch den gewaltigen Pylon des Tempels, während tausende von Rômet den Weg säumten. Jeder wollte den König leibhaftig sehen, und unendlicher Jubel brandete auf, sobald sie ihn erspähten.

Im Innenhof des Tempels lag ein mächtiger Stier gefesselt auf dem großen, steinernen Opfertisch. Langsam schritt Amathu auf ihn zu und stieß mit einer kurzen, heftigen Bewegung das Opfermesser in seinen Hals. Kurz zuckte das kräftige Tier, während ein armdicker Blutstrahl das Pantherfell des Hohepriesters bespritzte. Mehrere Opferpriester nahmen den Stier mit geübten Griffen aus. Das aufquellende Gedärm warfen sie in riesige Krüge. Nur kurz wurde der Weihrauchgeruch der Opferfeuer durch den Gestank der Innereien gestört. Danach reichte man dem Pharao ein großes Fleischstück vom Bug des Stiers, das dieser in das Opferfeuer des Amun warf, als Dank des Königs an den Götterherrn für den Sieg im Lande Kusch.

Hell erleuchteten Fackeln die Barken, als die königliche Familie zur anderen Uferseite nach Malkatta übersetzte. Bevor Ahkeperkarê sich in seiner Residenz zur Ruhe begab, hatte er noch eine Besprechung mit seinem obersten Baumeister. Schwer atmend stieg Ineni die Treppe zum Audienzzimmer des Königs hoch, er spürte die Last der Jahre. Als er sich mit einem Seufzer der Erleichterung niederließ, wurde ihm sofort ein Glas mit Wein und eine Karaffe mit Wasser gereicht. Er nippte an dem Weinglas und wartete auf den König. Tief verneigte er sich, als Ahkeperkarê das Zimmer betrat. Dann blickten sie sich für einen langen Moment tief in die Augen.

Mit warmer Stimme begann der Herrscher zu reden: „Ineni, mein Freund und Medech der Könige. Genie mit überragendem Können. Du verwirklichst die Träume deiner Herren. Du baust wundervolle Tempel und mächtige Schiffe. Die Flaggenmasten auf den Pylonen sind aus bestem Zedernholz, ihre Spitzen sind vergoldet, und die Fahnen des Reiches flattern im Wind. Die Techenusäulen, die du in Ta-Seti gebrochen und glücklich nach Karnak gebracht hast, reichen bis zum Himmel. Du sorgst für meine geheime, letzte Ruhestätte im Tal der Mêret-Seger."

Ahkeperkarê hielt inne. Der gute Ineni war errötet.

„Mein liebster Freund", fuhr der Herrscher fort, „ich habe eine Bitte an dich. Während des Feldzuges nach Kusch habe ich einen jungen Mann kennen- und schätzengelernt. Vielleicht ist er dir bekannt. Es ist Senmut, der einstige Schreiber meines ermordeten Sohnes."

Ineni nickte. „Ich will, daß du ihn lehrst", sprach der König, „gieße über ihm den Schatz deines Wissens aus. Nimm ihn mit zu den Steinbrüchen und Baustellen. Erkläre ihm die Geheimnisse deines Könnens. Ich glaube, so wird dein Genie weiterleben, wenn du einst ins Reich des Osiris eingehst."

Lange überlegte der Baumeister. Dann gab er dem König die Hand zum Einverständnis. Herzlich verabschiedeten sich die beiden Männer. Ineni wurde von den Fackelträgern des Königs über den Fluß gebracht und heimgeleitet.

V

Der Pharao war gezwungen zu handeln. Die Frage der Thronfolge nach dem Tod des Kronprinzen mußte beantwortet werden. Deshalb bestimmte der König, daß sein jüngster und einzig verbliebener Sohn Thutmosis vom Hofe der Residenz nach Mennefer zu gehen hatte. Und er gab seinem Mer-Mesha Amosis Pennechebet den Auftrag, dem neuen Thronfolger das Kriegshandwerk beizubringen.

Der zarte, königliche Jüngling – ursprünglich für eine höhere Priesterlaufbahn vorgesehen – zeigte eher musische Begabungen. Dichten und Musizieren waren seine Welt. Er schauderte beim Gedanken an das Soldatenleben und den Waffendienst. Und er würde Isis, seine junge Frau, monatelang nicht sehen können.

Aber er hatte keine andere Wahl. Wollte er der Herr auf dem Horusthron werden, mußte er dem Wort des Königs klaglos Folge leisten. Ahkeperkarê gab Amosis Pennechebet zu verstehen, daß seinem Sohn unter keinen Umständen Privilegien zustünden. Er sollte das harte Leben der Garnison schonungslos kennenlernen.

Der neue Kronprinz reiste in der Jahreszeit Achet im Jahr elf des Ahkeperkarê nach Mennefer zur Garnison der Streitkräfte. Da die Hapischwemme den höchsten Stand erreicht hatte, konnte die Barke des Prinzen bis ans Eingangstor der Garnison gelangen. Noch nie hatte der junge Thutmosis eine so weitläufige Anlage gesehen. Die gepflasterten Straßen waren breit genug für vier Streitwagen. Er nahm Waffenkammern und Lagerhäuser wahr. Dann gelangte er zu einem kleineren Tor. Der Prinz trug ein Halstuch in blau – der Farbe der Tameri-Könige. Die Wache ließ ihn wortlos passieren. Während er beim Mer-Mesha angemeldet wurde, wartete er mit klopfendem Herzen. Wie würde ihn der Kriegsheld empfangen? Wie mußte er sich verhalten gegenüber dem Mann, der sowohl seinem Großvater, als auch seinem Vater mehrmals das Leben gerettet hatte? Er wußte, daß dieser Mann höchstes Ansehen in Tameri genoß und alle Macht besaß, mit ihm so umzugehen, wie er es für richtig hielt.

Amosis Pennechebet betrat den Raum und begrüßte ihn erfreut: „Hoheit, wir sind alle stolz, daß wir wieder einen Königssohn in unserer Mitte haben. Es ist für uns eine große Ehre, dem zukünftigen Horus das zu lehren, was zur Erhaltung der Maat im Lande Tameri notwendig ist."

Der Prinz war erleichtert. Er faßte sofort Vertrauen zu diesen gütigen, warmen Augen, die ihn väterlich musterten. „Mer-Mesha, du weißt ja, daß meine Freude über das Militärische sehr begrenzt ist. Aber ich werde mir Mühe geben, das zu tun, was du von mir verlangst."

„Keine Angst, Hoheit, das Wichtigste für Euch ist der Umgang mit Pferden, denn als künftiger König müßt Ihr den Kampfwagen möglichst gut beherrschen."

Thutmosis erschrak. Es gab für ihn zu diesen großen Tieren keine Beziehung. Seine Bewunderung galt oft seiner Schwester Hatschepsut, die immer voller Hingabe die Pferde gefüttert und gestreichelt hatte.

Amosis, der das betroffene Gesicht des jungen Thutmosis richtig einschätzte, beruhigte ihn: „Keine Angst, lieber Prinz, ich werde sanfte Tiere aussuchen, die Euren Befehlen gehorchen." Der junge Mann entspannte sich, während der Alte zum Abschied sagte: „Wir sehen uns morgen auf dem Platz der Kampfwagen."

Es wurde eine harte Zeit für den jungen Prinzen. Zuerst zeigte ihm der Mer-Mesha die riesigen Stallungen und die Gießereien, in denen Schild und Schwert hergestellt wurden. Dann fuhr Kanu, der Vorsteher der Pferde, den Wagen vor, der für den Königssohn bestimmt war. „Königliche Hoheit, der Mer-Mesha hat mich vorläufig zu Eurem Wagenlenker bestimmt."

Der Prinz begriff, daß nur das Beste für ihn bereitgestellt wurde. Er wollte sich diesen Ehren würdig erweisen und stieg mutig hinauf zu Kanu. Was er dann erlebte, schockierte ihn. Während er sich krampfhaft festhalten mußte, fuhr Kanu locker und pfeilschnell durch die Arena. Die edlen Pferde reagierten auf den leisesten Druck der Zügel. Zwei spitzenbewehrte Scheiben an den Beißstangen zeigten den edlen Tieren, wie sie reagieren mußten. Der Vorsteher der Pferde wand die Zügel um seinen Leib und lenkte die Rosse, indem er sich bald nach links, bald nach rechts lehnte. Wollte er die Geschwindigkeit drosseln, so beugte er sich zurück; wollte er beschleunigen, so lehnte er sich vor. Die Manöver erfolgten so überraschend, daß man sie nicht im voraus erkennen konnte. Seine Arme bewegte er frei. Er erklärte dem Prinzen, daß das die Fahrweise der Könige sei, die ohne Wagenlenker kämpften. Thutmosis empfand höchste Bewunderung für Kanu.

„Der Vorsteher der Pferde ist ein Meister", erzählte der Prinz am Abend dem Mer-Mesha, „ich glaube nicht, daß ich jemals auch nur annähernd dieses Können erreiche."

„Ihr braucht Geduld, Hoheit", erwiderte der Mer-Mesha, „jeder Pharao mußte dies lernen."

„Ich sehe einen Berg vor mir, der für mich zu steil ist."

„Wir werden Euch helfen, ihn zu überwinden." Damit verabschiedete sich der Heerführer.

Amosis Pennechebet bewohnte wie seine Soldaten ein einfaches Zimmer. Die Achtung für diesen Mann wuchs bei dem Prinzen sehr.

Thutmosis hatte eine unruhige Nacht. Zuerst konnte er wegen der Muskelschmerzen nicht einschlafen, dann erschreckten ihn Alpträume von riesigen Pferden mit fürchterlichen Gebissen und scharfen Hufen. Während also der Prinz in Memphis eine harte Zeit erlebte, fühlte seine junge Frau Isis in Theben, daß sie schwanger war.

Der Pharao empfing den Hohepriester des Amun am letzten Tag des Monats Ephipi in seiner Residenz. „Amathu", begann der Herrscher das Gespräch, „es ist Zeit, meine Tochter auf die Regentschaft mit dem neuen Kronprinzen vorzubereiten."

Der erste Diener des Amun nickte. „Majestät meint die Einweihung zur Gottesgemahlin des Amun."

„Ja, Hatschepsut ist zwar erst dreizehn Jahre alt, aber sie hat Stärke und Willenskraft. Auch vertraue ich ihrem Charakter, sie ist Amuns würdig."

„Ich beglückwünsche Majestät zu dieser Tochter. Auch ich liebe sie wie mein eigenes Kind."

„In drei Tagen wird Satrê Hatschepsut zum Tempel bringen." Damit verabschiedete der König den Hohepriester.

Am dritten Tag weckte Satrê ihren Schützling schon früh am Morgen. „Steh auf, Blume Ägyptens", sagte sie und küßte das schlaftrunkene Mädchen auf die Schläfe, „du wirst heute Amun, dem Götterkönig, begegnen."

„Welche Kleider muß ich bei der Zeremonie tragen?" fragte gähnend die Prinzessin.

„Vorläufig keine, denn du mußt für den Gott erst gereinigt werden."

Hatschepsut fuhr erschrocken hoch: „Gereinigt, aber ... ich bin doch nicht schmutzig!"

Satrê beruhigte sie: „Komm zum Badehof, liebe Hat. Es sind rituelle Waschungen, die es dir ermöglichen, vor dem Gott zu erscheinen."

Hatschepsut erhob sich augenblicklich, stand im Nachthemd vor ihrer Amme und schaute sie erwartungsvoll an. Satrê lächelte, ging zur Tür und hielt sie für die Prinzessin auf. Am Ende des Ganges führte eine schmale Treppe zu einem kleinen Innenhof, der in völliger Abgeschiedenheit von Palastmauern umfriedet war. In der Mitte des Hofes stand ein Granitsockel mit einer flachen, wannenartigen Vertiefung. Über einen Abfluß wurde das Brauchwasser in einem großen Keramikbehälter gesammelt. Entlang den mit Kalksteinplatten gekachelten Wänden standen riesige Urnen randvoll mit Wasser. Vier Dienerinnen in leichten Schürzen verneigten sich tief, als Hatschepsut mit ihrer Amme den Hof betrat. Allerlei Tiegel und Krüge, die herrlich dufteten, standen auf dem kühlen, feuchten Boden. Satrê streifte der Prinzessin das Nachthemd über den Kopf und deutete auf den Steinblock. Mit einem erstickten Lachen kletterte Hatschepsut nach oben und legte sich darauf.

Jetzt kam Leben in die Dienerinnen, die aus großen Schöpfkellen Wasser über der Prinzessin ausgossen. Hatschepsut quiekte und prustete, während ihre Amme sie mit großem Vergnügen betrachtete. Dieses Mädchen wird einmal die schönste Frau Ägyptens, dachte sie und bemerkte mit Wohlwollen die katzenartigen, geschmeidigen Bewegungen, mit denen Hatschepsut den Wassergüssen auszuweichen versuchte.

Mit allerlei wohlriechenden Reinigungssubstanzen rieben die Dienerinnen den jugendlichen Körper der Prinzessin ein. Dann überschütteten sie Hatschepsut mit dem nächsten Wasserschwall. Ihr Haar wurde gewaschen und mit einem Tuch umwickelt. Mit einem wohligen Seufzer und prickelnder Haut spürte Hatschepsut, wie sie zuerst sanft abgetrocknet und dann mit duftenden Ölen eingerieben wurde. Die Dienerinnen verneigten sich wieder und verschwanden leise.

Satrê nahm ein scharfes, kupfernes Rasiermesser und entfernte die wenigen Haare in den Achselhöhlen und an den Beinen ihres Schützlings. Zu guter Letzt schminkte sie Hatschepsuts Gesicht. Mit schwarzem Kohol wurden die Augen umrandet und mit einem langen Strich zu den Schläfen hin verlängert. Die Brauen erhielten dieselbe schwungvolle Form. Mit rotem Ocker pinselte Satrê die Lippen ein, schließlich taxierte sie mit einem wohlgefälligen Schmunzeln das Antlitz der Prinzessin. Abschließend wurden die Handinnenflächen und die Fußsohlen mit blutrotem Henna bemalt. Damit war Hatschepsut auf die Begegnung mit Amun vorbereitet. „Du kannst jetzt aufstehen, mein Stern“, sagte Satrê.

Im Zimmer angelangt, legte sie der Prinzessin ein feines, goldenes Pektoral um den Hals. Das einzige Kleidungsstück an Hatschepsuts Körper, ein kleiner, golddurchwirkter Schurz, schmiegte sich wie eine zweite Haut um die schmale Mädchenhüfte. Satrê kniete nieder, um die Papyrussandalen über die kleinen Füße zu streifen. Schon lange hatte das Mädchen die Kinderlocke abgelegt. Satrê kämmte das volle Haar mit langen, sicheren Bürstenstrichen. Zum Schluß band sie ein blaues Band um die Stirn Hatschepsuts. Da kein Mensch in Tameri außer der königlichen Familie diese Farbe tragen durfte, würde die Prinzessin überall Zutritt haben.

Ein königliches Schnellruderboot brachte die beiden Damen von Birket Habu zur Götterstadt Karnak. Satrê begleitete Hatschepsut bis zum ersten Pylon des Amuntempels. Das Mädchen drückte fest die Hände ihrer Amme, während sie den von Sphingen gesäumten Prozessionsweg hinaufgingen. Am Torturm verneigte sich Satrê und blieb zurück. Den inneren Bezirk des Tempels durfte sie nicht betreten.

Hatschepsut kniete nieder, küßte den heiligen Boden und setzte ihren Weg zögernd fort. Sie fühlte sich sehr allein, als sie den menschenleeren, äußeren Hof überquerte.

Der nächste Pylon und der dritte warfen ihre Schatten auf den goldgefliesten Boden. Kein einziger Priester begegnete dem Mädchen. Sie zitterte vor der unheimlichen Stille ringsum. Ab dem dritten Pylon befand sie sich in einem Säulensaal, und es wurde dunkler, denn ab hier schirmte ein Dach den Bezirk ab. Das nächste Hypostil war niedriger, die Säulen schlanker, das Licht noch spärlicher. Hatschepsut spürte das Verlangen, von diesem dunklen Ort wegzulaufen. Jedoch wurde ihr gleichzeitig bewußt, daß ihr dieser Tag die persönliche Begegnung mit Amun bringen würde, und so schritt sie tapfer weiter.

Sie näherte sich immer mehr dem Heiligtum. Im Vorraum des Allerheiligsten bemerkte sie im Halbdunkel den Hohepriester Amathu. Mit einem Seufzer der Erleichterung ging sie auf den väterlichen Freund zu und drückte seine Hände.

„Der Gott freut sich, dich zu sehen“, sagte er und öffnete die einzige Tür des geheimnisvollen Sanktuariums. Hatschepsut betrat vorsichtig hinter Amathu den Hort des Gottes. „Leg dich nieder, Prinzessin“, flüsterte der Hohepriester. Als Hatschepsut bäuchlings auf dem Boden lag, öffnete er das heilige Naos. Dann folgte absolute Stille. Hatschepsut spürte die Nähe des Einen.

Er ist mein Vater, sagte ihr eine innere Stimme, und ihre Angst vor dem Götterherrn ließ nach.

„Du darfst deinem Vater in die Augen sehen“, unterbrach der Hohepriester die Stille.

Langsam hob das Mädchen den Kopf. Zuerst gewahrte sie fünf goldene Schalen, aus denen Weihrauch nach oben zog. Dazwischen die goldenen Sandalen, aus denen die Zehen des Gottes hervorlugten. Ihr Blick folgte den sich auflösenden Weihrauchschwaden. Ein langer Hirtenstab wurde in Kniehöhe von der rechten Faust des Gottes umklammert, die Linke hielt Ankh, das Lebenskreuz. Feinstes, golddurchwirktes Linnen umschmeichelte den Körper Amuns. Ein herrliches, edelsteingeschmücktes Pektoral umkränzte den Hals. Hatschepsut zögerte, dem Gott auf dem hohen, goldenen Thron in die Augen zu sehen. Als sie es schließlich wagte, war sie überrascht. Es war ein gütiges und sanftes Gesicht. Die ausdrucksvollen Augen standen weit auseinander. Der Blick war in wesenlose Fernen gerichtet. Ein leichtes Lächeln umspielte den Mund. Die hohen Federn der Atefkrone zitterten leicht.

Hatschepsut hörte die leisen, monotonen Worte Amathus: „Er ist Amun. Er vollbringt Wunder über Wunder. Er ist mächtig. Von diesem Urhügel aus regiert er die Welt. Er beschützt dich. Er steht dir bei, wenn du wehrlos bist. Er wacht über dir, wenn du schläfst. Er läßt dir kein Leid geschehen. Huldige ihm, Tochter des Ahkeperkarê, huldige ihm, wie es schon viele vor dir getan haben."

Erschauernd beugte Hatschepsut ihr Haupt vor dem Gott. Als sie ihm wieder in die Augen schaute, vergaß sie alles um sich herum, und eine angenehme Wärme durchströmte ihren Körper. Sie empfand unendliches Vertrauen zu dem Einen und eine vollständige Entspannung ergriff sie.

Die Stimme Amathus erreichte sie wie aus weiter Ferne: „Versenk dich in den Gott. Überlaß dich seinem Geist. Befiehl deinem Ka, hinzuziehen in seinen göttlichen Horizont. Atme tief und langsam."

Die Augenlider der Prinzessin wurden immer schwerer, und über ihren Körper legte sich eine bleierne Müdigkeit. Sie fühlte sich in eine andere Welt versetzt.

Eine warme, väterliche Stimme fragte sie: „Wer bist du, kleines Mädchen?"

„Ich bin Hatschepsut, die Tochter des Horus Akheperkarê."

„Komm, liebe Hatschepsut, begleite mich. Ich öffne dir die Pforten des Himmels."

Die Prinzessin fühlte sich emporgehoben. Sie meinte, wie ein Falke zu fliegen. Amun zeigte ihr die Gestalten der Horizontbewohner in seinem göttlichen Mysterium und stellte ihr die vier Königinnen vor: Tetischerie, Ahotep die Erste, Nefertari und Ahotep die Zweite.

„Sie sind meine Gemahlinnen, und ich werde mich auch mit dir vermählen", sprach Amun feierlich und legte ihr seine Hand aufs Haupt.

Hatschepsut fühlte eine starke Kraft in sich einströmen und befand sich im Zustand höchsten Glücks. Sie umarmte ihre Stammütter, und diese lächelten ihr herzlich zu. Wie im Traum wandelte sie auf geheimen, himmlischen Wegen. Wundervolle Musik umgab sie. Sie verlor jedes Zeitgefühl. Schließlich nahm sie der Gott an die Hand und führte sie zurück in die Welt des Karnaktempels.

Es mußten viele Stunden vergangen sein, als Hatschepsut in den Armen Amathus erwachte. Das heilige Naos war wieder verschlossen.

Die Prinzessin erzählte voller Inbrunst dem Hohepriester von ihrer Ernennung zur Gottesgemahlin des Amun. Die Worte sprudelten nur so aus ihr heraus, während Amathu liebevoll ihren Kopf streichelte. Als sie an seiner Hand den heiligen Tempelbezirk verließ, war es hellichter Tag. Satrê empfing ihren Schützling und bemerkte voller Sorge, daß sie schon länger als einen Tag auf sie gewartet habe.

„Es war wundervoll", das war alles, was Hatschepsut hervorbrachte. Satrê nahm den entrückten und beseelten Blick des Mädchens voller Freude wahr. Sie fuhren über den Fluß nach Hause. Die Amme fragte nicht weiter, sie wußte, daß ihr Schützling von nun an zu den Eingeweihten Amuns zählte.

Die Zeit, in der Senmut bei Ineni gearbeitet hatte, brachte viele Überraschungen. Die Aktivitäten des alternden Baumeisters waren immens. Nicht nur, daß er als oberster Medech des Königs fast alle ehrgeizigen Pläne seines Herrn im ganzen Reich plante und überwachte, sondern auch als Bürgermeister von Waset hatte er ein umfangreiches Arbeitsfeld zu bewältigen. Und trotz allem strömte dieser Mann eine fast stoische Ruhe aus. Senmut begriff, warum der edle Ineni schon von zwei vorangegangenen Pharaonen so sehr geschätzt worden war. Senmuts Tätigkeiten begannen damit, daß sein Lehrmeister ihn in eine riesige Bibliothek führte.

„Hier findest du alles, was bisher in Tameri vollbracht und geleistet worden ist. Lies, Senmut, und wenn du etwas nicht verstehst, dann komm zu mir." Mit den Worten: „Du hast immer Zutritt", verabschiedete sich der Medech.

Senmut war äußerst wißbegierig. Er vergrub sich wochenlang im Raum des Wissens. Abends brannten seine Augen, und wenn er sich schlafenlegte, dachte er noch lange über sein neu erworbenes Wissen nach.

So kam es, daß sein geistiger Horizont sich enorm vergrößerte. Ineni war sehr zufrieden, und er nahm nach einiger Zeit seinen Schüler mit auf die Baustellen des Landes. Und Senmut lernte, wie man theoretisches

Wissen in die Praxis umsetzt. Sein wacher Geist war auch in der Lage zu begreifen, daß außer Wissen auch schöpferische Kraft notwendig war, wenn man die Wunder der Pharaonen verwirklichen wollte.

Für Ineni waren die Diskussionen mit seinem Schüler sehr reizvoll. Talent und Wille hatten einander gefunden. Nach einiger Zeit konnte Senmut den Steinmetzen, Reliefschneidern und Bildhauern genaue Vorgaben für die Bauwerke geben. Ineni sah sich immer mehr von dem jungen Mann entlastet und freute sich sehr darüber.

Ahkeperkarê hatte schon am Anfang seiner Regierungszeit in der Nähe des Palastes eine Kampfbahn anlegen lassen. Er wollte seine kriegerischen Fähigkeiten jederzeit schulen, ohne zur Garnison nach Mennefer reisen zu müssen.

Es war an einem sonnigen Morgen im Schemu, der Erntezeit, als der König mit seiner Tochter die Kampfbahn betrat. Er hatte Satrê befohlen, Hatschepsut nur einen Schurz und feste Sandalen anziehen zu lassen. Der erste Wagenlenker seiner Majestät fuhr ein prächtiges Gespann vor.

„Diese Pferde sind wie meine Kinder", sagte der König voller Stolz zu seiner Tochter und tätschelte die herrlichen Geschöpfe am Hals. Die Reaktion dieser Tiere war so spontan und sanft zugleich, daß man die Liebe zwischen Mensch und Tier förmlich spüren konnte. Hatschepsut war tief beeindruckt. Der Wagenlenker machte dem König im goldenen Kampfwagen Platz. „Komm, kleine Hat", rief der Herrscher und streckte ihr seine Hand entgegen, während die andere Hand die Zügel hielt.

Er ist ein Gott, dachte Hatschepsut beim Anblick seines strahlenden Lachens und seiner sicheren Bewegungen. Flink ergriff sie seine Hand und war mit einem Satz neben ihm.

Ahkeperkarê ließ die Pferde zuerst langsam gehen, dann allmählich traben. Als sie schließlich in gestrecktem Galopp dahinflogen und der Wagen eine riesige Staubwolke aufwirbelte, kroch die Angst in der Königstochter hoch. Sie wurde hin- und hergeworfen und klammerte sich krampfhaft mit der einen Hand an der Wagenkante und mit der anderen an des Vaters Kleid und Gürtel fest. Der König lachte lauthals und zügelte seine Tiere. Dann erklärte er ihr mit unendlicher Geduld, wie man einen Kampfwagen beherrscht. „Du mußt mit elastischen Gegenbewegungen das Rütteln des Wagens ausgleichen. Dein ganzer Körper soll locker den Bewegungen sofort und entspannt folgen. Fang alle Unebenheiten bis in die Fußspitzen ab. Nur dann bist du in der Lage, aufrecht und sicher im Wagen zu stehen."

Hatschepsut war eine gelehrige Schülerin. Sie begriff sehr schnell. Es dauerte nur wenige Tage, dann waren ihre neuen Fähigkeiten erwacht. Bald konnte sie das wunderbare Gefühl genießen, mit den Pferden des Königs dahinzusausen wie der Wind. Der Körper des Mädchens wurde zusehends muskulös, kräftig und biegsam zugleich.

Eines Tages war der gesamte Palast in Aufruhr. Abends blieb Hatschepsut verschwunden. Voller Angst und Sorge betrat Ahmes, die Große Gemahlin, die Schlafgemächer des Königs, um ihm vom vergeblichen Suchen nach der Tochter zu berichten. Der Herrscher lächelte wissend und begab sich geradewegs zu den Stallungen. Als er Hatschepsut inmitten der beiden königlichen Pferde friedlich schlummern sah, liebte er sie noch mehr als zuvor.

VI

Die Überschwemmungszeit Achet ging mit dem Monat Choyak zu Ende, und der Mond Tybi eröffnete Peret die Zeit der Aussaat und des Keimens.

In diesen Tagen überraschte der Pharao seine Tochter: „Wir werden nach Mennefer fahren, um dich in der ‚Waage der beiden Länder' bekanntzumachen. Als Erbtochter des Reiches werde ich dich den Gaufürsten des Deltas und den Heerführern der Garnisonsstadt vorstellen."

Da Hatschepsut Waset noch nie verlassen hatte, freute sie sich sehr. Sie bekam heftiges Reisefieber. Ihr Bruder hatte ihr manches von Mennefer erzählt, und nun war sie sehr gespannt, alles mit eigenen Augen zu sehen. Die Aussicht, mit dem geliebten Vater für lange Zeit zusammenzusein, begeisterte sie. Während der Reise würde sie niemand stören, kein Herold, kein Gaufürst und kein Bittsteller.

Die Falke schaukelte sanft im Hafen, und die weißblauen Fahnen flatterten im Wind, als der König mit seiner Tochter das Schiff betrat. Viele Bewohner Wasets waren gekommen und verabschiedeten mit fröhlichem Winken die Barke, die in die Strömung des Hapi einschwenkte und flußabwärts trieb. Ahkeperkarê und Hatschepsut standen an Deck, und das Mädchen sog die neuen Eindrücke glücklich seufzend in sich auf. Ihre Sinne waren hellwach, die Gerüche des Flusses und der Pflanzen, das Jubilieren der Vögel, das Aufspritzen des Wassers, wenn ein Nilpferd oder ein Krokodil vor dem Bug der Falke flüchtete – sie fühlte sich wie ein kleines Kind, erregt und selig.

Der Pharao bemerkte ihren Glückszustand und ließ sich von diesem Rausch der Sinne anstecken. Feierlich erklärte er seiner Tochter: „Der Hapi ist ein Wunder. In den Monden Thot, Paophi und Athyr schimmert er wie eine silbrige Perle. Die ungeheuren Wassermassen der Überschwemmung spiegeln sich glitzernd am Ufer wider. Im Choyak, Typi und Mechyr verwandelt er sich in schwarzen Moschus. Das Wasser tritt ins Flußbett zurück und hinterläßt den schwarzen, duftenden Boden, der den Samen aufnimmt. Die dritte Verwandlung geschieht in den Monden Phamenat, Pharmuti und Pachons. Die Ufer funkeln nun wie ein dunkelgrüner Smaragd. Die sprießenden Gräser, die Pflanzen der Felder und die Blätter der Bäume gedeihen in tausendfachem Grün. Der Höhepunkt fällt in die Monde Payni, Epiphi und Mesore. Der Hapi wird dann zu purem Gold. Das Getreide füllt unsere Speicher im Übermaß. Neuer Reichtum segnet unser Land. Alle Menschen sind glücklich. Maat hat sich erfüllt."

„Ja, und du bist Horus, der dies alles garantiert. Dein Umgang mit den Göttern sorgt dafür, daß dieses Wunder sich Jahr für Jahr wiederholt.“

„Möge Maat mir immer geneigt sein“, sprach Ahkeperkarê und führte seine Tochter zum Kiosk, in dem Speisen und Getränke gereicht wurden. Jede Stadt am Fluß reizte den Wissensdurst der Prinzessin. Bereitwillig gab ihr Vater Auskunft. Auch er erfreute sich an dieser Fahrt immer mehr. Iunet mit dem geheimnisvollen Hathortempel glitt vorbei. Abdju tauchte auf, die Stadt des Totengottes Osiris.

„Hier liegen viele unserer Ahnen begraben“, sagte der König, „Peribsen und Chasechemui, Pharaonen, die vor vielen hundert Sommern Tameri beherrschten.“

Der wundervolle Osiris-Tempel leuchtete im Abendrot. Ganz langsam senkte sich die Dämmerung über den Fluß, vereinzelt hüpften Fische aus dem Wasser, Nebelfetzen verdeckten das Ufer.

An diesem Abend wurde der Pharao sehr ernst. Der König hatte alle Diener fortgeschickt, und er redete mahnend auf seine Tochter ein: „Liebe Hat, was ich jetzt mit dir zu besprechen habe, betrifft die Zukunft Tameris. Meine Reise zu Osiris ist nicht mehr fern. Du und Thutmosis, ihr werdet heiraten. Dein Bruder wird als Horus Ahkeperenrê den Thron besteigen. Wir beide wissen, daß die Flügel dieses Falken nicht sehr kräftig sind. Deshalb braucht er eine starke Königin. Du hast alle Gaben von Amun erhalten, dieses wichtige Amt auszufüllen. Herrsche, wo er Schwäche zeigt. Ich weiß, daß Amun dich sehr liebt. Er wird dich auch in schwierigen Zeiten leiten, vertraue ihm. In dir erkenne ich Amunmosis. Ihr beide seid wie Zwillinge. Er mußte sterben, aber du lebst.“

Der heisere Ruf eines Falken erklang in der Dämmerung. Die Stimme des Pharao wurde noch eindringlicher: „Wenn du einmal als Königin über Tameri herrschen wirst, dann erinnere dich immer an das, was ich dir jetzt zu sagen habe: Das Wichtigste ist die Einheit des Reiches. Du mußt sie immer wieder im Kult und im Herzen deines Volkes vollziehen und bewahren. Diese Einheit bedeutet die göttliche Weltordnung. Sollte sie jemals bedroht werden, dann verteidige sie mit allem, was dir zur Verfügung steht. Nur dann hast du den göttlichen Auftrag erfüllt. Als Erhalter und Vollstrecker der Maat sind du und dein Bruder verantwortlich für den ungestörten Lauf der Welt und des Lebens. Du selbst hast mir bei der Abfahrt gesagt, daß mein Umgang mit den Göttern die Ordnung garantiert. Eben diesen Umgang mußt du pflegen, immer und immer wieder. Opfere vor allem der Göttin Maat. Du bist jetzt noch ein blutjunges Mädchen.

Aber du wirst dermaleinst eine starke Frau sein. Amun wird dich beschützen im Antlitz der Götter."

Leise war die Nacht hereingezogen. Glitzerndes Mondlicht im Wasser erhellte das Schiff. Hatschepsut blieb regungslos. Ein Lächeln huschte über das Gesicht des Königs, während er weitersprach: „Ich werde Osiris bitten, daß er mich oft schauen läßt in dieses Tameri, das hauptsächlich von einer Frau beherrscht werden wird. Hatschepsut, du bist ein schönes Mädchen, und du wirst eine schöne Frau sein. Mehr als Macht und Weisheit bezaubert Schönheit die Menschen. Damit hast du eine starke Waffe in der Hand, die dir helfen wird. Ich glaube fest an das Gelingen deiner Mission."

Hatschepsut machte einen Schritt auf ihren Vater zu und umarmte ihn. Sie drückte ihn heftig. Sie hatte das Gefühl, als würde die unendliche Kraft dieses Gottkönigs auf sie überströmen.

Als sie sich zur Ruhe niederlegten, konnte die Prinzessin lange nicht einschlafen. Jedes Wort ihres Vaters hallte in ihr nach. Leichte Wellen wiegten die Falke in der stillen Bucht.

Nach drei Tagen erreichten sie Chmun, die heilige Stadt des Thot. Auf der linken Uferseite hatten riesige Steinbrüche das Land verwundet. „Hier wurde ein Teil der Steinquader für die großen Sehedu-Gräber in Saqqara und Gisah gebrochen", erklärte Ahkeperkarê, „du wirst diese Giganten zu Gesicht bekommen."

Zwei Tage später war es soweit. Schon von weitem erblickte Hatschepsut Gebilde auf der westlichen Uferseite, zunächst klein und unscheinbar. Beim Näherkommen jedoch wurde die majestätische Größe dieser Bauwerke offenbar.

„Welch ein Wunder", strahlte die Prinzessin.

„Von Mennefer aus wirst du diese Wunder besichtigen können. Während ich die Staatsgeschäfte erledige, hast du genügend Zeit für solche Unternehmungen", versprach der König.

Sie erreichten Mennefer am frühen Morgen. Der Tau hatte die riesigen Palmenwälder benetzt. Alles roch frisch und erquickend. Der Pharao war erstaunt, als er seine Tochter erblickte. Er hatte ein festliches Gewand, viel Geschmeide und Edelsteine an den Gelenken erwartet. Statt dessen trug sie nur einen golddurchwirkten Lendenschurz, die passenden Sandalen und den kostbaren Wesechkragen. Sie war sorgfältig geschminkt, und die goldene Uräusschlange zierte ihren Kopf. Hatschepsut kannte ihren Vater und deutete den Blick vollkommen richtig. Sie flüsterte ihm ins Ohr:

„Vater, jetzt ist es noch kühl, aber wenn wir die Feierlichkeiten in Mennefer begehen, wird es sehr heiß sein. Willst du etwa, daß ich in deinen Armen ohnmächtig werde?“

Der Pharao war einverstanden, dachte an das Vorrecht der Jugend und wollte ihr den Wunsch nach luftiger Kleidung nicht abschlagen. Hatschepsut küßte ihn auf die Wange und bedauerte, daß die traute Zweisamkeit mit dem Vater sich vorläufig dem Ende neigte.

Die Falke schwenkte langsam auf die Landungsbrücke ein. Als die Rampe heruntergeklappt wurde, erschallte tausendfacher Jubel, vermischt mit den stählernen Klängen der Hörner und Posaunen. Der Tatji Unterägyptens war der erste, der den König und die Prinzessin begrüßte. Er kniete nieder und küßte die Füße der Hochgeborenen. „Mennefer ist für diesen Tag zu beglückwünschen. Der lebende Horus weilt unter uns, und die herrliche Blume Tameris erfreut uns mit ihrer strahlenden Schönheit“, sprach Amun-Weser. Ahkeperkarê faßte ihn an der Schulter, und der Tatji erhob sich. Die beiden Männer schauten sich lange in die Augen.

In langer Reihe standen die zwanzig Gaufürsten des Deltas, um ihren König zu begrüßen. Alle trugen auf dem Kopf kostbare Silberreifen, die die aus herrlichen Edelsteinen geformten Gauzeichen zierten. Am Ende der Schlange hatte sich der junge Thutmosis eingereiht. An seiner Seite der Mer-Mesha Amosis Pennechebet.

Die Begrüßung dauerte sehr lange. Der König sprach mit jedem Fürsten ausführlich. Seine Tochter tat es ihm gleich. Sie verstand es meisterhaft, mit ihrem Charme und ihrer jugendlichen Schönheit die Gaufürsten zu verzaubern.

Voller Freude erblickte der Pharao seinen Sohn. Der Militärdienst schien den Prinzen verändert zu haben. Seine Gestalt war muskulöser geworden, und sein Blick wirkte nicht mehr so verängstigt beim Anblick des mächtigen Vaters.

„Er hat große Fortschritte gemacht“, bemerkte der Mer-Mesha, „den Kampfwagen beherrscht er gut, und auch seine Zielsicherheit mit der Waffe nimmt zu.“

„Dies ist eine große Genugtuung für mich“, erwiderte der König.

Mit einem Freudenschrei stürzte sich Hatschepsut auf ihren Bruder, und die beiden umarmten sich stürmisch. „Wenn du mich in der Garnison besuchst, fahren wir um die Wette“, preßte der Prinz heraus, denn die Umklammerung seiner Schwester war heftig.

Alle Anwesenden machten sich auf zu dem großen Tempel des Ptah. Zuerst überquerten sie einen mächtigen Damm, der Mennefer während der Überschwemmungszeit schützte. Dann durchschritten sie das große Tor zur Stadt. Hatschepsut staunte über die riesige Umfassungsmauer.

„Dies ist die weiße Mauer des Menes, des Begründers der Stadt“, erklärte ihr Vater, „als großer Reichseiniger machte er Mennefer zur Hauptstadt des Reiches und nannte sie ‚Waage der beiden Länder‘. Mennefer wurde Krönungsstadt der Könige und blühte auf, als Waset noch ein armes Fellachendorf war. Du befindest dich also auf historischem Boden.“

Hatschepsuts Respekt nahm zu. Das Haus des Ptah war halb Tempel, halb Palast. Der Pharao hatte bestimmt, daß die feierliche Proklamation der Thronfolge seines Sohnes Thutmosis und die Vorstellung Hatschepsuts als Erbtochter des Reiches und Gottesgemahlin des Amun in diesen heiligen Räumen stattfinden sollte. Aus hunderten von Glutkörben schwelte Weihrauch und Myrrhe.

Das Raunen der Gästeschar verstummte, als die Bläser ihre Bronzetrompeten ertönen ließen. Dann schlugen die Trommler ihre Instrumente. Totenstille herrschte, als der Herold das erhöhte Thronenpodium betrat. Seine Stimme hallte durch den Raum: „Der lebende Horus unter den Menschen, starker Stier, von Maat geliebt, groß an Kraft, Herr der beiden Länder, Ahkeperkarê, Sohn des Rê, er lebe ewig. Thutmosis, Sohn und Kronprinz des Pharao, Statthalter des Königs der Garnison Mennefer, er lebe ewig. Hatschepsut Khnemetamun, Tochter des Pharao und Königsprinzessin, groß an Gunst und Lieblichkeit, sie lebe ewig.“

Als der König mit seinen Kindern den Saal betrat, warfen sich alle Anwesenden auf den Boden. Erst als die Herrscher auf den Thronen Platz genommen hatten, rief der Herold zum Aufstehen. Wenige Augenblicke später stand Ahkeperkarê auf und verkündete laut und eindringlich: „Meine Majestät hat heute alle Gaufürsten und Beamten des Deltas und die obersten Offiziere des Heeres eingeladen, um zwei wichtige Dinge kundzutun. Zum einen erhebe ich meinen Sohn Thutmosis zum Thronfolger Tameris. Sein Königsname wird sein Ahkeperenrê. Möge dem jungen Horus eine gute und glückliche Regierung beschieden sein. Zum anderen ernenne ich meine Tochter Hatschepsut zur Erbtochter des Reiches. Nur wer sie ehelicht, kann Pharao werden. Außerdem gebe ich bekannt, daß sie vor wenigen Tagen im Göttertempel von Karnak zur Gottesgemahlin des Amun erhoben worden ist. Sie verkörpert die direkte Erblinie der Pharaonen Tameris.“

Tosender Beifall rauschte auf, als der König seine Kinder umarmte und auf die Nase küßte. Dann begann der inoffizielle Teil des Festes.

Träge zogen Weihrauchschwaden und Blütendüfte durch den riesigen Raum. Dutzende von kuschitischen Dienern reichten Obst, Dattelbrot und gebratene Gänsebrust. Junge Mädchen schenkten Henket und Alashia-Wein in die Schalen. Die Stimmung wurde gelöster, und Hatschepsut ging unter den Gästen umher.

Plötzlich vernahm sie die kräftige Stimme des Tatji. Sie drehte sich um und sah, wie er ihr zuwinkte. Neben ihm stand ein schöner, junger Mann. Als die Prinzessin sich den beiden näherte, fühlte sich der jüngere wie gelähmt. Je näher Hatschepsut kam, desto mehr war er überzeugt, noch nie in seinem Leben ein so liebliches Gesicht gesehen zu haben. Er spürte, wie seine Knie weich wurden, und er vernahm die Stimme seines Vaters wie aus weiter Ferne: „Prinzessin, darf ich dir meinen Sohn vorstellen. Er heißt wie ich Amun-Weser."

Mit strahlendem Lächeln gab sie dem jungen Mann die Hand: „Der Sohn des großen Tatji des Nordens, ich fühle mich geehrt."

Die Blume Tameris ist noch schöner als alle Beschreibungen, dachte er und löste sich ganz langsam aus seiner Erstarrung. Hatschepsut machte es ihm leicht, denn ihre natürliche, herzerfrischende Art beruhigte ihn.

Im Laufe der langen Festnacht begegneten sich Hatschepsut und der Sohn des Tatji immer wieder. Die Königstochter empfand ganz allmählich eine gewisse Vertrautheit zu Amun-Weser, dem Jüngeren. Natürlich nahm sie wahr, daß der junge Mann von ihrer Erscheinung völlig geblendet war. Und sie fand es angenehm, daß er nicht versuchte, mit Hochnäsigkeit und Arroganz seine Gefühle zu überspielen.

Auch der König und sein Tatji registrierten mit Wohlwollen, daß die beiden jungen Menschen einander näherkamen.

„Ich würde es begrüßen, wenn dein Sohn Hatschepsut die Sehedu-Gräber in Saqqara und Gisha zeigen würde", sagte Ahkeperkarê.

„O ja, das wäre eine große Ehre für ihn. Seit seiner Kindheit kennt er diese Stätten des Friedens unserer Ahnen", erwiderte der Tatji des Nordens.

Am zweiten Tag verließen die beiden jungen Leute mit Wagen und Pferden der Garnison Mennefer die Stadt. Der Morgentau schimmerte an den Steinen, und überall ertönte das vertraute Gezwitscher der Vögel in der Frühe. Als Amun-Weser bemerkte, mit welcher Perfektion Hatschepsut ihren Wagen lenkte, war er sehr überrascht. Er hatte eine etwas ängstliche Prinzessin erwartet, der er mit Geduld die Angst vor der langen Fahrt nehmen müßte. Statt dessen war er kaum in der Lage, ihrer rasanten Fahrt zu folgen. Er beobachtete sie aufmerksam. Ihr jugendlicher Körper war schön wie die eben aufgehende Morgensonne. Die schlanken Beine waren muskulös und federten alle Stöße ab, verursacht durch die Unebenheiten des Weges.

Amun-Weser hatte bei seinen Übungsfahrten schon oft bemerkt, daß Fahrer, die man von hinten betrachtete, fast immer Zeichen von Schwäche zeigten. Meist wirkte die Haltung der Schulter verkrampft, die Wölbung der Hüfte hart und steif. Nichts dergleichen bei der Prinzessin. Locker und gelöst rief sie die Pferde zur Eile. Der kleine Lendenschurz flatterte im Wind und ließ für winzige Augenblicke die sanften Rundungen ihrer Lenden erkennen. Die schmale Taille bog sich und tarierte alle Bewegungen aus, so daß der Oberkörper völlig ruhig blieb. Das Brusttuch ließ die Schultern frei, die wie Gold in der Frühsonne glänzten. Das üppige, schwarze Haar flog dahin wie der edle, weiße Schweif des Pferdes vor ihr, so daß der lange, schlanke Hals immer wieder sichtbar wurde. Der Pulsschlag Amun-Wesers beschleunigte sich, sein Blut rauschte durch die Adern. Er hatte das Gefühl, als würde er die Lieblichkeit des klaren Morgens im Anblick dieses Mädchens wiedererkennen.

Die erste Strecke ging an üppigen Pflanzungen vorüber, im Hintergrund ragten hohe Palmen empor. Dann folgten wilde, unbebaute Flächen mit niedrigem Gestrüpp von Mimosen und Sykomoren.

Kurz darauf überquerten sie einen Nebenarm des Hapi. Hoch spritzte das Wasser, als die Pferde durch die Furt galoppierten. Hatschepsut jubelte. Endlich konnte sie sich frei und ohne Hofzeremoniell bewegen. Am anderen Ufer lachten die beiden sich zu. Völlig durchnäßt, leicht verschwitzt und schmutzig, konnte man den herrschaftlichen Stand der Wagenlenker kaum mehr erkennen. Nur die edlen Tiere und die kostbaren Wagen zeugten von Reichtum und Adel.

Auf der Anhöhe von Saqqara erblickte die Prinzessin zum ersten Mal die heiligen Grabmäler ihrer Vorfahren. Wie überirdische Himmelskörper ragten sie auf, und Hatschepsut mochte es kaum glauben, daß diese riesigen Bauwerke Menschenhände errichtet hatten.

Amun-Weser zählte alle Herrscher der Grabstätten auf. Dann fuhren sie in diese gewaltige Steinwelt hinein und hielten vor einer zehn Meter hohen Mauer. Diese Umwallung mit Nischengliederung und vorgeschobenen Bastionen kam Hatschepsut bekannt vor. Amun-Weser bestätigte:

„Hier hat sich der Pharao Netjerichet-Djoser vor fast eintausend Jahren die weiße Mauer von Mennefer zum Vorbild genommen. Sein genialer Architekt Imhotep hat auf diese Weise den Grabbezirk seines Königs eingefriedet. Komm, ich zeige dir diese erhabene Heimstatt der Ewigkeit."

Und sie stiegen über die Schwelle hinein in eine stille, großartige Welt, die Hatschepsut verstummen ließ. Himmelhohe, überdachte Säulengänge ließen die beiden winzig erscheinen. Danach erreichten sie im grellen Sonnenlicht zwölf in einer Reihe stehende Kapellen.

„In diesen Kapellen feierte Djoser seine Set-Feste bei Osiris", erklärte Amun-Weser. Hatschepsut nickte mit großen Augen. Dann standen sie unvermittelt vor der großen Pyramide des Königs. In sechs gewaltigen Stufen erhob sie sich zum Himmel.

„Hier stieg der König auf, von den irdischen Gefilden des Diesseits zu den himmlischen Gefilden des Jenseits", sagte der Sohn des Tatji. Wie in Trance begab sich die Prinzessin zum Kulttempel nördlich der Pyramide. Die Schönheit dieser Stätte ließ sie zu Boden sinken. Himmlischer Musik gleich, überall nur harmonische Maße und Proportionen, nur Platz für das Erhabene, alles war vollkommen.

„Unsere Ahnen – welch mächtige Götter", staunte sie. Kann ich als Königin Tameris je etwas Vergleichbares schaffen? fragte sie sich in Gedanken. Voller Ehrfurcht verließ sie an der Seite ihres Begleiters den heiligen Bezirk. Langsam und wie abwesend fuhr sie in ihrem Gespann dahin. Amun-Weser hielt sich diskret zurück. Er konnte die Ergriffenheit der Prinzessin gut verstehen, denn auch er war von diesem Bezirk der Ewigkeit und Ruhe immer wieder tief beeindruckt.

Allmählich löste sich Hatschepsut aus ihrer Erstarrung, und voller Tatendrang beschleunigte sie die Fahrt. Beim Sonnenheiligtum des Niuserrê überquerten die beiden zum ersten Mal die Grenze zwischen dem schwarzen und dem roten Land. Nur noch vereinzelte Bäume, Tamariskensträucher und ein paar Dattelpalmen zeugten von den letzten Regungen einer Vegetation.

Hoch stob der Sand, als die Pferde über die Wüste galoppierten. Der Morgen hatte sich verabschiedet, und Rês Strahlen brannten nun stärker. Die Rosse schwitzten, und weiße Schaumflocken bildeten sich an deren Nüstern. Hatschepsut trieb die Tiere zu äußerster Gangart an. Sie spürte eine innere Erregung, die sie sich nicht erklären konnte. Amun-Weser war sprachlos. Er konnte das Tempo kaum mitgehen.

Dieses Mädchen wird die mutigste Königin Tameris, dachte er, während er versuchte, seine Pferde anzutreiben.

Plötzlich geschah es. Nervös zuckte eine Kobra über den Weg. Mit einem schrillen, angstvollen Wiehern stiegen die Schimmel der Prinzessin hoch. Der Wagen schleuderte hin und her und prallte dabei gegen einen Felsen. Hatschepsut wirbelte durch die Luft und blieb neben dem kahlen, rotbraunen Felsbrocken regungslos liegen. Amun-Weser hetzte heran. Voller Angst beugte er sich über das Mädchen.

„Hatschepsut", schrie er, „Hatschepsut, was ist mit dir, bist du verletzt?" Vorsichtig nahm er ihren Kopf, um ihren Atem zu hören und zu spüren. „Amun, laß sie nicht sterben", bat er angstvoll. Da öffnete sie ihre Augen, und ein leichtes Lächeln umspielte ihren Mund. Langsam wich die Angst von Amun-Weser. Ihre Blicke tauchten tief ineinander.

Wie durch einen geheimnisvollen Zauber vergrößerten sich die Pupillen der Prinzessin, und dieses feine Signal erweckte in dem Sohn des Tatji eine große Vertrautheit. Er nahm ihre Hand.

„Amun schützt seine Tochter, er läßt sie nicht sterben", sagte sie leise, um dann etwas lauter hinzuzufügen, „ich kann allerdings nicht verstehen, warum Wadjit ihrer Tochter erlaubt hat, die Pferde zu erschrecken."

„Hast du Schmerzen?" fragte er besorgt.

„Oh nein, es ist nichts Schlimmes geschehen."

„Ich danke den Göttern!"

Leise rauschte der Wüstenwind. In den Augen Hatschepsuts erkannte man die Weite und die Unendlichkeit des Himmels. „Amun-Weser, liebst du mich?"

„Blume Tameris, ich liebe dich mehr als alles andere."

Spontan schlang sie ihre Arme um ihn. Er näherte sich mit seinem Mund ihrer Schläfe und küßte die zarte Ader. Er spürte den Schlag ihres Herzens. Das seidige, tiefschwarze Haar ließ er durch seine streichelnden Hände gleiten. Zitternd und etwas ungeschickt versuchte Hatschepsut, den Gürtel seines Schurzes zu öffnen. Helfend unterstütze er sie mit seinen Händen. Mit großer Erregung entledigten sie sich ihrer wenigen Kleidungsstücke. Amun-Weser betrachtete ihren wundervollen Körper, und das Gefühl der grenzenlosen Liebe ließ ihn langsam und mit viel Zartgefühl vorgehen. Er ahnte, daß dieses blutjunge Mädchen noch nie in den Armen eines Mannes gelegen hatte. Er wußte, daß dieses Königskind zu Glück und Entzücken erweckt werden mußte.

Die enge Umarmung und die gegenseitige, intime Berührung der kühlen, samtenen Haut steigerte die Empfindung ihrer Sinne. Wie Blüten, die sich der Sonne entgegen auffalten, so öffneten sie ihre Herzen füreinander. Sehnsucht und Begierde strömten zusammen. Er bewegte sich vorsichtig und beachtete sorgfältig den zarten Rhythmus ihres Körpers.

Glücklich und festgesogen mit allen Konturen ihrer Leiber blieben sie regungslos liegen. Hatschepsut öffnete ihre Augen. Und sie sah überrascht, wie ein inneres Leuchten Amun-Weser zu erhellen schien. Sein Gesicht wurde durch die lichte Mitte seines Herzens strahlend und unendlich glücklich. Sie wagte nicht zu sprechen und schaute ihn nur an, wie man ein schönes, fremdes Bild ansieht. Nein, es war nicht fremd, sondern von rätselhafter Bekanntheit. Sie waren sich erst vor zwei Tagen begegnet, und doch meinte sie, ihn schon immer zu kennen.

Leise sagte er zu ihr: „Hoffentlich habe ich dich nicht zu sehr verwundet."

„Nein", flüsterte sie mit leuchtenden Augen, „du warst so zart, so überaus zart. Ich danke dir."

Ganz langsam lösten sie sich voneinander. Die leidenschaftliche Hingabe wurde abgelöst von beseligender Müdigkeit. Irgendwo in der Ferne erklang der Schrei eines jungen Löwen. Sonst nur Stille. Im Schatten des Felsens schlief Hatschepsut in der Armbeuge ihres Geliebten ein. Schützend hielt seine Hand ihre Lenden. Und sie lächelte im Schlaf. Vor sich gewahrte er die vor Hitze flimmernde, sich wie Wasser bewegende und wogende Luft. Die Pferde Amun-Wesers näherten sich ihrem Herrn und schnupperten mit ihren weichen Nüstern an seinem Haar.

Hatschepsut erwachte und beobachtete heimlich und verstohlen durch ihre langen Wimpern die Gestalt ihres Geliebten. Jetzt erst wurde ihr bewußt, wie herrlich der Körper eines Menschen sein kann. Der kräftige Leib und die vollendete Brust ließen erkennen, daß Amun-Weser die harte und entbehrungsreiche Ausbildung eines Kriegers in der Garnison Mennefer durchlebt hatte. Seine Schultern zeigten ein anmutiges, schönes Muskelspiel. Der flache Bauch hob und senkte sich langsam im Rhythmus der ruhigen Atemzüge. Sein Arm hielt die Prinzessin fest und sicher. Eine wohlige Geborgenheit bemächtigte sich ihrer. Wie eine Katze kuschelte sie sich an ihn, und er spürte, daß sie erwacht war.

Leise fragte er: „Prinzessin, möchtest du zurück nach Mennefer, oder soll ich dir noch die mächtigen Sehedu-Gräber von Gisah zeigen?"

„Fahren wir weiter", nickte Hatschepsut.

Der Wagen der Prinzessin war bei der Wucht des Aufpralls an dem Felsen zu Bruch gegangen. Mit viel Geschick machte Amun-Weser aus seinem Gefährt ein Viergespann, und mit einem Freudenschrei hüpfte Hatschepsut zu ihm in den Wagen.

Welch ein berauschendes Gefühl, mit dem Mann, der ihr die Pforten der Liebe geöffnet hatte, in rasendem Galopp durch den glühenden Sand zu fahren. Wundervoll, sich an diesen starken Körper anzulehnen, während seine muskulösen Arme die dahinjagenden Pferde sicher und präzise lenkten.

Da tauchten am Horizont die gewaltigen Kronen Tameris auf. Je näher der Wagen heranfuhr, desto mehr erkannte man die gigantischen Ausmaße dieser Bauwerke. Wie ungeheure, hellweiße Kristalle aus einer anderen Welt ragten die Grabmäler in den Himmel. Wortlos verließ Hatschepsut den Wagen und legte die letzten Meter zu Fuß zurück. An den Bewegungen ihrer Schritte erkannte Amun-Weser, mit welch überwältigenden Eindrücken die Prinzessin zu kämpfen hatte.

Mit fassungslosem Erstaunen richteten sich ihre Blicke nach oben zu den goldfunkelnden Spitzen, die hell in der Sonne erstrahlten und das Licht blitzesgrell reflektieren ließen. „Hier haben sich die Götter und die Menschen vereinigt“, sagte sie voller Ergriffenheit.

„Das sind die Häuser für die Ewigkeit von Chnum-Chufu, Chaef-Rê und Menkau-Rê“, erklärte Amun-Weser und faßte sie zärtlich an der Schulter.

„Nur Pharaonen mit vollkommenster Gottesnähe können solches erschaffen haben“, schwärmte Hatschepsut verzückt.

„Prinzessin, diese riesigen Monumente kosteten auch viele Opfer.“

Ruckartig drehte sie sich um und schaute ihn mit ihren mandelförmigen, kühl brennenden Augen an. „Was heißt das?“ Ihre Stimme klang hart, und ihr Gesicht war in jugendlicher Glut gerötet.

„Viele Menschen mußten sterben.“

„Das glaube ich nicht. Imhotep sagte mir, daß die Fellachen nur während der Überschwemmungszeit Achet für den Gott gearbeitet haben.“

Amun-Weser fühlte sich unbehaglich. Die anschmiegsame Prinzessin hatte sich unvermittelt in die löwenköpfige Sachmet verwandelt.

„Prinzessin, ich kann meine Behauptung beweisen.“

„Amun-Weser, ich bitte dich darum, um unserer Freundschaft willen“, antwortete sie kühl.

Er erschauerte, als sie neben ihm im Wagen stand. Starr schaute sie geradeaus. Amun-Weser steuerte den Wagen zum Totentempel des Cheops im Schatten des Sehedu und von dort den langen Dammweg hinab zum Taltempel am Ufer des Flusses. Der Fährmann wunderte sich über die beiden Vornehmen, die sich ans andere Ufer übersetzen ließen. Kein einziges Wort hörte er. Eisiges Schweigen, nur unterbrochen vom nervösen Schnauben der edlen Pferde.

Vom östlichen Ufer des Hapi fuhr der Sohn des Tatji zum Bergmassiv des Turagebirges und hielt das Gespann vor einem großen, höhlenartigen Loch an. „Hier wurden die Verkleidungssteine der Grabmäler gebrochen", sagte Amun-Weser. Dann holte er eine mitgeführte Fackel aus seinem Wagen, entzündete sie geschickt mit einem Flintstein und deutete Hatschepsut an, mitzukommen. Nachdem sie durch einen unterirdischen Tunnel hindurchgeschlüpft waren, vergrößerte sich der Raum dahinter gewaltig. Der Schein der Fackel erreichte kaum mehr die Wände und Decken. „Das sind die unterirdischen Galeriesteinbrüche. Das Turamassiv ist regelrecht durchlöchert. Es gibt überall hunderte dieser Brüche", erklärte Amun-Weser.

„Du wolltest etwas beweisen! Was soll ich hier in diesen Riesenhöhlen?" fragte sie leise aber bestimmt.

„Komm mit, Prinzessin."

Und er führte sie weiter hinein ins Bergesinnere. Dann plötzlich standen sie davor: Hunderte von menschlichen Skeletten lagen auf dem Boden. Viele wiesen gräßliche Verstümmlungen auf: abgeschnittene Beine, amputierte Arme, abgesplitterte Füße. Hatschepsut beugte sich hernieder. Aus den Lehren Imhoteps wußte sie genau, welche Verletzungen und Krankheiten man am Knochen erkennen konnte. Verdickungen und Auswüchse zeugten von chronischer Schwerstarbeit. Gelenkverschleiß und Schäden an den Wirbelsäulen ließen die Qualen der Handwerker erahnen.

„Ich glaube, daß Maat viele Tränen vergießen mußte, als sie sah, was hier vor über tausend Jahren geschehen ist", bemerkte Amun-Weser.

Hatschepsut gab ihm mit einer Handbewegung zu verstehen, daß sie diese riesige Totenkammer wieder verlassen wollte.

Ganz sachte legte sie ihre Hand auf seinen Arm, als sie im Abendrot das mächtige Steinportal von Mennefer passierten. Hinter dem Eingangspylon standen die Kornspeicher des Landes. Sie wirkten in ihrer Bauweise aus Nilschlammziegeln wie überdimensionierte Kegel.

Viele Frauen der Stadt waren mit Wasserkrügen unterwegs. Aufrecht und stolz schritten sie einher, wobei sie das große Gefäß, das mit einem weichen Stoffkranz auf dem Kopf saß, mit bestechender Leichtigkeit balancierten.

Als die Prinzessin und ihr Begleiter den großen Marktplatz überquerten, wurde ihnen respektvoll Platz gemacht. Die lärmenden, drängenden Menschen vergaßen für einen Moment ihre Geschäfte. Einige riefen: „Heil dir, Hatschepsut, du Auserwählte des Amun!“

Die Prinzessin vernahm es nicht. Tief in Gedanken versunken ließ sie sich von Amun-Weser zum Tempel des Ptah fahren. Beim Abschied sagte sie zu ihm: „Lieber Freund, bitte vergiß meinen Zorn bei Gisah, ich muß über vieles nachdenken. Ich danke dir für diesen wundervollen Tag.“ Und sie drückte ihn fest an sich und dachte an die Liebe, die sie empfunden hatte.

„Blume Tameris, laß unsere Freundschaft nicht sterben. Das ist das einzige, worum ich dich bitte.“ Er riß sich los und entfernte sich mit einem letzten Winken.

Schon am nächsten Tag fuhr die Falke, die Segel gebläht vom kräftigen Südwind des Mechyr, zurück nach Waset. Wieder hatte Hatschepsut den mächtigen und geliebten Vater ganz für sich und genoß die Stunden mit ihm.

An einem dieser lauen Abende, an dem die Falke in einen Seitenarm des Hapi zum Übernachten einschwenkte, kam es zu einem Gespräch, das für die Zukunft der Prinzessin von entscheidender Bedeutung werden sollte. Das Schiff fuhr zum Ankern die Uferzone an. Ein Schwarm Wildgänse flatterte aufgeregt aus dem Schilfdickicht heraus, ordnete sich in der Luft zu einer spitzen Formation und schlug die Richtung nach Süden ein. Da erzählte Hatschepsut ihrem Vater von ihrer überwältigenden Begegnung mit den Grabmälern Gisahs und den Schädelstätten der Tura-Galerien. „Vater, warum wurden für die Verherrlichung unserer Götter so viele Menschen geopfert?“

Thutmosis blickte in ihre nach Aufklärung heischenden Augen und wurde nachdenklich: „Oft schon habe ich mit Imhotep und Amathu über diese Dinge gesprochen. Wir sind einhellig der Meinung, daß Maat das Maß aller Dinge ist. Wie ich dir schon erklärt habe, ist es der Auftrag des Königs, diese Ordnung zu verteidigen und zu vollenden. Wir glauben nicht, daß es Maat gefällt, tausende von Menschen zu opfern, um den Göttern zu huldigen.“

„Majestät, deine großen Feldzüge nach Naharina und Kusch haben auch unendlich viele Menschen das Leben gekostet. Wie denkt Maat darüber?“

Ahkeperkarê war aufs Höchste überrascht. Wie konnte ein blutjunges Mädchen Gedanken haben, die ihm selbst über Jahre hinweg schlaflose Nächte bereitet hatten? Er strich ihr sanft übers Haar. „Es könnte sein, daß uns die Schmach der Fremdherrschaft geleitet hat. Die Heqa Chasut ließen uns zu Kriegern und Eroberern werden. Vielleicht sollten wir uns auf die Stärken früherer Pharaonen besinnen. Chakaura oder Nimaatrê haben zwar auch Kriege geführt, aber der Blutzoll war unbedeutend. Sie beschränkten sich auf das Schicksal der beiden Länder“, sagte Thutmosis wie zu sich selbst.

„Mein göttlicher Vater, ich habe große Angst vor Kriegen und vor dem Tod.“

„Hatschepsut Khnemetamun, ich glaube, in diesem Punkt bist du eine Schwester der Maat“, entgegnete der König. Die Prinzessin nickte.

VII

Sanftes Abendrot drang zwischen den leichten und bunten Pfeilern der Privatgemächer des Pharao ins Innere. Die Farben der Wandmalereien wurden satter. Flatternde Vögel, eine flußüberquerende Rinderherde, Krokodile halbversteckt, im Uferdickicht – von Künstlerhand vollendet aufgetragen. Der König saß mit Imhotep an einem schweren Tisch aus schwarzem Ebenholz, dessen Beine auf gedrechselten und vergoldeten Löwenfüßen ruhten.

„Meine in Nijn zugezogenen Beschwerden haben sich verschlimmert. Morgens befällt mich oft eine seltsame Schwäche. Dieser Zustand wird immer stärker und bedrohlicher“, begann der König das Gespräch mit seinem Tatji.

„Majestät, du hast eine Krankheit, die im ganzen Lande Kem noch nie aufgetreten ist. Ich habe medizinisch schon alles versucht. Meine Weisheiten sind am Ende.“

„Ich spüre, daß das Reich des Osiris nicht mehr fern für mich ist. Wir müssen über die Zukunft Tameris sprechen.“ Ahkeperkarê winkte den Dienern. Die großen Fackeln wurden entzündet. Die Fresken an den Wänden begannen zu leben. „Imhotep, wir müssen an eine Heirat von Thutmosis und Hatschepsut denken, um für die Zukunft unseres Landes zu sorgen.“

Der Tatji nickte: „Majestät, wenn du nicht mehr bist, was wird dann aus Tameri?“

„Sorge dich nicht, alles ist im Gleichgewicht der Maat. Tameri ist stark. Der Mer-Mesha hat die Streitkräfte in die beste Verfassung gebracht. Ich habe zwei Tatjis, die dem Land Segen bringen. Amathu opfert den Göttern. Ineni baut unsere Tempel.“

„Was nützt der beste Körper, wenn das Haupt fehlt?“

Der König lächelte: „Imhotep, sieh die Zukunft nicht so dunkel. Vertrau vor allem auf Hatschepsut.“

„Ja, ich vertraue ihr, aber sie kann doch nicht wie du an der Spitze eines Heeres in den Krieg ziehen und die Feinde Tameris bekämpfen.“

„Sie wird das Richtige tun, auch ohne Schwert. Sie haßt den Krieg, sie haßt das Töten. Sie liebt Chakaura. Dessen friedliche Handelspolitik mit dem Süden, mit Alashia, Gubla und Keftiu ist ihr großes Vorbild und Ziel. Vielleicht gelingt es ihr, die alten Werte, deren Verlust wir so sehr bedauern, wieder aufleben zu lassen.“

„Welche Werte meint Ihr, mein König?“

„Laß es mich so sagen. Als Tameri seine Grenzsteine noch nicht bis zu den Stromschnellen nach Meroe und bis zu den verkehrt fließenden Strömen Naharinas gesetzt hatte, war es zwar kleiner und ärmer, aber es war fromm und volkszüchtig in seinen Bräuchen. Unser Reichtum, unsere Größe trägt den Verlust und die Lockerung von unseren Göttern und Ahnen in sich.“

„Und die Prinzessin weiß um diese Dinge?“

„Ich glaube, ja. Sie schwelgt nicht im Luxus. Seit ihrer Begegnung mit Amun ist sie ein anderer Mensch geworden.“

„Ich werde sie unterstützen. Ich werde ihr helfen, mein König.“

Ahkeperkarê sah seinem Tatji tief in die Augen, und er empfand große Dankbarkeit gegenüber diesem Mann, dem er immer vertraut hatte. Imhotep verabschiedete sich. Die Dämmerung war dem Dunkel der Nacht gewichen. Nachtfalter und Fliegen verbrannten in den Feuern der Fackeln. Der Pharao legte sich zur Ruhe, die wegen der starken Schmerzen nicht einkehren wollte.

„Osiris, ruf mich zu dir“, flüsterte der König.

Spät in der Nacht erklang der Ruf einer jagenden Eule. Davon aufgeschreckt, erwachte Hatschepsut und kuschelte sich tief in ihr Bett. Nachdem sich die aufflackernde Unruhe gelegt hatte, schlief das Mädchen wieder ein.

An einem sonnendurchglühten Tag im Mechyr ließ sich der Pharao mit einer kleinen, erlesenen Jagdgesellschaft zu den Hapisümpfen südlich von Waset tragen. Die schwitzenden Leibwächter, die neben der Sänfte einhertrabten, seufzten erleichtert auf, als das Sumpfdickicht des Flusses erreicht war. Der König und seine Gäste aus dem Delta stiegen in kleine Papyrusnachen um und bahnten sich mühsam einen Weg durch die raschelnde Pflanzenwelt der Flußaue. Zahllose Libellen flogen auf, Reiher stoben mit Geflatter zum Himmel, und erschreckte Frösche hüpften von den Binsen ins Wasser. Lotusblüten bildeten regelrechte Teppiche und dufteten im Kielwasser der Boote.

Der Vorsteher der Jäger gab ein Zeichen; er hatte eine Flußpferdfamilie entdeckt. Ahkeperkarê ließ sich von seinem Leibdiener näher heranstaken. Gleichzeitig wurden die schultertief im Wasser stehenden Tiere vorsichtig von allen Seiten eingekreist. Zuerst gähnten die plumpen Kolosse und entblößten dabei ihre riesigen Zähne. Wasserpflanzen hingen aus ihren Mäulern, und Wasser troff aus den Nüstern der mächtigen, viereckigen Schädel.

Doch plötzlich wurden die nackten, fleischigen Körper von großer Unruhe gepackt. Laut schnaubend witterten sie die nahende Gefahr. Sie ließen sich ins Wasser gleiten, so daß nur noch die Nüstern und die kleinen Augen zu sehen waren. In diesem Moment schleuderten die Männer ihre Harpunen nach ihnen. Die Speere lösten sich vom Schaft, blieben jedoch durch ein Seil mit diesem verbunden. Laut brüllend vor Schmerz, bäumte sich ein Muttertier hoch auf, während das kleine Junge quäkend an seiner Seite blieb und ängstlich nach den sich nähernden Jägern schaute. Das Beutetier war von mehreren Geschossen gleichzeitig getroffen worden. Der König und seine Gäste mußten nur noch abwarten, bis dem Flußpferd die Kräfte schwinden würden, dann würden sie es ans Ufer ziehen können. Das wild um sich schlagende Opfer hatte das Wasser in eine brodelnde, gischtende Schlammwüste verwandelt.

Dies geriet dem König zum Verhängnis.

Der tonnenschwere Partner des tödlich getroffenen Weibchens war unbemerkt zum Boot des Einzig-Einen getaucht und schleuderte den Jagdnachen mit einer wilden Bewegung seines Kopfes hoch in die Luft. Der Pharao und sein Begleiter stürzten ins Wasser. Der König konnte dem rasend angreifenden Ungetüm nicht mehr ausweichen. Als die Jagdteilnehmer den wütenden Riesen mit lautem Geschrei vertrieben hatten, lag Ahkeperkarê schwer verletzt im Wasser. Vorsichtig trugen die Deltafürsten ihren König ans Ufer. Dann wurde er mit der Sänfte schnellstens nach Malkatta getragen.

Imhotep untersuchte seinen Herrscher sofort und stellte entsetzliche Rißwunden an der Flanke des Pharaos fest. Die mächtigen Hauer des Kolosses mußten wie eine riesige Beißzange in den Körper Ahkeperkarês gedrungen sein. Das Große Haus war wie gelähmt. Man konnte es nicht fassen, daß dieser gewaltige Kriegsherr von einem Flußpferd besiegt worden war. Ahmes begab sich schluchzend zum Altar der Flußgöttin Taweret. Im Halbdunkel des Heiligtums erblickte sie das halbgeöffnete Maul des mächtigen Kopfes, darunter die hängenden Brüste über dem gerundeten Bauch. „Taweret, was hast du getan? Du bist die Göttin der Familien und der Fruchtbarkeit. Du wachst über Empfängnis, Schwangerschaft und Geburt. Du hältst böse Geister und Tote fern, du bist die Gottheit für Schutz und Leben. Wie kannst du meinen geliebten Mann, den lebenden Horus unter den Menschen, so verletzen?“

Still und gebeugt verharrte sie, bis die Dunkelheit der Nacht sie umfing. Tameri wankte.

Imhotep hatte sich im Lebenshaus der Göttin Sachmet – der Schutzherrin der Kranken, der Heilkunde und der Ärzte – hervorragendes medizinisches Können angeeignet. Thutmosis hatte ihn zum Vorsteher der Priester in Per Bastet bestimmt, und er war als Tatji von Oberägypten auch Leibarzt des Pharao geworden.

Der König lag im Arztzimmer des Imhotep. Seine tiefe Bewußtlosigkeit, in die er nach dem Angriff des Flußpferdbullen gefallen war, hielt immer noch an. Vorsichtig wusch der Tatji die schweren Verletzungen aus. Endlich gelang ihm die Stillung der Blutungen mit geheimnisvollen Kräutern, die nur er kannte. Schließlich legte er das frische Fleisch eines jungen Lamms auf die Wunden und zog die Ränder mit Leintüchern zusammen. Später würde er diesen Verband durch eine ölgetränkte Binde ersetzen. Der Wesir hatte das Gefühl, als könnte er trotz aller Anstrengungen seinem Herrn nur wenig helfen.

Ganz leise war Hatschepsut ins Zimmer getreten. Die Wachen hatten sie durchgelassen, denn selbst in diesem bedrohlichen Zustand galt die eherne Regel des Einzig-Einen, daß seine Kinder immer und überall Zutritt hatten.

„Wird er sterben?“ flüsterte sie mit großen, fragenden Augen.

„Das weiß nur Amun“, antwortete Imhotep, „die Hauer des Bullen sind bis zu den Knochen vorgedrungen. Dein Vater hat sehr viel Blut verloren.“

„Dann werde ich zu Amun beten, daß er ihn errettet.“

„Prinzessin, ich habe alles Menschenmögliche getan. Ich werde mich jetzt in mein Amtszimmer zurückziehen. Bitte ruf mich, wenn der König aus seiner Bewußtlosigkeit erwacht oder irgend etwas Unvorhergesehenes geschieht.“

Hatschepsut nickte, und der Tatji verließ den Raum.

Still sank das Mädchen auf die Knie neben das von schwarzen Löwenpranken getragene Krankenbett. Das Gesicht des Vaters war friedlich, nichts deutete auf die schrecklichen Verletzungen hin. Leise sprach sie mit Amun: „Mein göttlicher Vater, ich kenne dein gütiges Gesicht. Du bist meine Zuversicht, du beschützt mich, du stehst mir bei, du wachst über mich, und du läßt mir kein Leid geschehen, ich vertraue dir. Jetzt, in diesem schrecklichen Augenblick, komme ich zu dir. Schau meinen leiblichen Vater an. Taweret hat ihn schwer verletzt. Warum sie das getan hat, weiß ich nicht. Du aber bist auch der Herr Tawerets. Weise sie in ihre

Schranken und, lieber Vater, laß den lebenden Horus wieder genesen. Du weißt, wie sehr ich ihn liebe. Du weißt aber auch, wie sehr ich ihn brauche. Hilf ihm bitte. Bitte hilf ..." Ihre Stimme erstickte in ihren Tränen. Ihr Gesicht am Arm des Vaters, weinte sie lange.

Thutmosis war erwacht. Sein nun schmerzverzerrtes Gesicht entspannte sich, als er seine Tochter bemerkte. Ganz sachte hob er seine Hand und versuchte, über ihr volles, schwarzes Haar zu streichen. Die Prinzessin bemerkte es noch gar nicht, da sie ihr Gesicht tief im Bett vergraben hatte. Doch dann begriff sie. „Vater, Vater, Vater ...", rief sie verzückt und näherte ihr tränennasses Gesicht dem seinen.

„Immer, wenn es mir schlecht geht, bist du an meiner Seite", sagte der Pharao leise und mühsam. Er versuchte zu lächeln, aber es gelang ihm nicht. Die Schmerzen in seinem Leib brannten wie Feuer.

„Ich hole Imhotep", sagte sie. Er nickte. Sie wollte das Zimmer verlassen, aber der Tatji war bereits eingetreten. Vorsichtig gab er dem König schmerzstillende Mittel aus seinem geheimnisvollen Pflanzenkästchen. Schließlich übermannte der Schlaf den Einzig-Einen. Ganz leise verließen die beiden den Raum.

„Wird er wieder gesund?" fragte Hatschepsut ängstlich.

„Es wird schwer, es wird sehr schwer", antwortete Imhotep. Angstvoll erwartete Hatschepsut die kommenden Tage.

Nach einer Woche verlangte der König nach seiner Tochter. Schon von weitem hörte sie ihn husten. Mit einer müden Handbewegung deutete er neben sich. Das Mädchen setzte sich und sah erschrocken seine hohlen Wangen. Die Farbe seiner Gesichtshaut war fahl, wirkte wie ausgetrocknet und spannte sich über die Wangenknochen. Mit flacher Stimme begann er zu sprechen: „Meine Hat, ich habe Zwiesprache gehalten mit den Göttern. Der Thronfolger und du, ihr werdet heiraten. Es ist alles mit Amathu besprochen. Ich spüre mein Ende nahen. Schon bald wird dein Bruder dich und die besten Berater Tameris brauchen. Der Thron ist jetzt noch zu groß für ihn."

„Ja, Vater, ich denke noch an die Worte, die du mir auf der Fahrt nach Mennefer anvertraut hast." Hatschepsut wollte schreien, wollte um seine Genesung flehen. Ihr zerriß es fast das Herz. Statt dessen antwortete sie dem Goldhorus leise. Sie nahm eine Verwandlung in sich wahr. Sie sah die sorglose Jugend entschwinden – entschwinden wie das Leben des geliebten Vaters. Und sie spürte, wie sich die ungeheure Last der Verantwortung auf ihre schmalen Schultern niedersenkte.

„Imhotep, Amathu, Ineni und Amun-Weser werden euch helfen."

Die Prinzessin nickte. Bei dem Klang des Namens Amun-Weser war sie innerlich zusammengezuckt. Sie dachte an die herrlichen Tage mit dem Sohn des großen Tatji. An seine sanfte Liebe zu ihr. So mußten himmlische Paradiese entschwinden, dachte sie.

„Schon morgen werdet ihr die Ehe vor Amathu vollziehen", sprach der König gequält weiter, „damit ist die Thronfolge gesichert." Erschöpft hielt er inne.

Imhotep trat ins Zimmer. Der süßliche Duft von Mohnsaft stieg auf, als er die Decke des Kranken zurückschlug. Er gab Thutmosis einen Schlaftrunk und wischte mit einem feuchten Tuch vorsichtig über seinen Kopf. Die Brust des Einzig-Einen hob und senkte sich gleichmäßig. Seine Augen schlossen sich. Imhotep nickte Hatschepsut zu, und sie verließen leise das Zimmer.

In Mennefer wurde der junge Thutmosis von den Ereignissen überrascht, und der Mer-Mesha hatte den Auftrag erhalten, den Thronfolger unverzüglich nach Waset zu bringen. „Der König möchte dich mit Hatschepsut vermählen, damit du die Krone Tameris tragen kannst", sagte Amosis Pennechebet.

Thutmosis nickte. Er hatte mit sehr vielen unterschiedlichen Gefühlen zu kämpfen. Einerseits freute er sich auf seine temperamentvolle Halbschwester, andererseits stand seine junge Ehefrau Isis kurz vor der Entbindung ihres gemeinsamen Kindes. Dann die Zukunft – König von Tameri – ein Weltreich, erobert und erschaffen von seinem mächtigen Vater Thutmosis dem Ersten. Ein Imperium vom Lande Kusch bis zum Fluß Buranun in Naharina – ihm wurde schwindlig ob dieser Bürde.

Satrê weckte ihren Schützling: „Wach auf, kleine Hat, heute ist dein Hochzeitstag. Bald wird der Thronsaal voller Gäste sein."

Hatschepsut erhob sich von ihrer Lagerstatt und verließ, ohne ein Wort zu sagen, das Zimmer. In der Badestube nahmen die Dienerinnen die Prinzessin in Empfang, um sie gründlich zu waschen. Mit Bronzeklingen wurden alle Haare in den Achselhöhlen, auf Unterarmen und Waden sorgfältig entfernt. Dann salbte man sie mit den herrlichsten Ölen des Landes. Am Schminktisch verschönte man ihr junges Gesicht. Ein Mädchen zupfte mit einer Pinzette ihre Brauenhaare. Dann wurde auf Brauen und Augenlider schwarze Koholpaste aufgetragen und der Strich bis zu den Schläfen nachgezogen. Grünsilberne Schminke schimmerte zwischen dem oberen Lid und den Brauen. Tiefrote Paste ließ ihre Lippen erglühen. Satrê brachte einen kostbaren Schurz aus hunderten von winzigen Goldschuppen. Hatschepsut genoß es, dieses herrlich schimmernde, kühle Metall an ihren Lenden zu spüren. Zwei Dienerinnen verknoteten mit flinken Fingern die Lederschnürchen der vergoldeten Sandalen. Dann stülpte Satrê das größte und prächtigste Schmuckstück über den Kopf der Prinzessin: Ein Wesechkragen, dessen Edelsteine Türkis, Lapislazuli, Tigerauge und Jaspis, eingefaßt mit zierlichen Goldschuppen, auch den Schurz zierten. Vorsichtig setzte die Amme den goldenen Ring mit der filigranen Uräusschlange auf das Haupt der Königstochter.

„Möchtest du die Armspangen und die Reifen tragen?“ fragte Satrê. Hatschepsut schüttelte den Kopf. Sie betrachtete sich zufrieden im Kupferspiegel.

Nur wenige ausgesuchte Gäste begrüßten die königliche Familie. Man hatte auf den Zustand des Pharao Rücksicht genommen. Der junge Thronfolger betrat mit dem Mer-Mesha den Saal. Seine Kleidung erinnerte an das Soldatenleben in Mennefer. Ein elegantes Kettenhemd, dessen Lederschnüre reihenweise zusammengenäht waren, bedeckte seine Schultern. Auf dem Kopf trug er einen einfachen Lederhelm. Nur ein blaues Stoffband signalisierte, daß er ein Mitglied des Königshauses war. Er trug den Stab des stellvertretenden Kommandeurs der Garnison. Mutnofred umarmte ihren Sohn. Sie hatte ihn schon monatelang nicht mehr gesehen. Die großen Vier standen etwas abseits und besprachen sich. Imhotep, Amun-Weser, Amathu und Ineni waren in großer Sorge um Tameri. Das Riesenreich war in Gefahr, das ahnten sie alle.

„Der König wird sich nicht mehr erholen, seine inneren Verletzungen sind zu stark. Lebenswichtige Organe sind zerstört und funktionieren nicht mehr“, sagte Imhotep ernst.

Leiser Trommelschlag ertönte, der langsam anschwoll und lauter wurde. Nach einem kurzen Fanfarenstoß kündigte der Herold den Pharao an. Der schwerkranke Herrscher wurde hereingetragen. Mit einer müden Handbewegung deutete er allen Anwesenden an, sich aus ihrer liegenden Haltung zu erheben.

Das junge Paar stand dem Hohepriester gegenüber und lauschte seinen Worten. Amathu sprach langsam und feierlich zuerst zu dem Thronfolger: „Thutmosis, Sohn des Königs Ahkeperkarê und der edlen Mutnofred. Vor dem Angesicht des Pharao und den Edlen des Landes und in Anwesenheit Amuns und aller Götter Tameris wirst du heute mit Hatschepsut Khnemetamun vermählt. Gedenke der Worte des weisen Ptahhotep, der sagte:

‚Nimm dir eine Frau, solange du jung bist. Liebe deine Frau aufrichtig. Erfreue ihr Herz, denn sie ist ein fruchtbarer Acker für ihren Mann'."

Dann wandte er sich an die Prinzessin: „Hatschepsut, erste der Edelfrauen, die Amun umfängt. Tochter des Einzig-Einen und der Großen Königlichen Gemahlin Ahmes. Heute wirst du Thutmosis, den Thronfolger Tameris, zu deinem Ehemann nehmen. Hör an die Liebesworte der Morgenlieder: ‚Deine Hand liegt auf meiner Hand; meinem Leib ist wohl getan. Mein Herz ist in Freude, weil wir zusammengehen'."

Imhotep und Amun-Weser übergaben einen großen, prächtigen Tonkrug aus Keftiu an Amathu. Dieser hob ihn hoch und schleuderte ihn zu Boden. Als das Gefäß mit lautem Getöse auf dem Palastboden zerbrach, war die Ehe der beiden Königskinder besiegelt.

Die Abendröte begann das Schlafgemach zu füllen, in dem Hatschepsut ihren jungen Ehegemahl erwartete. Der Widerschein der schräg einfallenden Sonnenstrahlen des Mechir ließ die Farben an den Wänden warm aufleuchten. Man erkannte stolzierende Ibisse inmitten der wundervoll nachgebildeten Sumpflandschaft des Hapi. Die Prinzessin hatte eine zarte Alabasterlampe entzündet. Die Himmelsgöttin Nut würde Rê verschlingen und der milde Schein dieser Lampe den dunkler werdenden Raum erfüllen.

Hatschepsuts Gedanken flogen zurück zu dem jungen Amun-Weser, und sie spürte ein Verlangen, das der Sohn des großen Tatji in ihr geweckt hatte. Wie ein tiefer Schmerz traf sie inniges Begehren.

Leise näherte sich ihr Ehemann dem prächtigen Ruhebett aus Ebenholz und Elfenbein. „Sei gegrüßt, Prinzessin, meine wunderschöne, neue Ehefrau, du bist wie der glänzende Neujahrsstern am Himmel", sagte Thutmosis und setzte sich auf die Bettkante.

„Sei gegrüßt, Prinz, ich staune über dich, du hast dich sehr verändert. Aus dem schmächtigen Priesteranwärter ist ein Mann mit breiter Brust und goldenen Schultern geworden."

„Ach, ich könnte darauf verzichten. Die Zeit war hart mit dem Mer-Mesha in Mennefer. Manchmal meinte ich, es nicht mehr auszuhalten, wenn ich mich durch Sand, Dreck und Schlamm quälen mußte. Das Soldatenleben ist nicht meine Sache."

„Man erwartet diese Dinge von einem zukünftigen König."

„O, Hatschepsut, mir wird schwindelig, wenn ich daran denke. Wie soll ich denn dieses Riesenreich, das unser Vater erschaffen hat, regieren?"

„Thutmosis, du stehst doch nicht allein in der Verantwortung. Denk an die brillanten Männer, die dir zur Seite stehen. Außerdem sind wir zu zweit. Du und ich, wir werden es schaffen.“

„Ich bewundere dich, du besitzt einen festen Glauben und eine unbeirrbare Zuversicht. Wer mit dir in Berührung kommt, wird auf seltsame Weise bereichert. Mich verlangt danach, diese Lebenskraft, die du besitzt, in mir selbst zu entdecken. Wir sind doch schließlich aus demselben Stoff, dem königlichen Geblüt unserer großen Vorfahren.“

„Das hast du wunderbar ausgedrückt. Glaube mir, wenn wir das Gesetz der Maat achten und Amun, unseren Götterherrn, ehren, dann werden wir Tameri in eine gute Zukunft führen.“

Sie nahm einen goldenen Kelch und nippte daran. Dann reichte sie ihn Thutmosis, berührte sanft seine Schultern und flüsterte: „Laß uns zusammen diesen herrlichen Alashia-Wein trinken, um unsere Herzen zu erfreuen.“

Er atmete den Duft ihrer Salben ein, sah ihr Gewand aus dünnstem Leinen, das Brust und Lenden durchscheinen ließ, und empfand ihre Schönheit als etwas beglückend Vollkommenes. Er wollte dieses Bild der Herrlichkeit nicht dadurch zerstören, daß er mit begehrenden Händen dieses zarte Nachtkleid zerriß. Ihre Gestalt wandte sich an den hellsten Sinn, das Auge, nicht an Hand und Mund. Thutmosis ahnte, daß diese Sinnenfülle in die Arme zu schließen wohl himmlisch sein mochte, aber ein unerklärliches Gefühl von Respekt und Ehrfurcht hielt ihn davon ab. Dankbar nahm er den Krug aus ihrer Hand und leerte ihn bis auf den Grund.

Hatschepsut reagierte enttäuscht. War er nicht der Falke wie Amun-Weser? Wo war diese unbesiegbare Zuversicht, dieser Glorienschein des Helden, der ohne zu zögern seine Geliebte umarmt? Sie suchte vergebens in seinem Blick das Verlangen und die Freude der Liebe. Der Wein ließ seine Augen verschleiern. Unwillkürlich rückte sie etwas von ihm ab. Doch dann erschrak sie, als plötzlich Tränen in seinen Augen schimmerten. „Thutmosis, was ist mit dir?“ fragte sie besorgt.

„Ach, liebe Schwester, am liebsten würde ich sterben. Es war so schön im Haus des Lebens. Ich lebte in Harmonie mit den Göttern. Stunden der Seligkeit in der Bibliothek des Tempels. Die Magie und die Mythen unserer Ahnen waren Balsam für mein wissensdurstiges Herz. Mein einziges Verlangen bestand darin, Priester zu werden. Ich wollte aufsteigen in den Himmel Amuns und seine Offenbarungen verkündigen. Darin sah ich den Sinn des Lebens. Doch dann hat ein hinterhältiger Kuschit mein Lebensziel durchkreuzt, indem er Amunmosis getötet hat. Und unser Vater machte mich zum Thronfolger, riß mich fort von Isis und den schönen Stunden im Lebenshaus und schickte mich nach Mennefer, um mich zum Soldaten zu machen. Gewiß, der Mer-Mesha ist ein guter Mann, er ist wie ein Vater zu mir, aber das Leben in Mennefer bringt mich um. Es ist so primitiv und geistlos. Isis habe ich kaum mehr gesehen, obwohl sie schwanger ist. Alles muß ich der Staatsräson unterordnen. Gerade heute kommt Isis nieder, und ich kann ihr in dieser schweren Stunde nicht beistehen. Verzeih mir, Hatschepsut, eigentlich müßte ich Freude und Glückseligkeit empfinden, statt dessen bin ich traurig, und mein Herz schmerzt."

Hatschepsut küßte ihn zärtlich auf die Stirn. „Lieber Bruder, geh zu Isis und hilf ihr in ihrer schweren Stunde. Ich bin dir nicht böse. Wir haben noch ein ganzes Leben vor uns, in dem wir uns alles Glück dieser Erde schenken können. Wenn Vater sich morgen nach unserer Hochzeitsnacht erkundigt, werde ich dich nicht in Schwierigkeiten bringen. Geh zu Isis, geh."

Dankbar schaute Thutmosis seine Schwester an. Er küßte sie auf den Mund und erhob sich. Leise verließ er das Zimmer und verabschiedete sich mit einem Lächeln.

Hatschepsut lag lange wach. Ihre anfängliche Enttäuschung wich ganz langsam aus ihrem Sinn. Sie erkannte ganz klar, daß hier ein Mensch in eine Rolle gedrängt worden war, die er nicht ausfüllen konnte. Gleichzeitig spürte sie die große Last der Verantwortung, die sie würde tragen müssen. „Maat, steh mir bei", flüsterte sie und fiel ganz langsam in einen erlösenden Schlummer.

Ahkeperkarê lag auf einem vergoldeten Holzbett. Imhotep hatte kurz nach Mittag den Saal verlassen, um sich nach stundenlanger Wacht am Lager des Königs etwas frischzumachen. Heißer Wein, Mohnsaft und Honig standen auf dem Tisch. Schwaden von Myrrherauch lösten sich langsam auf. Amathu sprach leise mit Ineni: „Großer Medech, der Goldhorus wird dieses Leben verlassen, ehe Rê von der Nacht verschlungen wird. Unser göttlicher Freund sieht die Himmelsbarke bereits, die das Segel gesetzt hat, um mit ihm in das Reich des Osiris überzusetzen."

„Ja, Amathu, der Tatji hat es auch so eingerichtet, daß er nicht leiden muß. Er wird in Würde und Ruhe die Barke betreten."

„Sollen wir die beiden Kinder ans Sterbelager holen?" fragte der Hohepriester. Ineni nickte und erhob sich, um das junge Paar zu suchen.

Hatschepsut betrat als erste zögernd den Saal. Sie verneigte sich vor dem Hohepriester und näherte sich dem Lager des Vaters. Amathu stellte einen Hocker an die Seite des Bettes und flüsterte: „Er stirbt."

Traurig schaute sie in das Antlitz ihres geliebten Vaters. Er schlief, und ein leises Röcheln entrang sich seiner Brust. Sie nahm vorsichtig seine Hand und drückte sie an ihre Wange. Er spürte ihre Tränen und öffnete langsam seine Augen. Mit kaum hörbarer Stimme begrüßte er seine Tochter: „Schön, daß du mich zur Schattenbarke begleitest, liebe Hat." Inzwischen war auch der Thronfolger ruhig und gefaßt in den Raum getreten. „Komm näher, mein Sohn", sagte der König mühsam.

Amathu setzte einen zweiten Hocker an die andere Seite des Bettes, auf dem sich der junge Thutmosis niederließ. Der König tastete suchend nach der Hand seines Sohnes. Wie in uralten Bildern Tameris hielten die Kinder ihren Vater, um ihn zu den Göttern zu führen.

Es kostete ihn große Mühe, aber Ahkeperkarê sprach eindringlich: „Kämpft für die Gesetze der Maat. Die Kraft dieser Göttin darf nie versiegen, sonst zerbricht das Bündnis zwischen Himmel und Erde, und die Rômet wären der Gewalt und Ungerechtigkeit preisgegeben. Mein Sohn, sei wie ein Falke, der hoch in den Himmel aufsteigt und mit scharfem Blick auf die Menschen schaut. Meine Tochter, schütze Thutmosis mit der Kraft deines Herzens, dann kann er die schweren Kronen tragen. Ich verlasse die Erde, um Rê entgegenzufliegen. Ihr fühlt euch jetzt ängstlich und verloren. Aber die Hand Amuns wird euch leiten. Seid die Wahrer der Maat, das Gleichgewicht ..."

Erschöpft hielt der sterbende Goldhorus inne. Als seine Stimme brach, blickten seine Augen in eine andere Welt, die nur er zu sehen vermochte. Der Einzig-Eine war tot.

VIII

Religion, Ritual und Staatsräson erforderten es, daß der neue König, der Falke im Nest, nach dem Sonnenaufgang des folgenden Tages den Thron bestieg. In der morgendlichen Stille, zwischen Bäumen, Büschen und Palmen am See Malkattas, saß Mutnofred und unterhielt sich mit ihrem Sohn. „Der Traum meines Lebens hat sich erfüllt“, sagte sie, „du wirst heute zum Pharao gekrönt. Dann bist du der Herr der beiden Länder, ich bin stolz auf dich.“

„Ach, Mutter, ich weiß nicht, ob ich lachen oder weinen soll. Ich kann mir überhaupt nicht vorstellen, lebender Horus unter den Menschen zu sein. Zu Amun will ich beten, er kann das unmöglich Scheinende vielleicht möglich machen.“

„Heute noch wirst du ihn sehen. Vor deiner Krönung wirst du im Urhügel des Allerheiligsten vor ihm liegen.“

In diesem Augenblick erkannte der zukünftige König seine junge Ehefrau Isis. Sie war auf dem von säuberlich gepflegten Blumenbeeten gesäumten Gehweg, der vom Bezirk der Königinnen heranführte, zum See gekommen. Im Arm trug sie ihren wenige Tage alten Sohn. Der Thronfolger ging ihr freudig erregt entgegen und nahm ihr das Kind ab. „Wie geht es ihm?“ fragte er liebevoll seine Frau.

„Er trinkt seiner Amme die Brüste leer. Anschließend schläft er stundenlang in den Tag. Er schreit nur, wenn er Hunger hat. Ich kann mich nicht beklagen“, erwiderte Isis und lächelte, während ihr Mann sie zärtlich auf die Wange küßte.

Dann setzten sie sich zu Mutnofred auf die Seetreppe. Die gleißende Hitze des Rê wurde durch ein großes Sonnensegel und einer leichten Brise des Phamenat von den Felskliffen der westlichen Plateauberge gemildert. Thutmosis fühlte sich inmitten seiner Familie angenehm berührt. Eine innige Wärme stieg in ihm auf, und er war zunehmend überzeugt, in dieser vertrauten Umgebung die Kraft für die bevorstehenden Ereignisse zu finden.

Der nubische Kammerdiener der Mutnofred unterbrach die beschauliche Idylle: „Ein Kurier des Amuntempels ist eingetroffen und erwartet den Thronfolger in Karnak.“

Thutmosis verabschiedete sich herzlich von den Frauen und seinem Erstgeborenen, dann folgte er dem Nubier. Beklommen begab er sich mit dem Kurier zum Hapiufer und bestieg die prächtige Barke des Amuntempels.

Nach der Überquerung des Flusses durchschritt Thutmosis den mächtigen Pylon des Tempels. Hoch oben im Wind flatterten die Reichsfahnen an den vergoldeten Flaggenmasten. Beim Betreten des ausgedehnten Festhofes empfingen ihn zwei Priester in den Masken der Götter Horus und Seth. Sie geleiteten den Thronfolger zu einem Kultbrunnen im Zentrum des riesigen Platzes. Im Angesicht der Tehedupfeiler seines Vaters zog Thutmosis seine Gewänder aus und wurde von den Priestern gereinigt. Dann legten sie ihm ein langes, mantelartiges, weißes Gewand an.

Langsam begleiteten die Diener Amuns den Königssohn ins Allerheiligste und verschwanden lautlos. Im Sanktuar des Gottes legte sich Thutmosis auf den Boden und betete lange im Angesicht Amuns. Er fühlte erleichtert, daß eine gewisse Ruhe in sein Herz einkehrte, wofür er dem Götterherrn voller Inbrunst dankte.

Der Hohepriester Amathu war leise in den Hort des Gottes eingetreten und wartete geduldig. Nachdem der zukünftige König seine Gebete beendet hatte, begrüßte er ihn freundlich und führte ihn in die Kultstätte der Maat. Dort statteten vier Webpriester den Thronfolger mit allen Insignien aus, die ihn zum König machten. Zunächst überreichten sie ihm die Zeremoniensandalen, auf deren Sohlen die Feinde Tameris abgebildet waren, als Symbol dafür, daß der König sie immer wieder in den Staub treten wird. Dann den mit einem Wildstierschwanz versehenen Königsschurz. Es folgten das schwere, goldene Königspektoral und schließlich der Kultbart.

Die eigentliche Krönung begann mit dem Aufsetzen der kegelförmigen, weißen Hedschetkrone Oberägyptens und der roten Deschret mit der rückwärtigen Spitze Unterägyptens. Diese Pschentdoppelkrone wurde von einem Diadem mit der Schlangengöttin Uto und der Geiergöttin Nechbet gesäumt. Fest umklammert hielt der junge König Krummstab und Geißel überkreuzt vor seiner Brust. Thutmosis spürte die Last der Insignien und wurde von Amathu, der eine Amunmaske angelegt hatte, langsam in den Festhof zurückgeführt. Dort hatten sich alle Edlen des Volkes versammelt und warteten gebannt darauf, ihren neuen König begrüßen zu dürfen.

Als die beiden Gottgestalten erschienen, brandete der Jubel auf und wollte nicht mehr enden. Thutmosis nahm Platz auf dem Horusthron, in den alle Könige Tameris sichtbar eingemeißelt waren.

Amathu stand hinter dem jungen König und umfaßte seine Schultern. Seine Stimme erhob sich über die Getreuen des Reiches: „Es ist erschienen vor Amun im Phamenat, dritter Monat der Aussaatjahreszeit Peret, Regierungszeit eins des neuen Königs:

HORUS, der starke Stier, von Maat geliebt,
BEIDE HERRINNEN, Uto und Nechbet, groß an Kraft,
GOLDHORUS, schön an Jahren, der die Herzen belebt,
HERRSCHER VON BIENE UND BINSE, Ahkeperenrê,
SOHN DES RE, Thutmosis der Zweite, er lebe ewig!"

Thutmosis registrierte alles wie im Traum. Er meinte, sich selbst zu beobachten, während Hatschepsut sich mit vorgestreckten Armen vor ihm verbeugte.

„Schwester, bitte komm zu mir und halte mich", flehte er.

Da küßte sie ihn auf die Wange und flüsterte in sein Ohr: „Lieber Bruder, du bist jetzt der Herr der beiden Länder, ich huldige dir. Schau dich um, alle liegen vor dir auf dem Boden und erheben sich erst dann, wenn du es gestattest."

Der neue Horus erschrak und gab sofort das Zeichen zum Aufstehen. Jetzt brachen begeisterte Hochrufe aus, die an den hohen Mauern des Tempels widerhallten.

Kurze Zeit später bestieg das junge Königspaar eine kostbare Prozessionsbarke, die von zwölf kräftigen Sem-Priestern zum Ufer des Hapi getragen wurde. Hoch über den jubelnden Köpfen des Volkes von Waset saß stumm und unbewegt Thutmosis der Zweite, das Gesicht in wesenlose Ferne gerichtet. Er war zum Gott unter Göttern geworden.

Hatschepsut dachte an ihren Vater. Sie saß als Königin auf dem Thron Tameris und fühlte tief im Herzen, daß mit dem ersten Tag des Jahres Eins des Bruders auch ihr Leben eine neue Richtung genommen hatte.

Am nächsten Tag glich Malkatta einem Bienenhaus. Der Audienzsaal war völlig überfüllt. Alle hohen Würdenträger des Landes, Gaufürsten, Nomarchen und Bürgermeister wollten dem neuen König ihre Aufwartung machen und ihm huldigen. Mit viel Geduld und Aufmerksamkeit bewältigte der junge Horus diesen Tag. Das wichtigste Gespräch fand am Abend im Thronsaal mit den Vier Säulen des Reiches und Amosis Pennechebet statt, an dem auch Hatschepsut teilnahm.

Imhotep, Amun-Weser, Amathu, Ineni und der General versicherten ihre absolute Loyalität gegenüber der Krone. Voller Erleichterung zog sich Thutmosis am späten Abend in seine Gemächer zurück. Ich habe meinen Vater falsch eingeschätzt, dachte er, was er hinterließ, ist ein vollkommenes Machtgebilde. Das machte ihn beinahe sicher, das schwere Amt des

Einzig-Einen ausfüllen zu können. Bevor er sich ins Bett legte, küßte er seine bereits schlummernde Isis. Der ereignisreiche Tag zeigte Wirkung. Augenblicklich fiel er in einen traumlosen Schlaf.

Siebzig Tage dauerte die Einbalsamierung des Ahkeperkarê. In dieser Trauerzeit ruhte Tameri in der Erstarrung. Das junge Königspaar richtete mit Pracht und Herrlichkeit sein Begräbnis aus. Als letzten Akt setzten sie den zu Osiris gewordenen Vater in der Ruhestätte seines Sohnes Amunmosis bei. Hatschepsut hielt die Hand ihrer Mutter, die den Tod ihres Mannes noch immer nicht begreifen konnte. Sie schluchzte: „Er war der Fels, der mich beschützte, jetzt bin ich allein. Wer verteidigt jetzt meine Ehre, wer behütet mein Ka?"

„Ich werde es versuchen", beschwichtigte Hatschepsut ihre Mutter und umarmte sie, bis ihr Schluchzen nachließ. Tameri begann wieder zu atmen.

In den Amtsräumen des Bürgermeisters von Waset warteten viele Menschen, um mit Ineni ihre alltäglichen Sorgen und Nöte zu besprechen. Diese Audienzen waren für den Medech des Königs wegen seines hohen Alters sehr beschwerlich und mühsam. Deshalb freute er sich über die Anwesenheit Senmuts, der ihn nach Kräften unterstützte. Denn Senmut war vom Lehrling zum Meister gereift und besaß das absolute Vertrauen seines Mentors. Er besorgte in diesen Tagen vor allem die Papyri, die bei den Besprechungen benötigt wurden. So konnte der Bürgermeister sitzend den Tag überstehen.

Am Abend überraschte Ineni seinen Helfer: „Heute wird uns die neue Königin besuchen. Ich nehme an, sie wird auch dich sehen wollen. Denn sie hat nicht vergessen, daß deine kühne Tat in Kusch ihrem Vater das Leben gerettet hat."

Senmut war sehr überrascht, dann empfand er große Freude. Endlich kam es zu dem Zusammentreffen, das er zwar immer erhofft, von dem er aber nicht zu träumen gewagt hatte. Sorgfältig bereitete er sich darauf vor. Er zog die weiße Tunika an, die ihm sein Mentor vor kurzem geschenkt hatte. Er wurde nachdenklich. Noch nie hatte ein Mitglied der königlichen Familie außerhalb des Palastes jemandem einen Besuch abgestattet. Warum kam die junge Königin ausgerechnet heute zu seinem Meister?

Er dachte zurück an die aufregende Zeit der Ermordung Amunmosis', als durch die Einwirkung der jungen Prinzessin eine zu erwartende Strafe, wenn nicht sogar die Hinrichtung, zurückgenommen wurde. Diese errettende Tat hatte er nie vergessen. Sein Leben schien ihm zum zweiten Mal geschenkt worden zu sein. Wie würde sie sich heute geben? Als er in den Audienzsaal Inenis zurückkehrte, war sein Mentor bereits anwesend.

„Senmut“, sagte er freundlich, „heute müssen wir beide bei der neuen Königin einen guten Eindruck hinterlassen. Weil die Schattenbarke des Osiris mich bald aufnehmen wird, sorgt sie sich um die Zukunft Tameris. Ich vermute, daß sie dich als möglichen Nachfolger näher kennenlernen möchte.“

Senmut erschrak. Da er die Leistungen und die Genialität seines Meisters kannte, fühlte er sich nicht berufen, diese Rolle ausfüllen zu können. Aber Ineni ermutigte ihn.

Unvermittelt wurde die Tür des Audienzzimmers geöffnet. Ein Herold trat ein und schlug mit seinem Stab dreimal auf den Boden. Dann rief er mit lauter Stimme: „Hatschepsut Khnemetamun, Große Königliche Gemahlin des Pharao Ahkeperenrê – Sohn des Amun – sie lebe ewig.“

Dann erschien die liebreizende Gestalt der jungen Königin im Türrahmen. Senmut erstarrte, er hatte dieses Wesen als quicklebendiges Mädchen in Erinnerung. Was er jetzt sah, war eine wundervoll erblühte Frau im Schmuck und Glanz der Herrscherin Tameris. Er warf sich sofort zu Boden, um ihr zu huldigen.

Als Ineni seine Ehrerbietung auf gleiche Weise zeigen wollte, eilte die junge Frau hinzu, stützte den Greis und sagte mit erschreckter Stimme: „Oh edler Ineni, Medech von vier Pharaonen, Erbauer der herrlichsten Göttertempel, du darfst nicht vor mir auf dem Boden liegen, ganz im Gegenteil – ich müßte es tun, denn dich zu besitzen ist die größte Gnade, die Amun einer unerfahrenen Königin erweisen kann.“

Zitternd vor Rührung sagte der alte Mann: „Majestät, diesen Tag werde ich nie vergessen, an dem du über die Schwelle meines Hauses getreten bist.“

Senmut, noch immer am Boden liegend, lauschte ergriffen dieser Unterhaltung. „Gehilfe des großen Ineni, steh auf. Setz dich zu uns“, sagte Hatschepsut. Senmut gehorchte und blickte ihr in das ebenmäßige Antlitz.

Meister Ineni ließ vollmundigen Alashia-Wein kommen und munterte seine Herrin auf, die wohlschmeckenden Früchte zu kosten, die seine Dienerin auf den Tisch gestellt hatte. Senmut spürte, wie die Königin ihn aufmerksam musterte.

„Großer Medech“, begann sie, „erzähl mir bitte etwas über die Fähigkeiten und das Können deines Gehilfen.“

„Majestät, ich bin ein alter Mann“, antwortete Ineni, „die Hülle meines Ka möchte mir nicht mehr so recht gehorchen. Ich bin schwach und hilflos geworden. Ohne Senmut hätte ich schon längst aufgegeben. In seinen Lehrjahren hat er sich fast alles angeeignet, was ein königlicher Baumeister können muß. Er ist bereits heute derjenige, der nach Ta-Seti fährt, um in den Steinbrüchen das beste Material zu suchen. Auch ist er derjenige, der jetzt schon die Bauwerke deines Gemahls beaufsichtigt. Er ist die beste Stütze meines Alters. Dein mächtiger Vater Ahkeperkarê hatte schon das Talent des jungen Mannes erkannt und ihn mir als Lehrling empfohlen. Ich bin dankbar, daß er diese Entscheidung damals getroffen hat, und bin überzeugt, daß die Tradition der großen Medeche Tameris durch ihn seine Fortsetzung findet.“

Eine nachdenkliche Stille trat ein. Dann wandte sich Hatschepsut an den jungen Gehilfen: „Senmut, berichte mir etwas von deinem Vater Ramose und deiner Mutter Hatnefer. Sie wohnen doch in Iuni?“

„Ja, Majestät“, erwiderte Senmut, „dort verbrachte ich meine Kindheit und Jugend.“ Zuerst stockend, dann immer gelöster, erzählte er von seiner Vergangenheit. Und daß seine Eltern sechs Kinder großgezogen hatten. Besonders erwähnte er seinen ältesten Bruder Senimen, den er sehr liebte: „Wir unternahmen alles zusammen, die Jagden in den Sümpfen des Hapi, die Fahrten im heißen Sand des Roten Landes und das Abliefern des Getreides von den Feldern unseres Vaters.“

Hatschepsut fand Gefallen an ihm. „Ich möchte dich und deinen Bruder demnächst nach Malkatta einladen.“

Errötend erwiderte er: „Es wird uns eine große Ehre sein.“

Damit verabschiedete sich die Königin. Als die Tritte der Sänftenträger nicht mehr zu hören waren, sagte Ineni zufrieden: „Ich glaube, du hast heute den ersten Schritt in eine große Zukunft getan.“

IX

Malkatta erwachte. Die mächtigen Mauern der Residenz wurden vom sanften Rot der Morgensonne erhellt. Nachdem die Diener des Ahkeperenrê Soda in das Wasser der herrschaftlichen, schwarzen Granitwanne geschüttet hatten, badeten sie ihn. Störende Körperhaare wurden mit Pinzetten ausgezupft und der Bart mit einem goldenen Rasiermesser abgenommen. Weil die Haut des Horus in dem trockenen, heißen Klima Wasets geschmeidig bleiben sollte, rieb man ihn von Kopf bis Fuß mit herrlich duftenden Ölen ein. Danach wurde ihm eine kunstvolle Perücke aufgesetzt und seine Augenlider mit Kohol aus einer prächtigen Schminkschatulle bemalt. Mit einem schmalen, weißen Lendenschurz bedeckte man seine Blöße. Die dargebrachten, goldenen Armreifen streifte er sich selbst über. Als letzten Akt der Morgentoilette legte man ihm einen prunkvollen, mit dem königlichen Lapislazuli versehenen Wesechkragen um.

Die Frische des jungen Tages in der beginnenden Überschwemmungszeit Achet lockte Thutmosis den Zweiten in den Garten voller exotischer Tiere und Pflanzen. Einer plötzlichen Eingebung folgend, lenkte er seine Schritte zum Schlaftrakt der Hatschepsut. Seit der mißlungenen Hochzeitsnacht hatte er diese verschwenderisch ausgestatteten Räumlichkeiten nicht mehr betreten.

Satrê hatte eben die Morgentoilette der Königin beendet, als Thutmosis ins Zimmer trat. Überrascht entließ Hatschepsut ihre Amme: „Mein Gemahl, welche Überraschung!“

Etwas verlegen erwiderte er: „Ich nehme an, es gab in Tameri noch nie ein Königspaar, das nach Heirat und Krönung die Ehe noch nicht vollzogen hat. Ist dieser Akt nicht dringende Staatsräson?“

Hatschepsut lächelte: „Ich finde es nicht unverzeihlich, daß wir beide diesen Schritt noch nicht vollzogen haben. Unser großer Lehrer Imhotep drückte es so aus: ‚Aller Dinge Schönstes und Erhabenstes ist die Liebe‘. Es bleibt unser Geheimnis, daß wir diese Kostbarkeit vorsichtig und mit Respekt behandelt haben.“

„Welch kluge Königin du doch bist“, sagte er, nahm seine Perücke ab und ging auf sie zu, um sie sanft zu umarmen. Er drückte seine Lippen auf ihren Mund, und sie erwiderte seinen Kuß warm und feucht. In dem mädchenhaften, festen Busen spürte er einen leidenschaftlichen Herzschlag.

Erstaunt registrierte sie, wie zärtlich seine Hände waren. Er ist ein erfahrener Ehemann, dachte Hatschepsut und ließ sich verwöhnen. Wie hilflos wand sie sich in seinem Arm. Sie fühlte Schmetterlinge in ihrem Bauch. Mit aufgeregten Händen versuchte sie, seinen Schurz zu öffnen, wobei er ihr zu Hilfe kam. Sie flüsterte: „Du strömst die Wohlgerüche Amuns aus, komm“, und zog ihn auf ihre goldene Bettstatt.

Er streichelte ihr herrliches, tiefschwarzes Haar und sog seinen Duft ein. Thutmosis dachte an die weit hinausgezögerte Zeit, um an diesen Punkt zu gelangen, an die Träume, diesen weichen, wundervollen Körper zu besitzen. Deshalb übereilte er nichts. Seine streichelnden Hände lösten in ihr höchste Erregung aus.

„Bitte nimm mich, bitte, bitte ...“ Langsam glitt er in sie hinein.

In der Vereinigung glaubte sie, die Sinne müßten ihr vergehen. Sie empfand eine Seligkeit, die alles andere auszulöschen schien. Sie lebte im Taumel einer schwankenden Welt und klammerte sich an ihn wie eine Ertrinkende. Schließlich wurde sie zu einer Besessenen und stieß wilde Schreie aus. Nachdem sie auf dem schwindelerregenden Höhepunkt angelangt waren, benötigten beide einige Zeit, um wieder in die Wirklichkeit zurückzufinden.

Die Umgebung nahm wieder Konturen an. Voller Bewunderung schaute sie in seine Augen und flüsterte: „Du bist Horus, mein Himmelsfalke.“

„Wir sind eines Stammes. Es sind die erhabenen Kräfte unserer göttlichen Ahnen, die uns emporgetragen haben“, erwiderte Thutmosis und erhob sich langsam von der Liebesstatt. Dann verabschiedete er sich mit einem sanften Kuß.

Sechs Monde waren seit der Krönung vergangen, als ein Kurier mit einer Eilbotschaft des Thure aus Ta-Seti in Malkatta eintraf. Ahkeperenrê entsiegelte und entrollte den Papyrus des Vizekönigs aus Kusch und erblaßte. Thure teilte mit, daß Nebra, der Sohn des Manos, zu einem Freiheitskampf gegen Tameri aufgerufen habe.

Ahkeperenrê nickte. Er sah sich in seinen Befürchtungen bestätigt. Von Anfang an war er überzeugt gewesen, daß der Thronwechsel einen Aufstand in Kusch auslösen würde.

„Majestät, Nebra will Rache für seinen elenden Vater nehmen, den Dein göttlicher Vater Ahkeperkarê, Osiris möge ihn beschützen, in Napata besiegt hat“, war in feinen mittelägyptischen Schriftzeichen zu lesen. Weiter schrieb Thure: „Schon sind erste Opfer aus den Goldminen im Tal Allaqui zu beklagen. Die Häscher des Nebra haben den ägyptischen Kommandanten und fast alle Vorarbeiter in den Minen getötet.“

Ahkeperenrê berief den Kronrat ein. Ineni, Amathu und Imhotep mußten noch einige Tage warten, bis eine schnelle Königsbarke Amun-Weser und Amosis Pennechebet von Mennefer nach Waset gebracht hatte.

Der Mer-Mesha war gefordert. Sofort trieb er die Mobilmachung der Streitmacht voran. Mitten in der Arbeit überraschte ihn der Herold des Königs. Dieser überbrachte ihm die Mitteilung, daß er am nächsten Tag in der Residenz erwartet würde. Amosis Pennechebet nahm an, daß der König als Oberbefehlshaber den Feldzug gegen Kusch mit ihm besprechen wollte.

Aber es kam ganz anders.

Als der General durch die prachtvollen Gärten Malkattas schritt, wurde ihm bewußt, wie oft er diese entscheidenden Kriegsbesprechungen schon geführt hatte. Die Regierungen von zwei Pharaonen hatten ihn an der Spitze der Streitmacht Tameris gesehen. Allmählich spürte er die Last des Alters. Er würde den König bitten, nach den Kämpfen einen Nachfolger zu ernennen. Die wenigen Jahre, die Amun ihm noch schenken würde, beabsichtigte er auf seinem Anwesen im Hapi-Delta zu verbringen. Er dachte an Ahkeperkarê, der ihm zum Dank für seine Verdienste das weitläufige Haus am Wasser geschenkt hatte.

Wie würde der junge Herrscher das Heer führen? Zwei Jahre hatte er den Kronprinzen in das Militärwesen eingeführt, bevor dieser König wurde. Eine innere Stimme sagte ihm, daß der neue Pharao jetzt eine Feuerprobe bestehen mußte, der er nur schwer gewachsen sein würde. Aber er, Amosis Pennechebet, würde seine ganze Kraft und Erfahrung in die Waagschale werfen. Der junge König mußte unter allen Umständen beschützt werden, damit sich Maat in Tameri erfüllen konnte.

Noch einmal muß ich meine ganzen Kräfte mobilisieren, das bin ich seinem göttlichen Vater schuldig, dachte er, als er den Audienzsaal betrat und sich vor dem Thron des jungen Herrschers niederwarf.

„Mein väterlicher Freund, steh auf und begleite mich in meine Privaträume, ich muß unbedingt mit dir reden. Mein Herz ist schwer von Kummer“, klagte der königliche Zögling des Mer-Mesha.

Sie entfernten sich aus der Halle und begaben sich in seine Gemächer. Ahkeperenrê bat seinen Gast, Platz zu nehmen, und begann langsam auf und ab zu gehen. Plötzlich blieb er stehen und sagte: „Mein Mer-Mesha, ich hasse den Krieg. Ich bin für das Soldatenleben nicht geeignet. Obwohl du mir in Mennefer immer treu zur Seite standest, konnte ich mich für das Leben in der Garnison nicht erwärmen. Und nun soll ich mich in das elende Kusch begeben und in der Hitze und dem Staub des südlichen, roten Landes schwarze Rebellen töten. Kann das alles nicht auch ohne mich geschehen? Muß bei diesem häßlichen und widerlichen Gemetzel denn immer der Pharao anwesend sein?“ Sein fragendes Gesicht zuckte, und Schweißperlen standen auf der Stirn des jungen Königs.

Amosis Pennechebet erschrak. Er hatte geglaubt, in den Jahren der Ausbildung seinen Zögling zum Manne gemacht zu haben. Und nun dieser Ausbruch, der dem lebenden Horus unter den Menschen absolut nicht entsprach. Die harte Erkenntnis, daß hier nicht der furchtlose Falke vor ihm stand, sondern ein junger Mann, der vor Angst zitterte, ließ ihn sprachlos werden.

„Amosis, so sprich doch! Ich kann es nicht! Was soll geschehen?“ Die Frage verhallte im Raum.

„Die Feinde Tameris hatten es bis jetzt immer mit dem Horus an der Spitze seiner Streitmacht zu tun. Ich glaube, so will es die Göttin Maat“, antwortete der alte Feldherr zögernd. Als Ahkeperenrê nichts erwiderte und den General hilfesuchend anblickte, sprach Amosis Pennechebet weiter: „Wie die Behälter einer Waage aufgehängt sind, so ist die Ordnung unserer Welt. Es gibt Gut und Böse, Licht und Dunkel, Kargheit und Fruchtbarkeit, Ebenen und Berge, die beiden Länder. Die harmonische Ordnung der Maat zeigt sich in immer wiederkehrenden Dingen, wie dem täglichen Sonnenauf- und untergang, der Abfolge der Jahreszeiten und dem Allerwichtigsten – dem jährliche Steigen und Fallen des Hapi. Du, der lebende Horus unter den Menschen, bist der Garant dafür, daß dies alles Bestand hat. Die Aufgabe der Tameri-Könige ist seit Jahrtausenden immer die Gleiche: das Gesetz der Maat aufrechtzuerhalten. Majestät, das ganze Volk schaut auf dich. Du darfst nicht zulassen, daß ein nubischer König sich erhebt. Denn dann ist Maat aus dem Gleichgewicht, dann kehrt Chaos ein. Das ist wie die ausbleibende Hapiflut, wenn Hunger und Tod die Menschen dahinraffen.“

Der junge König war in die Knie gesunken und schlug die Hände vors Gesicht. Ein qualvolles Stöhnen entrang sich seiner Brust: „Diese Aufgabe ist zu schwer für mich. Ich kann das nicht schaffen – nein, ich kann es nicht ...“ Er schaute mit tränennassen Augen in das Angesicht des Amosis.

„Majestät, ich werde mich mit Amathu beraten“, beruhigte der General, verabschiedete sich mit einer tiefen Verbeugung und verließ rückwärtsgewandt das Gemach des Königs.

„Wir müssen Amun bitten, daß er uns beisteht“, sagte Amathu zu Amosis Pennechebet, „und unser junger König soll versuchen, den Götterherrn gnädig zu stimmen, indem er sein Haupt vor ihm beugt und ihm huldigt.“

Amosis nickte: „Ein Kriegszug ohne den Herrscher braucht die besondere Hilfe des Göttervaters.“

Und so kam es, daß Ahkeperenrê sich nach Karnak begab. Nach der rituellen Reinigung durch die Sem-Priester am Heiligen Brunnen schritt er langsam zum Sanktuar des Gottes. Im Saal der Neunheit herrschte nur noch spärliches Licht, und im Mutterschoßdunkel des Tempelinneren trat der Hohepriester zu dem jungen König. Nach dem Betreten des Allerheiligsten und der Öffnung des Schreins weckte Amathu den Gott: „Amun, du erwachst schön in Frieden, die Götter schmiegen sich wie Hunde an deine Füße. Es ist erschienen vor dir Thutmosis der Zweite, der Sohn des Rê, um dir zu huldigen.“

Ahkeperenrê warf sich zu Boden: „Herr, ich bin rein und küsse den Boden vor dir.“

Nachdem der Hohepriester sich entfernt hatte, betete der junge König inbrünstig: „Allmächtiger Amun, Furcht vor dir ist in meinem Leibe. Schauer vor dir geht durch alle meine Glieder. Der Feldzug gegen Kusch steht bevor, und mein Ka fürchtet sich. Wirst du mir verzeihen, wenn ich nicht hapiaufwärts ziehe? Wirst du mir deine Gunst weiterhin schenken, wenn die Feldherren ohne den König das Heer nach Süden führen? Wirst du den Generälen den Sieg schenken, auch wenn der Horus unter den Menschen nicht das Lagerfeuer mit ihnen teilt?“

Lange wartete der König auf eine Antwort. Aber die wundervolle Wärme, die Hatschepsut bei der Begegnung mit dem Gott gespürt hatte, kehrte bei ihm nicht ein. Amun gestattete ihm keinen Seelenflug in höhere Gefilde. Ahkeperenrê war außerstande, die Stimme des Götterkönigs zu vernehmen. Statt dessen fröstelte er auf der kalten Steinplatte des Sanktuariums. Er spürte zugleich die eisige Kälte seines Körpers und das brennende Feuer seines Kopfes. Schließlich verließ sein Geist Zeit und Raum.

Als Amathu nach Stunden das Naos betrat, fand er den jungen König bewußtlos auf dem Boden liegend. Er ließ ihn zum Tempelhof tragen. Dort, in der gleißenden Sonne, schlug Ahkeperenrê die Augen auf. Mit fieberndem Blick bat er den Hohepriester: „Amathu, laß mich ins Lebenshaus bringen, ich fühle mich sehr elend und krank.“

Der Oberste Prophet erschrak.

Eine Woche später führte der Mer-Mesha das Heer allein gegen das rebellische Kusch.

X

Die Königinmutter Ahmes spürte die Nähe der Osiris-Barke. Sie hatte dasselbe Greisenalter wie Medech Ineni erreicht. Die beiden waren immer öfter zusammengekommen, um über die glorreichen Zeiten Tameris zu reden. Als Schwester des Pharao Djeserkarê hatte sie ihren mächtigen Gemahl Ahkeperkarê legitimiert und war als Gottesgemahlin des Amun zur Königin eines Weltreiches geworden. Nachdem sie ihre beiden Söhne sterben gesehen hatte, verblieb ihr als letzte Hoffnung Hatschepsut, die als Erbprinzessin allein die königliche Blutlinie fortsetzte. Auch ihre Tochter hatte den Sohn der Mutnofred berechtigt, als Ahkeperenrê den Thron zu besteigen.

Die Gärten Malkattas leuchteten golden im Widerschein des Rê und der herabsinkenden Dämmerung. Ahmes dachte mit geschlossenen Augen an die glanzvolle Ära des Ahkeperkarê. Die Erinnerungen ließen ihr Herz höher schlagen. Sie schickte ihre Dienerin fort, denn sie wollte die Nacht abwarten und erst dann ihr Haupt zum Schlaf niederlegen. Von ihrer Liege aus konnte sie beobachten, wie die Lampen des Palastes entzündet wurden, während das warme, verträumte Dunkel der Nacht heraufzog.

Als wenig später die Dienerin sie ansprechen wollte, um sie zur Nachtruhe abzuholen, antwortete die Königinmutter nicht mehr. Sie war der Aufforderung des Osiris gefolgt, hatte die Jenseitsbarke des Gottes betreten und friedlich die Reise in den Westen begonnen.

Hatschepsut spürte eine tiefe Verlassenheit. Jetzt hatte sie beide Elternteile verloren. Während der siebzig Tage der Trauer dachte sie oft an die Zukunft Tameris. Beunruhigt hatte sie zur Kenntnis genommen, daß Ahkeperenrê nicht gegen seinen Feind in Kusch angetreten und plötzlich erkrankt war. Sie dachte an die Worte ihres Vaters: „Das Wichtigste ist die Einheit des Reiches, sie bedeutet Maat. Sollte Tameri jemals bedroht werden, dann verteidige es. Nur dann erfüllst du den göttlichen Auftrag ...“ Ständig pochte es in ihrem Kopf: „... nur dann erfüllst du den göttlichen Auftrag ...“

Gewiß, die Vier Säulen des Reiches erfreuten sich noch immer des Lebens, aber sie würden Ahmes bald nachfolgen. Das Greisenalter hatte ihre Rücken gebeugt. Was würde geschehen, wenn auch Amosis Pennechebet nicht mehr an der Spitze der Streitmacht stehen konnte? In ihren Gedanken kehrte sie zu ihrer Kindheit und Jugend zurück. Vor ihrem inneren Auge erschienen die Kinder des Kep. Sie erinnerte sich an die unerschütterliche Freundschaft, an die Hingabe und die grenzenlose Treue untereinander. Sie beschloß, eine Einladung auszusprechen.

Senmut war gerade von einer königlichen Baustelle heimgekehrt, als Ineni ihn zu sich rief. „Was ich schon lange erwartete, ist eingetroffen", sagte der Medech, „du und dein Bruder sind nach Malkatta eingeladen. Ich freue mich sehr für euch."

Senmut erschrak. Er spürte den Windhauch des Schicksals. Der Gedanke, einen Abend lang bei dieser wunderschönen, jungen Königin zu verweilen, versetzte ihn in Glückseligkeit. Nur gut, daß Senimen ihn begleitete. So würde er sein inneres Gleichgewicht durch das altvertraute Gesicht des Bruders aufrechterhalten können.

Einige Tage später, kurz vor der Stunde des Abendessens, durchschritten die beiden Brüder das Löwentor Malkattas und betraten staunend das grüne Paradies. Die Pracht der Palastgärten ließ Senmut ausrufen: „Ich kann mir den Himmel nicht schöner vorstellen!"

Senimen ergänzte mit dem unbeschwerten Blick des Kindes vom Land: „Schau nur, die uralten Sykomoren, die prächtigen Dattelpalmen und die majestätischen Dumpalmen, die Akazien, Pappeln, Platanen und Pistazienbäume. Dort drüben gibt es Weinreben, Lupinen, Kapernsträuche, und am Wasser liegen Melonen, blühen Papyrus, Lotus und Seerosen. Und überall Kornblumen, Mohn, Rittersporn, Stockrosen und Narzissen. Und wie betörend die Hennasträucher riechen!"

Senmut entgegnete: „Ein wundervoller Garten. Mich faszinieren auch die vielen Tiere im und am Wasser. Diese herrlichen Ibisse. An der Tamariske habe ich gerade eine Meerkatze und über dem Garten ein Falkenpaar gesehen ... Dort drüben, unter der Mangrove, schwimmen farbige, mir unbekannte Fische. Und wo man hinschaut, zwitschernde Vögel."

In ihrer Begeisterung bemerkten sie nicht, daß sie sich bereits in der Nähe des Eingangsbereichs Malkattas befanden. Ein hünenhafter nubischer Diener trat ihnen entgegen und führte sie zur Tür des Empfangssaals, in dem sich mächtige Lotussteinsäulen wie Giganten in die Höhe erhoben. Da kein Herold mit lauter Stimme die Gäste ankündigte, konnte man ahnen, daß es sich um eine kleine Privataudienz der Königin handeln mußte.

In der Mitte des Saales stand eine kleine Menschengruppe, und Senmut ging beherzt auf sie zu. Senimen, der froh war, einen mutigen Bruder zu haben, folgte ihm. Erst als die vorderen Gäste interessiert zur Seite traten, entdeckte Senmut die junge Königin. Er fühlte sich sofort von ihrem prüfenden Blick umschlossen.

Die beiden jungen Männer knieten vor ihr nieder und hörten sie mit ihrer melodischen Stimme zu den Anwesenden sprechen: „Hiermit stelle ich euch Senmut und seinen Bruder Senimen vor. Sie sind, wie ihr wißt, keine Kinder des Kep. Mir ist aber daran gelegen, daß sie heute abend an unserer Besprechung teilnehmen. Senmut hat meinem göttlichen Vater in Kusch das Leben gerettet, und er war der persönliche Begleiter meines Bruders Amunmosis."

Nach diesen einleitenden Worten begrüßte sie nunmehr Senmut und seinen Bruder und gebot ihnen, aufzustehen. Dann stellte sie den beiden Ankömmlingen die Kep-Gäste vor: Sechs junge Männer und drei Mädchen. Senmut registrierte ihre außerordentlich prächtigen Gewänder und kam sich in seinen Kleidern etwas gewöhnlich vor.

„Für unser Gespräch erscheint mir dieser riesige Saal zu groß. Laßt uns meine Privatgemächer aufsuchen", forderte Hatschepsut auf und strebte durch eine Seitentüre hinaus. Die jetzt wieder durcheinanderredenden jungen Leute drängten sich nach.

Senmut bemerkte voll Erstaunen prächtige Gemälde an den Wänden und Intarsien zu seinen Füßen. Ganz benommen war er von dem seltenen Lapislazuli, diesem geheimnisvollen blauen Stein, der nur den Pharaonen vorbehalten war. Hatschepsut führte ihre Gäste in einen mit Blüten und Blumen geschmückten Raum, in dessen Mitte ein großer, runder Tisch stand. Zur Überraschung aller legte Hatschepsuts Diener Thot jedem Gast eine Blumengirlande um die Schultern.

Die jungen Leute setzten sich mit unbändigem Hunger an den Tisch. Die Dienerschaft servierte ein üppiges Mahl, das aus Fischsuppe, kleinen Nieren vom Rind mit feinem Lauchgemüse bestand. Zum Nachtisch wurden Honigkuchen und Weintrauben gereicht. Ein edles Getränk begleitete das Essen: wohlschmeckender Weißwein aus Syrien. Danach ergingen sie sich in dem Palastgarten. Hier ließ Hatschepsut weitere Köstlichkeiten, die dem Gaumen schmeichelten, auftischen und unterhielt sich lebhaft mit ihren Gästen.

Heimlich musterte Senmut die junge Königin. Er spürte Sorgen und Nöte. Ein winziges Flattern der Wimpern unter den hohen Brauen verrieten Nervosität und Spannung. Der Mund, dessen Lippen leicht angehoben waren, ließ jedoch höchste Willenskraft erahnen.

Gleichzeitig war auch Hatschepsut bemüht, möglichst ohne Aufsehen den Zögling Inenis zu beobachten. Was sie registrierte, erfüllte sie mit Wohlwollen. Die von dem Großen Medech verlangten, körperlichen Arbeiten hatten aus Senmut einen muskulösen, hochgewachsenen Mann mit breiten Schultern werden lassen. Seine geschmeidigen, langen Beine und seine braungebrannte, männliche Brust gaben ihm die Anmut eines Leoparden. Seine breite Stirn, seine lebhaft strahlenden Augen und sein sinnlicher Mund zauberten die Aura einer natürlichen, liebenswürdigen Harmonie.

Lieblicher Alashia-Wein wurde nun aufgetragen. Hatschepsut ermunterte ihre Gäste: „Trinkt mit mir auf Amun, den König der Götter, und auf seine Tochter Maat, die uns Ordnung, Gerechtigkeit und Güte verheißt."

Der Wein war vorzüglich, kühl und duftete edelsüß nach Honig. Voller Genuß trank Senmut diese Köstlichkeit. Er fühlte sich leicht und beschwingt. Die junge Königin hatte sich inmitten der Runde aufgestellt und äußerte ihre lang angestauten Gedanken: „Meine vertrauten Freunde, ich habe euch heute zu mir gebeten, weil mich sehr große Sorgen bedrücken. Ich möchte mich mit euch besprechen. Ihr werdet mich nicht enttäuschen, und ich weiß, daß ich mich auf euch verlassen kann."

Stille hatte sich auf die jungen Leute gelegt. Hapuseneb setzte sich ins Gras, und alle anderen taten es ihm nach. Senmut sah erwartungsvoll zu der meistbegünstigten und mächtigsten Frau Tameris auf. Mit feinem Gefühl witterte er verborgene Gefahren und war sich bewußt, daß er für diese junge Frau alles tun würde, um sie zu beschützen. Eindringlich fuhr sie fort: „Das elende Kusch hat sich erhoben, und Horus Ahkeperenrê liegt krank im Haus des Lebens. Der treue Amosis Pennechebet zieht alleine, ohne den König, gegen Nebra. Gewiß kämpfen tüchtige Offiziere für ihn, aber der Gott begleitet ihn nicht. Das gab es noch nie in Tameri."

Hatschepsut nahm einen Schluck aus dem Glas: „Unser Land ist in Gefahr. Wenn Nebra siegt, fällt er über uns her. Falls dieses geschieht, steht Tameri abermals vor einer Fremdherrschaft. Statt der Heqa Chasut werden die Kuschiten unsere Tempel zerstören, die Frauen und Kinder töten und unsere Felder verwüsten. Ich habe meinem göttlichen Vater Ahkeperkarê geschworen, daß ich Maat verteidigen werde mit allem, was mir zur Verfügung steht. Das Leiden meines Gemahls scheint ernst zu sein, die Vier Säulen Tameris sind greise Männer geworden und warten auf die Barke des Westens. Nun ist die Zeit gekommen, daß ich um eure Hilfe bitten muß."

Atemlos verharrten die jungen Edlen Tameris.

„Alles, was ich jetzt erwarte, ist die Versicherung eurer Treue zu mir. Werdet ihr mir helfen, wenn ich am Abgrund stehe?"

Erwartungsvoll blickte Hatschepsut in die Runde.

Hapuseneb kniete vor ihr nieder. Er nahm ihre Hand und küßte sie: „Ich gelobe, mit meinem Leben für dich einzutreten."

Alle anderen pflichteten ihm bei. Nur Senmut und sein Bruder zögerten.

Hatschepsut lächelte ihnen zu: „Auch ihr dürft mir huldigen ... wenn ihr wollt ..."

Sichtlich ergriffen trat Senmut hinzu und versicherte: „Majestät, verfügt über mich. Ich werde alles tun ... alles ..."

Senimen brachte kein Wort über die Lippen, aber sie fühlte dennoch seine Zuneigung.

„Jetzt trinkt mit mir, meine Getreuen", forderte die junge Königin auf, und langsam kamen die Gespräche wieder in Gang.

Nach und nach spürte Senmut die Wirkung des Weines. Es war ein angenehmes Gefühl, halb Müdigkeit, halb Seligkeit. Er sah einen dünnen Schleier vor seinen Augen. Der Palast erschien entfernter und fast unwirklich. Er meinte zu träumen.

Rê begann blutrot am westlichen Himmel zu versinken. Mit der zunehmenden Dämmerung des vergehenden Tages meinte Senmut, die rauschenden Palmenkronen und die weit gefächerten Sykomoren zu einem sanften, grünen Gewölk zusammenwachsen zu sehen. Und nur, wenn er sich anstrengte, nahm alles wieder Gestalt an.

Nach dem Sonnenuntergang spendete die Natur statt der Hitze des Tages endlich die wohltuende Kühle. Der Priestersohn Amunhotep trug das Harfnerlied des Königs Intef vor:

„Folge deinem Herzen, solange du lebst.
Lege Myrrhen auf dein Haupt
und kleide dich in feines Leinen.
Erquicke dich mit wundervollen Salben.
Vermehre dein Wohlbefinden auf Erden
und nutze die göttlichen Gaben.
Nutze die Freundschaft, und sei froh dabei."

Thuti spielte ein Liebeslied auf seiner Flöte. Da erhoben sich Anat, Sabity und Tefnet und tanzten anmutig zu den schwermütigen Klängen des Bläsers.

Später zeigten Puemre und der dunkelhäutige Nehesi einen dramatischen Kriegstanz. Hatschepsut konnte sich nach langer Zeit der Angst und

Bedrückung wieder richtig freuen. Schwatzend und lachend kehrten alle ins Palastinnere zurück, vom Licht der hell flackernden Fackeln geblendet.

Die junge Königin nahm sich vor, dem Götterherrn Amun für diese treuen Gefährten ihrer Kindheit und Jugend zu danken.

Wenige Tage später lud Hatschepsut ihre Freunde zur Jagd. Sie tat es in der Absicht, den Zusammenhalt und die gegenseitige Vertrautheit zu stärken. Früh morgens wartete der Vorsteher der Jäger mit vier Lanzenträgern auf die Jagdgesellschaft. Die Speerspitzen waren geschärft, die Hyksosbögen gespannt und die Pfeile auf Balance überprüft. Die Stimmung unter den jungen Leuten war ausgelassen, sie freuten sich alle auf einige schöne Tage.

„Wie lange brauchst du noch?" fragte Hatschepsut den Vorsteher.

„Es ist alles bereit, Majestät."

„Also gut. Alles aufsteigen", rief sie unternehmungslustig.

Voller Lachen und lustigen Zurufen lenkten die jungen Leute ihre leichten Jagdwagen zunächst zum Fluß. Die edlen Pferde des königlichen Reitstalls wieherten und schnaubten den morgendlichen Nebel durch ihre Nüstern.

Am ersten Tag jagten sie in den Sümpfen des Hapi und lenkten die bereitgestellten, kleinen Papyrusnachen mühsam durch das Dickicht aus Lotusblüten und hohem Schilfgras. Die junge Königin hatte angeordnet, Nilpferde nicht anzugreifen. Sie dachte an das qualvolle Ende ihres Vaters und wollte ein erneutes Unglück verhindern.

Das Ende der Hapischwemme war gekommen, und die Zugvögel schickten sich an, weiterzuziehen. Man konnte auf dem Hochwasser direkt an die versteckt gelegenen Nester heranfahren. Die vielen Wildvögel, Enten, Gänse, Reiher, Kraniche, Schnepfen, Regenpfeifer, Wachteln und Tauben wurden mit Wurfhölzern gejagt, sobald sie aufflogen.

Hapuseneb hatte es auf Fische abgesehen. Bewegungslos stand er auf dem Nachen. Die Harpune lag in seiner Hand bereit. Im richtigen Moment schlug er blitzschnell zu. So erbeutete er Welse, Aale und Nilbarsche. Hatschepsut stakte ihren Jagdnachen in seine Nähe. Voller Freude und Hingabe machten sie nun zu zweit reiche Beute.

Plötzlich schrie die junge Königin schrill auf. Ein riesiges Krokodil hatte sich mit weit aufgerissenem Rachen auf eines der zappelnden Beutefische ihrer Harpune gestürzt. Hapuseneb vertrieb die Panzerechse, in dem er seine mitgeführte Lanze gedankenschnell dem Tier in die Augen stieß.

Zitternd lag Hatschepsut in den Armen Hapusenebs, der sie mit besänftigenden Worten zu beruhigen suchte.

„Sobeks Kreaturen jagen mir großen Schrecken ein. Ich habe das Gefühl, daß er mir noch erheblichen Kummer bereiten wird“, sagte sie ahnungsvoll, nachdem sie sich wieder gefangen hatte.

„Meine Königin, ich werde immer versuchen, dich zu beschützen“, bekräftigte Hapuseneb liebevoll und berührte ihre schwarz glänzenden, langen Haare.

„Ich danke dir, mein Lieber“, entgegnete sie und befreite sich behutsam aus seinen Armen.

Am Abend wurde ein Teil der Beute am Feuer gegart und anschließend von der hungrigen Jagdgesellschaft verzehrt. Der mitgeführte Wein floß reichlich.

Spät in der Nacht verzogen sich alle gut gelaunt in ihre Zelte. Hatschepsut war glücklich und selig zugleich. Sie war sich sicher, daß sie durch diese Freunde in der ungewiß gewordenen Zukunft bestehen würde.

Am nächsten Tag brach die Jagdgesellschaft mit Pferden und Wagen in die tief eingeschnittenen Täler und hohen Berge der östlichen Wüste auf. Steil wanden sich die Serpentinen nach oben. Einige Packesel, mit Zelten, Speisekörben und Weinamphoren beladen, folgten vorsichtig dem Troß.

Da Hatschepsut Nehesis Gewandtheit und Zielsicherheit im Umgang mit Pfeil und Bogen kannte, hatte sie ihn sich als Schützen im Wagen ausbedungen. Dieser riesenhafte, muskelbepackte Häuptlingssohn aus Kusch mit dem ebenholzfarbenen Gesicht und dem energischen Kinn löste in der jungen Königin ein Gefühl der Geborgenheit aus.

Die Stimmung bei den jungen Leuten war ausgelassen, und die Scherze und das Gelächter sprangen hin und her. Nachdem die Gespanne die steinigen Hügel überwunden hatten, erreichte die Gesellschaft noch am Vormittag eine flache Hochebene.

In der Ferne konnte man eine große Antilopenherde ausmachen.

Die Jagenden waren allesamt gute Wagenlenker und bildeten sofort eine Dreierformation. Großflächig umzingelten sie die Herde und näherten sich ihr im Schrittempo. Als die ersten Tiere ruckartig die Köpfe hoben und zur Flucht ansetzten, trieben die Wagenlenker ihre Pferde bis zum rasenden Galopp an. Die Hufe peitschten Sand gegen die Wagenkörbe.

Hatschepsut fuhr dicht an die fliehenden Tiere heran. Mühelos spannte Nehesi den Bogen, ruhig und entschlossen schoß er Pfeil um Pfeil ab. Und jedesmal wälzte sich eine Antilope im aufstiebenden Sand. Das Jagdfieber ergriff die beiden wie ein unwiderstehlicher Rausch. Die Entfernung zu den anderen wurde immer größer.

„Was für eine Jagd!“ jubelte die junge Königin, als Nehesi seine gesamten Pfeile verbraucht und sie die Pferde zum Stehen gebracht hatte. Schweißverklebt waren ihre Haare. Ihre Gesichter, vom auffliegenden Schmutz der fliehenden Herde verkrustet, waren kaum mehr zu erkennen. Lachend schauten sie sich an. Langsam wendete Hatschepsut ihren Wagen. Der Wind hatte von Süd auf Südosten gedreht und an Stärke zugenommen. Der Himmel zeigte sich hell und wolkenlos, doch konnte man einen eigenartigen, messingfarbenen Schein wahrnehmen.

Nehesi schaute zum Himmel empor und sagte: „Majestät, ich befürchte, daß ein Chamsin heraufzieht.“

Sie wußte um die Erfahrungen des Nubiers und beschleunigte daher die Rückfahrt.

Plötzlich legte sich der Wind. Es war, als hätte sich der Schmelzofen eines königlichen Schmiedemeisters geöffnet. Die Luft wurde so heiß, daß das Atmen schwerfiel. Jetzt hatte der Himmel ein schwefeliges Gelb angenommen. An einer Stelle verdichtete sich das Gelb zu Rot. Mit großer Geschwindigkeit breitete sich diese Erscheinung aus. Wolken schoben sich vor die Sonne und verdüsterten sie. Der Wind brauste auf wie ein hungriger Löwe und wurde zum alles durchdringenden Sturm. Er heulte über die Ebene und erfaßte das Haar der Königin, so daß es um ihren Kopf flatterte. Er warf die junge Frau nach vorne, die Zügel entglitten ihren Händen.

Schnell und sicher ergriff Nehesi die Riemen und lenkte die Pferde in Richtung eines Gebirgskammes, der durch den Flugsand gerade noch zu erkennen war. Der Sand peitschte die bloßen Glieder der beiden und schmerzte auf der Haut wie Feuer. Längst hatte sich Hatschepsut hinter die schützende Wagenblende verkrochen, während Nehesi kraftvoll versuchte, die rettenden Berge zu erreichen. Dichte Sandvorhänge schlossen die Flüchtenden ein und verschleierten die Sicht immer mehr.

Alles um sie herum wurde zu einer schmutzigbraunen Welt, und die fürchterliche Wucht des Sturmes trieb sie auf der Suche nach einem schützenden Graben oder Felsen voran.

Endlich erkannte Nehesi eine dunkle Wand vor sich und lenkte die erschöpften Pferde hinter den Felsvorsprung eines Berges. „Amun sei Dank“, stieß er hervor und reichte Hatschepsut ein Tuch, das sie dankbar vor ihre Nase drückte.

Suchend schaute sich Nehesi um. Wie durch ein Wunder wurde der dunkle Eingang einer großen Höhle sichtbar. Vorsichtig führte Nehesi die Pferde in das Innere. Seine Herrin sank ermattet gegen die Felswand. Das infernalische Heulen des Sturms drang nur noch gedämpft an die Ohren der Sandflüchtigen. Erschöpft und ermattet stießen sie weiter in das schützende Dunkel vor.

Eine junge Löwin duckte sich tief auf den steinigen Boden im Hintergrund der Höhle. Sie hatte zum ersten Mal ein Junges geworfen. Im matten Licht des Felsendoms beobachtete die Löwin die Eintretenden, und mit einem leisen Fauchen öffnete sie ihren Rachen und legte ihre Ohren an. Die Raubkatze hielt ihren Schweif flach auf der Erde, während sie ihr Junges leckte, um es zu beruhigen. Nichts sollte ihre Anwesenheit verraten.

Nehesi war erstaunt, daß die Pferde unruhig hin- und hertänzelten, laut schnaubten und sich nicht beruhigen wollten. Eine leise Ahnung gab ihm Signal für eine unsichtbare Drohung. Angestrengt schaute er ins Höhleninnere. Ein erfahrener Löwe vermeidet es, dem Opfer, dem er auflauert, in die Augen zu sehen. Anders diese junge Löwin. Sie starrte Nehesi aus der Dunkelheit an. Zwei helle Punkte verrieten höchste Gefahr.

„Majestät, Vorsicht", schrie er. Hatschepsut verbarg sich rasch hinter den Pferden. Die Löwin peitschte ihren Schwanz hin und her. Ihr Angriff stand kurz bevor. Sie erhob sich und stieß einen markerschütternden Schrei aus, der die Luft erzittern ließ.

Sie war jung. Ihre Stärke und ihre Schnelligkeit hatten zu dem jetzigen Zeitpunkt den Zenit erreicht. Nehesi wußte, sie könnte emporschnellen und Hatschepsut und ihn in Sekunden töten. Langsam und tief geduckt schlich sie auf den Nubier zu. Ihre Bewegungen waren geschmeidig. Die flammenden Augen des Raubtiers lähmten den hünenhaften Nehesi. Gedanken der Verteidigung schossen durch seinen Kopf, aber sich zu rühren war er nicht fähig.

Da spürte er plötzlich eine Lanze in seiner Hand. Die junge Königin hatte gedankenschnell die Waffe aus der Halterung des Jagdwagens gerissen und Nehesi gereicht. Die Löwin knurrte, machte drei kurze Sätze und setzte zum Sprung auf ihr Opfer an. Mit fliegender Hast stellte der schwarze Häuptlingssohn die Lanze auf und ließ sich nach hinten fallen. Das wilde Tier stürzte mit dem ganzen Gewicht des eigenen Körpers in die todbringende Lanze. Die Speerspitze drang mühelos durch die zähe Haut tief in die Brust der Löwin. Obwohl tödlich verwundet, schlug sie mit ihren Pranken wild nach Nehesi. Ein Strom von Blut quoll aus ihrem Rachen, während sie vor Schmerzen fauchte und brüllte. Nehesi wand sich unter den messerscharfen Krallen der Bestie und konnte einigen Hieben ausweichen. Doch er spürte schmerzhaft, daß er auch getroffen worden war. Dann, nach quälenden Sekunden, mitten in der Bewegung, starb die Löwin. Als schlaffer, regungsloser Kadaver fiel sie zur Seite, nachdem Nehesi total erschöpft die Lanze losgelassen hatte.

Hatschepsut eilte entsetzt herbei, beugte sich über ihn und öffnete ganz vorsichtig sein zerfetztes Jagdhemd. „Amun steh mir bei! Das viele Blut“, flüsterte sie.

„Den Wasserbeutel“, stieß Nehesi hervor.

Sie eilte zum Wagen und kehrte mit dem Lederbeutel zurück. Gierig trank er das köstliche Naß. Dann wusch sie vorsichtig das Blut von seiner Brust. Erleichtert stellte sie fest, daß die Verletzungen nicht zu tief waren. Sie riß das Jagdhemd in Fetzen und legte ihm einen provisorischen Verband an.

Obwohl am Ende seiner Kräfte, zog Nehesi das Fell der Löwin fachgerecht ab. Hatschepsut lehnte an der Felswand und schaute zu.

Plötzlich ertönte ein klägliches Wimmern aus dem Hintergrund der Höhle. Tameris Königin sprach zärtlich in das Dunkel hinein. Auf unsicheren Pfoten stakste das Löwenjunge auf sie zu und leckte ihre Hände.

XI

Kurz vor Ausbruch des Chamsin hatten sich die übrigen Jagdgenossen in einer Senke versammelt. Useramon, nicht so sehr von der Jagdleidenschaft mitgerissen wie seine Königin, bemerkte das Heraufdräuen des Wüstensturms wesentlich früher. „Es braut sich etwas zusammen. Wir müssen uns schleunigst in Sicherheit bringen, es sieht so aus, als wolle ein heftiger Chamsin gegen uns heraufziehen", fürchtete er. Die anderen schauten auf zum Himmel. Der messingfarbene Schein verhieß Unheil.

„Wo ist die Königin?" fragte Puemre besorgt.

„Sie ist mit Nehesi der flüchtenden Herde gefolgt", antwortete Amunhotep.

„So laßt sie uns suchen, wir können sie nicht im Stich lassen", forderte Puemre.

Die plötzliche Windstille und die Bruthitze lähmte die jungen Leute. Gleichzeitig ertönte ein unheilvoller Laut, wie das Seufzen eines sterbenden Raubtieres.

„Es ist schon zu spät", rief Thuti, „wir müssen schleunigst einen Unterschlupf suchen."

„Nein, wir suchen die Königin", beharrte Puemre.

Zwischenzeitlich hatte ein dämonisches Heulen eingesetzt. Die ersten Sandkörner schlugen den Unentschlossenen ins Gesicht.

„Auf zu den Bergen", schrie Hapuseneb und ließ seine Pferde antraben.

„Beim stinkenden Atem des Seth, du bist ein Feigling", brüllte Puemre.

Sofort wendete Hapuseneb, stieg vom Wagen und ging auf den hitzigen Jagdkameraden zu. „Sag das noch mal", zischte er unheildrohend.

Da ging Useramon dazwischen: „Hört auf mit dem Streit. Nehesi ist erfahren, er hat schon viele Gefahren gemeistert. Der Königin wird nichts passieren. Wir müssen uns jetzt sofort in Sicherheit bringen."

Anat faßte Puemre an der Hand: „Useramon hat recht. Hatschepsut wird nichts geschehen." Sabity und Tefnet beruhigten Hapuseneb und führten ihn zu seinen Pferden zurück.

In der Ferne hatte sich eine Mauer aus fliegendem Sand gebildet. Jetzt gab es kein Halten mehr. In geschlossener Formation stürmten sie über die Ebene zu den nahen Bergen. Die Packesel trippelten eilig den Flüchtenden nach. Gerade noch rechtzeitig konnten sie sich unter einem Felsüberhang in Sicherheit bringen. Das Inferno aus Wind und Sand hatte sie noch nicht erreicht. Jetzt aber tobte der Sturm heran. Alle hielten sich Tücher vor den Mund und versuchten, sich hinter den Pferdeleibern und Wagen zu schützen. Der Fels brach zwar die Gewalt des Sturms, aber vor dem alles durchdringenden, staubfeinen Sand gab es keine Rettung. Lebendig und grauenhaft wie ein riesiges Ungeheuer stürzte der rollende Sandvorhang auf sie nieder.

„Haltet die Augen geschlossen, und atmet ganz vorsichtig durch den Mund, damit ihr nicht im Sand erstickt“, schrie Thuti durch das Toben des donnernden Chamsins.

Langsam wurden sie begraben in der ohrenbetäubenden Finsternis, beinahe taub und blind. Damit die winzigen Staubpartikel nicht den Mund füllten, konnten sie die heiße Luft nur äußerst sparsam einatmen. Der Sand hatte sich schon bis zu den Hüften der Kauernden aufgetürmt. Die außenliegenden Pferde waren fast schon zugeschüttet. Sie versuchten sich aufzurichten, aber es gelang ihnen nur ein zuckendes Aufbäumen mit angstvollem Wiehern. Die jungen Menschen wollten nicht bei lebendigem Leibe begraben werden und versuchten mit bloßen Händen, den verheerenden Sand beiseite zu schaufeln. Der Chamsin tobte unvermindert weiter. Der heiße Sand und die trockene Luft begannen, sie ganz allmählich auszutrocknen. Angst und Durst quälten sie, und sie verloren jedes Zeitgefühl.

Anat, die ganz innen kauerte, bemerkte als erste, daß sich etwas verändert hatte. Sie hob den Kopf, öffnete ganz vorsichtig ihre Augen und lauschte. Nichts – das Brüllen des Chamsins war einer bleiernen Stille gewichen. Der allgegenwärtige Sandvorhang, der alle Konturen mit tiefer Schwärze überzogen hatte, löste sich langsam auf. Gespenstergleich zwängten sich die Sandopfer aus ihrer Umklammerung. Ihre Haare und ihre Brauen hatten sich weiß verfärbt und mit einer Kruste überzogen.

Nachdem es ihnen in kurzer Zeit gelungen war, die hilflosen Pferde und Esel auszugraben, stürzten sie sich sofort auf die Wassersäcke und tranken das köstliche Naß in gierigen Zügen. Wie durch ein Wunder hatte der Sandsturm nichts zerstört. Allerdings war das Fortkommen mit den Wagen durch die aufgehäuften Sanddünen sehr erschwert. Sie versuchten, die Felswand so schnell wie möglich zu verlassen, um in die Ebene zu gelangen. Hier hatten sich die Sandberge weniger hoch aufgetürmt. Langsam fuhren sie in die Richtung, in der sie ihre Königin vermuteten.

Ein winziger Punkt war am Horizont zu sehen. Puemre bemerkte ihn als erster. „Dort vorne, das könnten sie sein“, rief er und trieb seine Pferde zu äußerster Gangart an. Auch die anderen beschleunigten. Rasch erkannten sie, daß es die Gesuchten waren. Als sie heranfuhren, bot sich ihnen ein seltsames Bild.

Hatschepsuts langes Haar war vom feinen Flugsand ebenfalls schneeweiß und hing ihr in Strähnen über den Schultern. Ihre kostbare Kleidung umgab zerrissen und in Fetzen ihren Körper. Nehesi lag, die Augen geschlossen, halbnackt und blutend in dem Wagen. In einer Armbeuge der Königin verbarg sich ein Löwenbaby, das mit seiner Zunge immerzu versuchte, ihre Wangen zu lecken. Seitlich des Wagens steckte eine Lanze in der Halterung, an dessen Spitze ein Löwenkopf aufgespießt war und das abgezogene, noch blutige Fell herabhing.

„Habt ihr noch etwas Wasser? Ich mußte meines für die Reinigung von Nehesis Wunden benutzen", stammelte sie mit einer vor Durst am Gaumen klebenden Zunge.

Senmut überreichte ihr den letzten verbliebenen Wasserbeutel. Zuerst flößte sie Nehesi das köstliche Naß über die Lippen, dann tränkte sie die Pferde, füllte einen kleinen Behälter für das Löwenjunge und trank dann gierig den Rest.

„Hoch lebe Tameris Königin", rief Hapuseneb, und alle umringten sie. Unter Tränen der Erleichterung erzählte sie von dem Kampf in der Höhle. Dankbar streichelte sie Nehesi über den Kopf. Dessen Lebensgeister waren nach den erlösenden Schlucken wieder erwacht.

„Ihre Geistesgegenwart hat uns das Leben gerettet", brachte er mühsam hervor und deutete auf die Lanze.

„Aber Nehesi hat die Löwin besiegt", wehrte Hatschepsut ab. „Laßt uns nach Hause fahren." Die Beutetiere der Jagd waren im alles verschlingenden Sand verschwunden.

Die kleine Schar setzte sich langsam in Bewegung. Gegen Abend hatten sie das östliche Gebirge bereits verlassen. Die Natur gab sich völlig beruhigt. Kaum etwas deutete auf das verheerende Toben hin, hätte nicht überall der aufgehäufte Sand, der den Pferden das Fortkommen erschwerte, ein Zeichen gesetzt. Als sie die Zelte für die Nacht aufgestellt hatten, rief Hatschepsut ihre Jagdkameraden zusammen: „Hapuseneb hat in seinem Gepäck eine Weinamphore entdeckt, die wie durch ein Wunder den Chamsin unbeschadet überstanden hat. Laßt uns die Errettung aus den Gefahren feiern. Trinkt mit mir auf unsere Zukunft."

Während das Tongefäß die Runde machte, wurde die Königin immer stiller. Anfangs lauschte sie den Gesprächen, dann schien sie entrückt und streichelte, in Gedanken versunken, das Löwenbaby, das nicht mehr von ihrer Seite wich. Als Puemre ihr die Amphore reichen wollte, schreckte sie auf: „Verzeiht mir meine Unaufmerksamkeit, ich wollte nicht unhöflich sein. Meine Gedanken richteten sich nach innen. Es gibt ein Geheimnis, das ich euch nunmehr anvertrauen möchte.“

Die Freunde wurden still, nur das Zirpen der Zikaden und das gelegentliche Bellen einer Wüstenhyäne drangen an ihre Ohren.

„Vor einem Mond war es“, begann Hatschepsut zögernd, „da gab Satrê es auf, den Gürtel meines Rockes zu schließen. Außerdem wurde mir nach Tagesanbruch plötzlich sehr schlecht. Satrê war beunruhigt und holte Imhotep in mein Gemach. Der Tatji untersuchte mich und bemerkte lächelnd: ‚Ich denke, daß die Königin Tameris schwanger ist.‘ Ihr seid, nach meinem kranken Gemahl, die ersten, die es erfahren.“

Mit strahlendem Lächeln schaute sie ihre Freunde an. Alle staunten über dieses wundervolle Mysterium in Hatschepsuts schönem Körper, und sie beglückwünschten sie mit großer Begeisterung. Mit Freude und Lachen erkannten sie, daß ihre Herrin in vollkommenem Einklang mit Maat lebte. Trotz des kranken Pharao und den damit verbundenen unsicheren Zeiten trug diese junge Königin die kostbare Zukunft Tameris unter dem Herzen. Und sie erinnerten sich an die Bitte Hatschepsuts um Beistand in der Not. „Nehesi, bitte komm zu mir“, bat Hatschepsut, nachdem die Hochrufe verklungen waren. Zögernd trat der Nubier zu ihr. Ihre Worte waren voller Dankbarkeit: „Du hast uns beiden heute das Leben gerettet, ich ernenne dich zu meinem persönlichen Siegelbewahrer.“

Erneut brandete Jubel auf. Der großgewachsene Nubier verbeugte sich tief und küßte die Füße seiner jungen Königin.

Der Segen des Amun blieb Hatschepsut treu. Amosis Pennechebet kehrte siegreich aus Kusch heim. Zwar hatte Nebra versucht, ihn in lange, verlustreiche Kämpfe zu verwickeln, jedoch hatte der betagte Mer-Mesha die ganzen, unter drei Pharaonen erworbenen Erfahrungen eines Soldatenlebens in die Waagschale geworfen. Mehrfach überlistete er den jungen Kuschitenkönig, so daß die gewaltige Streitmacht Tameris immer größere Siege errang. Nach sechs Monden hatte Amosis Pennechebet die wichtigen Festungen von Serra bis Sai eingenommen.

Nebra hatte nicht den Fehler seines Vaters wiederholt, die Festungen Tameris zu schleifen. Als er die unvermeidliche Niederlage erkannt hatte, ergab er sich dem Mer-Mesha ohne weiteres Blutvergießen. Der Waffenstillstand wurde in Napata beschlossen. Der Anblick der gefangenen Elitetruppe Kuschs erfreute den Mer-Mesha. Es handelte sich um gut ausgebildete und große Menschen, die unter entbehrungsreichen und schwierigen Bedingungen hervorragend bestehen konnten. Er nahm viele von ihnen als Gefangene mit nach Waset. Die meisten dieser Gefangenen wurden in späteren Zeiten freigelassen, mit Polizeiaufgaben betraut und erlangten unter dem Namen Medjai großen Ruhm.

Hatschepsut spazierte mit ihrem immer schwerer werdenden Körper im üppigen Park Malkattas umher. Imhotep hatte ihr empfohlen, sich viel zu bewegen und so oft wie möglich im großen Palastteich zu schwimmen. Auf Wunsch der Königin war in der Nähe des Palastes ein Geburtshaus gebaut worden, ein luftiger Bau aus Pfählen und Pflanzenmaterial. Diesen Ort nannte man Mammisi, vom Hohepriester des Amun dem Mysterium der Vereinigung zwischen Königin und Gott geweiht.

Am Abend des zweiten Tages im Thot der Jahreszeit Achet hatte Hatschepsut das Gefühl, als wollte ihr Kind den Weg in die Welt antreten. Zuerst spürte sie ein Ziehen im Unterleib, das sich immer mehr verstärkte.

Die Nacht legte sich sanft auf den Palastgarten, und Hatschepsut konnte nur noch schemenhaft das mit Lotusblüten und Lilien geschmückte Mammisi erkennen. Satrê legte ihren Schützling auf eine Lade, an deren Ende Taweret, die flußpferdgesichtige Schutzgöttin der Gebärenden aufgestellt war. Während sich die Wehen immer mehr verstärkten, rief die Königin nach Imhotep. Sie wollte ihre schwere Stunde nicht ohne den väterlichen Freund und obersten Arzt des Königs erwarten. Satrê rieb sanft den Bauch der Königin mit feinem Behenöl aus den Früchten der Moringa ein: „Die Geburt soll keine häßlichen Dehnungsstreifen hinterlassen, mein Engel. Dein Körper darf durch die Geburt nichts von seiner Schönheit verlieren.“

Drei Stunden nach Mitternacht erschien Imhotep. Er ließ Schalen und Krüge mit heißem Wasser füllen. Außerdem hatte er Wacholder, Salz und die geburtauslösende Niaiapflanze bei sich. Er reichte Hatschepsut verdünnten Wein mit Mohnhonig und rieb sie mit warmem Öl ein.

„Die Schmerzen, die Schmerzen“, stöhnte die junge Königin und sah Imhotep aus tränengeschwollenen Augen an.

„Majestät, deine Menschenmutter hat sich geöffnet, du hast es bald geschafft“, tröstete der Tatji.

Kurz vor Morgengrauen verstärkten sich die Schmerzen, vergleichbar mit den Sturmstößen des Chamsin. Imhotep stützte Hatschepsut bei der knienden Geburtshaltung. Dann ein Schrei und ein Aufbäumen, und plötzlich löste sich alles mit einem Stoß und einem Schwall. Ein zartes Etwas glitt in die erfahrenen Hände des obersten Arztes. Hatschepsut fühlte sich emporgehoben und spürte die heißnassen Tücher auf den Schenkeln. Wie durch einen Schleier, aber voller Erleichterung sah sie, wie die blutig gewendelte Nabelschnur durchtrennt wurde.

„Eine wunderschöne Tochter“, jubelte Satrê und legte das Kleine auf Hatschepsuts Bauch.

Zärtlich nahm es die erschöpfte Königin in die Arme, die winzigen Finger ihrer Tochter umschlossen die ihren. Staunend flüsterte sie: „Eine zarte Tochter Amuns. Ein Wunder, aus dem eigenen Körper geboren.“

Dann reichte sie das Neugeborene Imhotep, der das kleine Bündel behutsam entgegennahm. „Majestät, meinen herzlichen Glückwunsch. Maat hat sich in dir erfüllt. Tameri kann frohlocken.“

Dann verließ er mit Hatschepsuts Baby das Mammisi und blickte auf zum Himmel. Der silbrig glänzende Sirius strahlte geheimnisvoll in der Morgendämmerung. Die Göttin Sothis ist aufgegangen, welch einzigartige Eröffnung des Jahres, dachte der Tatji.

Akheperenrês zweite Frau Isis wurde in einer Sänfte mit ihrem kleinen Sohn Thutmosis zum großen Amuntempel von Karnak getragen. Der Hohepriester Amathu hatte ihr geraten, den Götterkönig um Gesundung des kranken Pharao zu bitten.

„Wenn du die Gnade hast, den Gott zu sehen, dann wirf dich vor ihm auf den Boden“, wies Isis ihr Kind an. Des Dreijährigen Hände zitterten etwas, und er nickte ehrfurchtsvoll. Dies war in seinem kurzen Leben der erste Besuch am Hort des Amun.

Die hohen Fahnenmasten an dem mächtigen Eingangspylon beeindruckten den kleinen Prinzen, und er tapste an der Hand seiner Mutter unsicher ins Innere des Tempels, nachdem die Priester das kolossale, goldene Tor geöffnet hatten. Als sie in Begleitung des Amathu den großen, offenen Hof mit den gigantischen Papyrussäulen aus Stein überqueren wollten, erstarrte Isis. Amun hatte das Allerheiligste verlassen und schwebte, von acht Priestern getragen, in seiner Götterbarke ganz langsam auf die Besucher zu, die sich niederwarfen. Der Hohepriester rief: „Amun geht hervor aus der Herrlichkeit seines Horizontes. Er macht Himmel und Erde festlich durch seine Schönheit. Seine Strahlen sind in den Augen der Menschen.“

Dann ereignete sich etwas Ungewöhnliches. Die Barke des Gottes verharrte vor dem furchtsamen Prinzen. Ein Wunder geschah, denn der kleine Junge hatte plötzlich keine Furcht mehr. Er erhob sich vom Boden und verbeugte sich vor dem Götterherrn. Seine Augen leuchteten, und er lächelte in das gütige Gesicht Amuns. Da war allen Anwesenden klar, daß ein Gottesorakel das Kind zum Kronprinzen gemacht hatte.

„Er steht auf dem Platz des Herrn“, flüsterte Amathu Isis zu, „es ist der Platz des Königs. Dein Sohn wird dereinst Pharao sein, Amun hat ihn legitimiert.“

Isis war wie betäubt. Sie vergaß völlig, weswegen sie gekommen war. Sie herzte und küßte ihren Sohn und verließ wie eine Schlafwandlerin den Tempelbezirk. Als sie die Sänfte bestieg, war der kleine Thutmosis eingeschlafen. „Du wirst ein großer Pharao. Amun wird dich beschützen“, sagte sie voller Inbrunst und streichelte ihm übers Haar, das noch nicht zur Kinderlocke zurückgeschnitten war.

Im Schlafgemach des Königs herrschte ein seltsam bittersüßlicher Duft. Akheperenrê fühlte sich seit vielen Tagen erschöpft und niedergeschlagen. Er hatte schlimme Kopf- und Gliederschmerzen, die dann wieder abklangen. Seine aufkommenden Hoffnungen wurden aber zerstört, als er sich plötzlich heftig erbrechen mußte und ihn hohes Fieber schüttelte. Imhotep ließ nach der Königin schicken.

Als sich Hatschepsut dem Lager ihres Bruders näherte, gab es für sie keinen Zweifel mehr: Die Götter hatten das Große Haus mit Krankheit und Tod geschlagen. Es roch nach langsamem Sterben. Der Tatji stand auf und flüsterte Hatschepsut zu: „Die Kräfte seiner Majestät schwinden, sein Atem ist voll übler Gerüche. Ich habe ihn mit kaltem Wasser waschen lassen und mit Fiebersalbe eingerieben. Sein Herzschlag ist hoch, und er verweigert seit Tagen jegliche Nahrung.“

Der Pharao murmelte im Fieberwahn unverständliche Worte. Imhotep schlug vorsichtig das Laken zur Seite. Was die Königin erblickte, erschreckte sie sehr. Der Körper des Herrschers war mit linsengroßen, roten Knötchen übersät. „Es ist die Schwarze Krankheit, das Große Haus steht an der Grenze des Todes. Ich kann nichts mehr für ihn tun.“ Die Stimme Imhoteps klang mutlos.

„Bitte geh, ich bleibe bei ihm“, entgegnete Hatschepsut. Erleichtert begab sich der Tatji in seine Amtsräume. Es hatte sich viel Arbeit angehäuft. Tameri mußte regiert werden.

Gegen Abend richtete sich der König auf. Als er Hatschepsut an seinem Bett bemerkte, lächelte er und sprach mit leiser Stimme: „Es ist gut, daß du bei mir bist, Schwester ...“

Hatschepsut beugte sich zu ihm, um ihn zu küssen. Erschrocken nahm sie wahr, wie seine Haut unter ihren Lippen glühte. Außerdem stieg ihr sein übelriechender Atem in die Nase. Die Königin ließ sofort warmes Wasser bringen und seinen schweißtriefenden Körper waschen.

Während die Dienerinnen sich vorsichtig um ihn bemühten, seufzte er tief und sagte unter mühsamem Atemholen: „Ich hadere mit Amun. Ich wollte so viel erreichen. Aber er ließ mir keine Zeit. Die Jenseitsbarke des Osiris legt an, um mich mitzunehmen." Er umklammerte die Hände seiner jungen Frau und weinte: „Ich habe unsere Tochter gesehen. Liebe Hat, du bist eine Gesegnete. Sorg dafür, daß unsere Kinder zukünftig den Thron besteigen können."

„Ja, die mächtigen Säulen Tameris werden mir helfen. Schon unser Vater konnte sich auf diese mutigen und ehrlichen Männer verlassen."

„Ich konnte nie aus dem übermächtigen Schatten unseres großen Vaters heraustreten. Amun gab mir keine Chance."

„Er wird dich im Westen wieder versöhnen. Er wird dir die Pforten des Himmels öffnen. Denk an die Schriften der Sehedhu: ‚Die Zeit und das Leben des Königs sind von unendlicher Dauer, seine Grenzen sind die Ewigkeit.' Du wirst dem Gefolge des Osiris angehören, denn du warst ein guter Mensch. Dein Herz wird auf der Schale der göttlichen Waage leicht sein."

Ahkeperenrê lächelte: „Deine Worte trösten mich. Bleib bei mir, liebe Schwester. Wenn ich die schwere Reise in den Westen antrete, dann halte meine Hand."

„Hab keine Angst, Bruder. Alles, was dir im Diesseits verwehrt wurde, wirst du im Jenseits in Fülle vorfinden. Amun ist gerecht. Sei ihm nicht böse. Er wird dich in seine Arme nehmen und dich auf die Nase küssen."

Ahkepernrês Züge entspannten sich. Er ließ sich nach hinten sinken und schloß die Augen. Der König schlief, während Hatschepsut an seinem Lager ausharrte. Die Dunkelheit senkte sich hernieder. Die Königin winkte ab, als die Dienerinnen die Fackeln entzünden wollten. Stunde um Stunde saß sie da. Dann, gegen Mitternacht, wurde Ahkeperenrê von heftigen Fieberträumen erfaßt, und er rief nach ihr. Sie beugte sich über ihn, aber sie sah, daß er nicht bei Bewußtsein war. Der Geruch von Fäulnis zeigte ihr seine bereits beginnende Verwesung an.

Er wachte nicht mehr auf. Gegen Morgen fing er an zu wimmern und atmete in kurzen, heftigen Stößen. Als Rê feurig aus der Tiefe der Nacht emporstieg, verebbte das Röcheln aus seiner Kehle.

Der Herrscher von Biene und Binse, Ahkeperenrê, Thutmosis der Zweite, der Sohn des Rê, starb in den Armen seiner Königin. Seine Herrschaft hatte nur wenige Jahre gedauert, und die Krone ging über an einen Vierjährigen. Hatschepsut verließ den traurigen Ort. Ihre Sorgen waren übermächtig.

Ineni ließ erschöpft seine Schreibpalette sinken. Zufrieden und müde zugleich schaute er auf den Papyrus vor sich. Langsam steckte er den Binsenhalm in den kleinen Schlitz der Palette. Die rote Farbe, hergestellt aus fein gemahlenem, gebranntem Ocker leuchtete hell in der Sonne:

Tag 15 im Epiphi der Erntezeit Schemu, Jahr vier des Horus Ahkeperenrê.

Der König Tameris starb am Morgen des heutigen Tages.
Sein Sohn tritt an seine Stelle als König der beiden Länder.
Er herrscht auf dem Thron dessen, der ihn erzeugt hat.
Seine Schwester, die Gottesgemahlin Hatschepsut, sorgt für das Land.
Die beiden Länder leben nach ihren Plänen.
Man dient ihr, dem vortrefflichen Samen,
der aus Amun kam, indem Tameri in Demut ist.
Sie ist das Bugtau des Bienenlandes.
Sie ist der Landepflock der Südvölker.
Sie ist das vortreffliche Hecktau des Binsenlandes.
Eine Herrin des Befehlens, deren Pläne vortrefflich sind.
Sie beruhigt die beiden Länder, wenn sie redet.

(Grabinschrift des Ineni)

Dieser Papyrus würde von tausenden Schreibern des Landes abgeschrieben und an jedem öffentlichen Platz Tameris aufgehängt und verkündet werden. Der überraschende Tod Ahkeperenrês verhinderte ein Begräbnis in der eigenen Gruft. Die Nekropoliten waren erst am Anfang ihrer Arbeit, so daß der Sarkophag des Königs bis zur Fertigstellung der eigenen Nekropole im Grab des Vaters beigesetzt werden mußte.

Die Krönung des kleinen Sohnes der Isis fand vor allen Edlen Tameris in Karnak statt. Seine Namen waren:

HORUS = der siegreiche Stier, der in Waset erscheint
DIE BEIDEN HERRINNEN = mit gesegnetem Königtum
GOLDHORUS = prächtig an Kronen
MENKHEPERRÊ = der Sohn des Rê
THUTMOSIS DER DRITTE = schön an Gestalt.

XII

Imhotep war zu einem Gespräch unter vier Augen bei Hatschepsut erschienen. Durch Boten hatte der Tatji beunruhigende Meldungen aus dem Norden des Reiches erhalten. Das Imperium war bedroht. Der Mitanniherrscher Suttarna, der die Niederlage seines Vaters gegen Ahkeperkarê nicht vergessen konnte, rückte mit seinen Soldaten gegen die Hethiter vor. Außerdem war von dem Gerücht die Rede, daß er gegen Retenu, einem Verbündeten Tameris, ebenfalls Kriegspläne hegte.

„Majestät, wenn Suttarna Retenu erobert, dann sind auch die Länder der Apiru bedroht. Und wenn dieses geschieht, steht er an unserer Nordgrenze. Dann sind auch die Hafenstädte des Djahi in Gefahr. Du weißt, was das bedeutet: Dann gibt es kein Holz mehr für unsere Schiffe, Möbel, Häuser und Paläste. Noch schlimmer: Wenn er versucht, die Kontrolle über Alashia und Keftiu zu bekommen, dann gibt es kein Nechoschet und auch den von dir so hochgeschätzten Wein nicht mehr.“ Erschöpft hielt der bejahrte Tatji inne.

Hatschepsut fröstelte. Zwei Stimmen in ihrem Herzen kämpften gegeneinander. Da war die Stimme ihrer Mutter, die den Krieg haßte und den Frieden wollte. Die bauen wollte, um Amun zu verherrlichen, und die Wohlstand für alle Bewohner Tameris anstrebte. Dann aber tönte die Stimme ihres Vaters wie Posaunen und Trommeln und wühlte ihr Innerstes auf: „Das Wichtigste ist die Einheit des Reiches. Sie ist die göttliche Weltordnung. Verteidige sie mit allem, was du hast. Du bist verantwortlich für die Erfüllung der Maat ...“

„Edler Imhotep, mein Tatji, mein Freund, mein bester Berater, was soll ich tun?“ flehte sie.

„Majestät, die Feindländer Tameris, die Neun Bögen, müssen unter den Sandalen des Pharao zertreten werden. So will es Maat, so ist es schon zu allen Zeiten gewesen. Wenn du in Augenhöhe mit Suttarna oder Nebra bestehen willst, mußt du Pharao sein, lebendiger Horus unter den Menschen.“

Entsetzt reagierte Hatschepsut: „Aber wir haben doch einen Pharao. Menkheperrê, gekrönt vor zwölf Monden im Tempel des Herrn.“

„Dieser König ist vier Jahre alt. Ein kleines Kind kann doch diese riesige Verantwortung nicht tragen.“

„Aber ich bin doch eine Frau. Ist denn der tägliche Götterkult, die Niederschlagung der Feinde, das Tragen der Doppelkrone nicht die Aufgabe eines Mannes?“

Imhotep lächelte. Er kannte sein Ziehkind wie kein anderer. „Ich möchte dir etwas zeigen. Bitte komm mit mir zum Horizont von Malkatta.“

Während Imhotep, schwer gebeugt vom Alter, die Treppen zum Turmhaus des Palastes hochstieg, mußte Hatschepsut an die vielen Wohltaten und die hervorragende schulische Erziehung denken, die sie diesem warmherzigen Mann zu verdanken hatte. Sie wurde von einer regelrechten Welle der Dankbarkeit ergriffen und war gespannt, was der Tatji ihr zeigen würde.

Eine schützende Brustwehr umgab das Flachdach des Turmhauses. Dies war ein angenehmer Ort der Erholung, denn die lästigen Fliegen und Moskitos konnten des Windes wegen diese Höhe nicht erreichen. Außerdem hatte man einen herrlichen Blick zum Birket Habu, und die weißen Segel der Feluken auf dem Hapi glichen schwimmenden Schmetterlingsflügeln. Gegen Westen erhoben sich die schroffen Felsklippen der libyschen Wüste. Von dieser lichten Höhe wirkte der Palastgarten wie ein kostbares, grünes Paradies. Der Turm überragte sogar die Wipfel der hohen Honigpalmen. Dieser Anblick vermittelte ein vogelgleiches Gefühl. Imhotep zeigte unter das Schutzdach eines Speichers. Dort hatte ein Falkenpaar seinen Nistplatz errichtet, aus dem das laute Zirpen der Jungvögel zu hören war.

Reglos verharrten der Tatji und die junge Königin. Plötzlich – Beben aus der hohen Luft. Blitzschnell stürzte ein Falke herab, um die Jungen zu füttern. Während dies geschah, flog ein zweiter Falke herbei und blieb mit kurzen, schwirrenden Flügeln fast regungslos in der Luft stehen. Mit einem schrillen Schrei ließ sich der erste Vogel an der Mauer des Turmhauses hinabfallen. Während er vornüberkippte, versorgte der zweite Vogel die Jungen im Nest. Dann flog er in blendend lichte Höhen auf und setzte dann zum erneuten Sturzflug an. Fasziniert schaute Hatschepsut dem Vogelpaar zu.

„Kannst du mir erklären, welcher dieser wundervollen Horusvögel das Männchen und welcher das Weibchen ist?“ fragte Imhotep.

„Nein, sie jagen und fliegen beide perfekt“, antwortete sie.

„Ich hoffe, du hast jetzt gesehen, daß es nicht vom Geschlecht abhängt, ob Horus gut oder weniger gut ist. Laß uns wieder hinabsteigen, Rê verbrennt mir das Haupt." Der Tatji trat den Rückweg an. Scheu hakte sich die junge Königin bei ihm unter, denn sie nahm seine zitternde Unsicherheit wahr. Warum steht er an der Schwelle zu Osiris, ich brauche ihn doch so nötig, dachte sie bangend.

Im Audienzraum des Tatji nahmen sie Platz. „Du möchtest also, daß ich die Doppelkrone trage?" fragte sie.

„Ja", erwiderte Imhotep, „nicht nur ich würde das befürworten, sondern alle Vier Säulen Tameris."

„Auch Amathu?"

„Der Hohepriester ist der heftigste Vorkämpfer für diesen Plan."

Hatschepsut schwieg. Viele Gedanken schwirrten ihr durch den Kopf. „Würde das Volk der Romêt diese Entscheidung akzeptieren?" fragte sie schließlich.

„Ich glaube, du müßtest etwas Außergewöhnliches vollbringen. Etwas, das deinen Anspruch untermauert und dem Volk vor Augen führt, daß du die Tochter Amuns bist."

„Darüber muß ich nachdenken", sagte sie und verabschiedete sich von dem Tatji.

Wie im Traum kehrte sie in ihre Gemächer zurück und grübelte lange. Rê war längst am Horizont verschwunden. Satrê wunderte sich über ihren Schützling. „Soll ich eine Fackel entzünden?" fragte sie. Hatschepsut schüttelte den Kopf und schickte sie hinaus.

Tief in der Nacht war sie zu einem Entschluß gekommen. Früh am Morgen ließ sie einen Boten mit einem selbstverfaßten Papyrus zu Ineni schicken.

Der Medech entrollte die Mitteilung und wandte sich an Senmut: „Ich werde dich in nächster Zeit entbehren müssen."

Als er das fragende Gesicht seines treuen Gehilfen wahrnahm, sagte er nur: „Die Königin wünscht dich sofort zu sprechen. Geh, ich werde deine neuen Pläne inzwischen prüfen."

Senmut gehorchte und machte sich mit klopfendem Herzen auf nach Malkatta.

Als Senmut den Eingangspylon der Residenz durchschritt, hatte er keinen Blick für die Herrlichkeiten des Palastgartens übrig, sondern war in Gedanken bei der mächtigsten Frau Tameris. Ineni hatte so geheimnisvoll gesprochen, und er konnte sich diese Audienz bei der Regentin nicht erklären. Was wollte Hatschepsut von ihm? Er hatte das Gefühl, als würde die Macht des Schicksals seine Person ergreifen, um ihn emporzureißen oder niederzuschmettern. Was königliche Macht bedeutete, hatte er durch Ahkeperkarê erfahren müssen. Aber er erinnerte sich auch daran, daß Hatschepsut ihn durch ihre Fürbitte bei dem Gottkönig gerettet hatte. Damals wurde ihm ein zweites Leben geschenkt. Grenzenlose Dankbarkeit hatte ihn erfüllt.

Er wurde sofort zum Audienzraum durchgelassen. Die junge Königin saß nicht auf dem Thron, sondern an einem Tisch und hinderte ihn, sich auf den Boden zu werfen. „Lassen wir die Förmlichkeiten, Senmut. Ich habe mit dir Wichtiges zu besprechen. Berichte mir von der Arbeit bei dem edlen Ineni. Welche Verantwortung trägst du bei ihm?"

„Majestät, der Große Medech läßt mir sehr großen Spielraum bei allen Vorhaben. Von der Planung bis zur Ausführung der königlichen Bauwerke habe ich volle Freiheit. Er korrigiert mich nur noch selten."

„Also hast du die volle Verantwortung?"

„Ja, Majestät. Ineni hat mir den Schatz seines Wissens vermittelt, und meine Dankbarkeit ist groß wie das Wasser des Hapi ... er ist für mich wie ein Vater."

„Gut. Ich möchte ein Denkmal für Amun, den über beide Länder herrschenden Herrn der Throne errichten. Heute nacht saß ich lange wach und gedachte des Schöpfers der Welt. Mein Herz leitete mich, ihm zwei vergoldete Tjehenu-Pfeiler in der erhabenen Säulenhalle zwischen den großen Pylonen Ahkeperkarês zu errichten. Ihre Spitzen sollen sich mit dem Himmel vermischen, damit die Strahlen des Rê sie berühren und Tameri mit tausendfachem Widerschein überfluten. Ich handle wie ein König für Amun. Und es ist mein Wunsch, daß du nach Ta-Seti fährst und diesen Auftrag ausführst."

Senmut war fassungslos und keiner Antwort mächtig.

Hatschepsut beobachtete ihn. „Fühlst du dich dieser Aufgabe gewachsen?" fragte sie in die Stille hinein.

Senmut antwortete zögernd: „Ich werde hineinwachsen, der große Medech wird mir dabei helfen. Als weitere Hilfe erbitte ich die anderen Baumeister Amunhotep und Thuti, sowie den Siegelbewahrer Nehesi, weil dieses gewaltige Vorhaben nur die Besten im Lande verwirklichen können."

„Deine Wünsche werden erfüllt. Nimm Arbeitskräfte und Ausrüstung, soviel du benötigst. Eines jedoch kann ich dir nicht zugestehen: Viel Zeit. Ich gebe dir sieben Monde."

„Bei dieser Vorgabe muß ich sofort aufbrechen."

„Ja, das ist gut. Wenn dir die Umsetzung meines Planes gelingt, werde ich dich königlich belohnen. Denk immer daran, daß vom Ausgang dieses Unternehmens viel für Tameri und meine Zukunft abhängt." Damit entließ sie den Gehilfen des Ineni.

Auf dem Heimweg schwirrte Senmut der Kopf. Er begann zu rechnen und war sich bewußt, daß dieses schwierige Werk sein ganzes Können und zusätzlich viel Glück erforderte. Plötzlich durchzuckte ihn ein Gedanke: Die Errichtung von Tjehenu-Pfeilern, diesen Sitzen der Sonne, war ein ausschließliches Vorrecht regierender Könige. Demnach würde diese herrliche, junge Frau in der Zukunft die Doppelkrone tragen. Diese Vorstellung ließ ihn schwindlig werden.

Ineni half ihm, die Expedition zu organisieren. Nach zehn Tagen verließ ein großes Schiff mit Transportarbeitern, Handwerkern und Steinmetzen den Hafen Wasets. Senmut stand vor seiner ersten großen Bewährungsprobe. Von nun an arbeitete er Tag für Tag in den Granitsteinbrüchen Ta-Setis. Er untersuchte die Felspartien und bestimmte die Stelle, aus der der Rohling herausgebrochen werden sollte. Mit Dolleritknollen schlugen die Steinbrucharbeiter eine mannsbreite Rille rings um den zukünftigen Pfeiler. Auf dieselbe Weise mußte man ihn dann vom Untergrund des Felsens lösen.

Erschöpft und verschwitzt trafen sich die Freunde nach des Tages Mühen. Amunhotep und Thuti arbeiteten mit den Steinmetzen Hand in Hand. Überall dort, wo Probleme auftauchten, waren die jungen Baumeister vor Ort, besprachen mit Senmut die Vorgehensweise und setzten sie in die Tat um. Nehesi betreute das Heer der anderen Arbeiter und Transportgehilfen, ging auf die Jagd, sorgte für die weitere Verpflegung und wachte über die Zeltstadt.

Bei der Bearbeitung der Riesenmonolithen kam es zu starker Rauchentwicklung. Senmut und seine Freunde spürten immer mehr, wie sich die Funktionen der Lungen und Atemwege zusehends verschlechterten. Oft saßen sie abends nach einem mühsamen und sonnendurchglühten Tag beisammen und versuchten, Staub und Trockenheit mit Wein und Wasser zu bekämpfen.

Erschöpft sprach Senmut an einem dieser Abende mit einem Tonkrug Wein in der Hand: „Wenn uns dieses Wunder der Hatschepsut gelingt, werde ich unserer Freundschaft ein Denkmal setzen."

„Auf unsere Königin, auf Tameri und auf dich, Senmut", prostete ihm Amunhotep zu.

Sie spürten große Zuneigung füreinander. Mit vielen Menschen auf engstem Raum, unter schlechten hygienischen Bedingungen und im Kampf mit der feindlichen Umwelt, hatten sie zu unverbrüchlicher Freundschaft zusammengefunden.

Als Amunhotep und Thuti ein mächtiges Transportschiff bauten, verschwand Senmut für einige Tage spurlos. Kurz vor der Abfahrt des riesigen Lastschiffes, das die Steingiganten auf dem Hapi nach Waset tragen sollte, überraschte Senmut seine drei Gefährten. Er stieg mit ihnen hoch über die Steinbrüche, in denen sie so hart und entbehrungsreich gewirkt hatten. Eine wundervoll behauene Stele krönte die Anhöhe, und die staunenden Freunde des jungen Medech lasen den sauber geschlagenen Text:

Im Mond Athyr der Überschwemmungszeit Achet, Jahr Zwei des Pharaos Menkheperrê und der Königin Hatschepsut – sie sollen ewig leben. Lob für Amun, den Götterherrn und Allesbeweger in der Wohnstätte Karnak, von den Baumeistern der Königin – Senmut, Thuti und Amunhotep – und vom Siegelbewahrer der Königin – Nehesi – Hatschepsut Khnemetamun ist Dein geheimnisvoller Samen und unser Schicksal. Im beschwerlichen Schlagen der Tjehenu-Pfeiler hat sie unsere Kraft gestärkt. Sie hat das Morgenmahl, das Mittagsmahl und das Abendmahl gehalten und unsere magischen Kräfte verschlungen, sie fließt über vor Kraft und Tüchtigkeit. Die Zeit und das Leben der Königin ist von unendlicher Dauer in Dir – Amun.

XIII

Das alljährlich im Paophi und Athyr der Überschwemmungszeit Achet stattfindende Opetfest rückte näher. Die Vereinigung der Göttertriade Amun, Mut und Chons gehörte zu den größten und wundervollsten Festen Tameris. Die prachtvolle Prozession vom Amuntempel über den Hapi nach Opet, dem südlichen Schloß, begann frühmorgens am ersten Tag des Festes mit dem Gang der Regentin zum Tempel des Gottes.

Hatschepsut hatte schlecht geschlafen. Es war das dritte Opetfest, das unter ihrer Ägide stattfand, und sie war sichtlich nervös und angespannt. Das prächtige Schiff „Stark ist das Haupt des Amun" lag bereits am Ufer vertäut, um die Götterbarken aufzunehmen. Zahlreiche Bewohner der Stadt hatten sich am Flußufer versammelt, um das elftägige Fest zu beginnen.

Im Innern des Tempels unterzog sich die Königin den Reinigungszeremonien und betrat danach allein das Sanktuarium. Die Priesterschaft stimmte die Hymne zum Erwachen Amuns an:

„Die Türflügel des Allerheiligsten öffnen sich,
der Schrein im Tempel tut sich auf.
Jauchzen herrscht im Himmel und auf Erden,
Menschen und Götter tanzen.
Amun-Rê, der Herr von Karnak, dieser erlauchte Gott,
dessen Gesicht enthüllt wird in seinem Tempel,
sein Ruhm dringt bis zum Ende der Erde,
sein Wohlgeruch durchzieht den Ozean,
seine Ehre ist in den Fremdländern.
Himmel und Erde sind voll seiner Schönheit,
überschwemmt vom Gold seiner Strahlen.
Die Türflügel öffnen sich in Karnak für Amun,
er ist erschienen, er ist erschienen in seinem großen Fest."

Unter diesen Gesängen entsiegelte Hatschepsut den Schrein und löste das Gewand der Götterfigur. Dann salbte sie die Statue mit kostbaren Ölen, währenddessen sie immerfort das Morgenlied des Amun sprach:

„Erwache zufrieden, mögest du erwachen in Frieden,
Amun-Rê, Herr von Karnak,
zu dem die Götter in Verneigungen kommen.
Herr der Fruchtbarkeit,
gewaltig an Majestät im Herzen des Volkes,

Erwache in Frieden.“

Der Hohepriester Amathu trat hinzu, und gemeinsam legten sie Amun ein neues Gewand an. Plötzlich erstarrte Hatschepsut. Sie hörte deutlich eine sanfte Stimme: „Deine Stirn soll geschmückt werden. Du bist eine Gesegnete. Die beiden Kronen werden auf deinem Haupt vereint sein, denn du bist meine Tochter Hatschepsut-Khnemetamun.“

Die junge Königin warf sich zu Boden und wandte dem Gott unter Tränen ihr Gesicht zu: „Mein Vater Amun, wenn du es geschehen lassen willst, dann folge ich deinem Befehl.“

Und sie spürte und fühlte in ihrem Innern die göttlichen Mächtigkeiten aufsteigen, die sie befähigen würden, die Weltordnung zu wahren und zu festigen, die Fruchtbarkeit Tameris zu sichern und das Chaos von der Schöpfung abzuwehren. Amathu half Hatschepsut, aufzustehen, und geleitete die tief erschütterte junge Frau in den Kultraum der Maat. Dort standen zwei Priester in den Masken des Horus und Seth. Die beiden Herren und ursprünglichen Königsgötter von Ober- und Unterägypten nahmen ihr das Ornat und die Krone der Gottesgemahlin ab. Dann wiederholte sich die feierliche Handlung, die schon der jung verstorbene König erlebt hatte.

Zunächst schlüpfte Hatschepsut in den Horusschurz mit dem herabhängenden Wildstierschwanz, als uraltes Zeichen der Fruchtbarkeitsmacht der frühzeitlichen Hirtenkönige. Dann spürte sie das lange, mantelartige, weiße Königsgewand auf ihren Schultern und die Sandalen der Neun-Bögen an ihren Füßen. Schließlich setzten ihr die Priester die beiden geheimnisvollen Herrinnen auf.

Zuerst die Deschret der schlangengestaltigen Uto, rot mit rückwärtiger Spitze, dann darin die weiße Hedschet der Geiergöttin Nechbet. Diese Kronen galten als machtgeladene Wesen, und Hatschepsut erschrak ob des Gewichtes des Pschent.

Nun folgte das Zeremoniell des „Nach außen Ziehens“. Zum ersten Mal trat die junge, schöne Königin in vollem Ornat vor die Edlen Tameris, die im Festhof des Tempels gewartet hatten. Ein unbeschreibliches Gefühl durchzog alle Anwesenden. Dieser Augenblick brachte ein Seufzen aus hunderten von Kehlen hervor. Die weiße Gestalt der Königin ließ die Gottwerdung eines Menschen erahnen. In tiefer Ehrfurcht warfen sich alle auf den Boden.

Als Hatschepsut auf dem Horusthron Platz genommen hatte, verkündete Amathu die Namen:

„WEIBLICHER HORUS, Wosret-kaû mächtig an Kas

BEIDE HERRINNEN, die blühend sind an Jahren
GOLDHORUS, welcher die Herzen belebt
HERRSCHERIN VON BIENE UND BINSE, Makarê
TOCHTER DES RE, Hatschepsut Khnemetamun, sie lebe ewig!"

Die neue Pharaonin winkte ihren Getreuen. Alle erhoben sich, und unbeschreiblicher Jubel schien die Mauern zu erschüttern.

Jetzt formierte sich der Festzug zu Ehren der Göttertriade. Auf den Schultern der Tragepriester wurden die Götterbarken Muts und Chons herbeigeführt. Amun kam aus der Dunkelheit seines Sanktuars hervor, seine Priester trugen die heilige Barke in feierlichem Zug voran. Hatschepsut mit ihrer kleinen Tochter, Isis mit den Knaben Menkheperrê, die Vier Säulen Tameris und der gesamte Hofstaat folgten. Musikanten und Tänzerinnen gaben dem fröhlichen Fest das Geleit.

Am Stromufer empfing die Bevölkerung den Zug mit Jubel und Hochrufen. Die Götterbarken wurden auf das Prunkschiff gebracht, und die Bootsprozession setzte sich in Gang. Das königliche Schiff Falke, gerudert von hochgestellten Persönlichkeiten, bildete die Spitze; im Schlepp das Schiff mit den Götterbarken. Ein Heer von Wasserfahrzeugen aller Art folgte. In den Barken räucherten die Sempriester vor den Schreinen und sangen Hymnen zum Preise der göttlichen Familie. Das Ufer wimmelte von Menschen, die zu Lande einen Festzug bildeten.

Währenddessen belud die Priesterschaft des Amun im Opettempel die Altäre mit den Opfergaben der Königin: Blumen, Weihrauch, Geflügel, Wild, Krüge mit Wein, Bier, Milch, Salböl und mit Blumenkränzen geschmückte Rinder gehörten zu den Opfern für Amun.

Die Schiffe legten am südlichen Schloß an, vor dem die Bevölkerung Wasets sich versammelt hatte, um den Einzug der Götter zu feiern. Wieder luden die Tragepriester die transportablen Götterbarken auf ihre Schultern, während die Vornehmen Tameris mitschritten. Mit Musik und Gesang wurden Amun, Mut und Chons in ihre Kulträume des Opettempels geleitet. Im Hof des Tempels weihte die Königin ein Tieropfer und räucherte vor den Schreinen. Die Götterfamilie blieb elf Tage im südlichen Schloß vereint. In dieser Zeit feierte die Bevölkerung Wasets in den Straßen der Stadt und erfreute sich an den Gaben der neuen Pharaonin Makarê.

Ein riesiges Lastschiff, tief im Wasser des Hapi liegend, war gesichtet worden. Dieses grandiose Gebilde mußte der einfachen Bevölkerung am Flußufer wie ein überirdisches Götterfahrzeug vorkommen. Gigantische Holzbalken, unzähliges Riedgeflecht, armdicke Spanntaue und haushohe

Maststümpfe verliehen diesem Wasserfahrzeug ein nie da gewesenes Aussehen. Bei genauem Hinsehen gewahrte man zwei, auf langen Holzschlitten liegende Sonnensäulen aus Granit mit ungeheuren Ausmaßen. Zahlreiche Schleppschiffe waren mittels Trossen von Bord zu Bord mit dem Riesen verbunden, dessen vier Ruder von Dutzenden von Seeleuten geführt werden mußten. Mit nachschleifenden, schweren Schleppankern wurde verhindert, daß das Riesenschiff querdriftete.

Langsam näherte sich das monströse Fahrzeug dem Hafen der Götterstadt Karnak. Die Schleppschiffe lösten ihre Taue und drehten flußauf nach Waset ab. Mit hunderten Ruderern mußte der Riese aus eigener Kraft die letzten Meter zur Hafenmole zurücklegen. Die Wurfleinen flogen ans Ufer, und endlich war der lange Wasserweg der Obelisken beendet.

Tausend Seeleute und Handwerker, die Senmut angeheuert hatte, schleppten die Sonnensäulen zum Tempel des Amun. Dazu war ein Damm aus Nilschlamm aufgeschüttet worden. Dutzende von Ochsengespannen und hunderte von Menschen hingen an den armdicken Seilen der Techenu-Säulen. Die Wasserträger benetzten den Schlamm unaufhörlich, so daß die Schlittenkufen, auf denen die Monolithen ruhten, wie auf Öl rutschten. Trotzdem brach manch knirschendes Hebelholz.

Vor dem Amuntempel hatten Senmuts Handwerker die Sockel für die Säulen eingegraben und künstliche Sandhügel davor aufgeschüttet. Nach drei Tagen war es geschafft. Die Techenu ruhten auf den Sanddünen. Ihre stumpfen Enden ragten bereits nach unten. Vorsichtig wurde körbeweise der Sand unter den Riesensteinen weggeschaufelt, so daß die Enden sich langsam immer tiefer auf die Sockel senkten. Als die Pfeiler die Sockel erreichten, glitten sie mit einem scharrenden Laut in die Fugen.

Jetzt war der Zeitpunkt gekommen, die goldenen Platten in die Kerben der Techenuspitzen einzupassen. Der letzte Akt begann: Mit armdicken Tauen zogen die stärksten Handwerker Senmuts die Obelisken in die Senkrechte. Unendlich langsam richteten sich die Steintitanen auf, deren Eigengewicht schließlich die tonnenschweren Monolithen mit einem lauten Krachen in die Sockel sinken ließen. Sie schwankten ganz leicht und standen.

Als das Opetfest beendet war und die Göttertriade nach Karnak heimkehrte, zeigten sich die Obelisken in voller Größe: die Sitze der Sonne, die Krönungssäulen der neuen Pharaonin. Alles Volk stand staunend vor diesen Wundern. Die Würdenträger und Großen des Palastes senkten ihr

Haupt. Sie war endgültig anerkannt und respektiert: Makarê – die Herrin beider Länder.

Der Mond Phamenat neigte sich dem Ende zu. Kurz vor Anbruch des Abends war die Luft angenehm kühl auf dem Dach des Malkattapalastes. Hunderte von tropischen Pflanzen in Keftiu-Tonkübeln verwandelten die Dachterrasse in einen grünen Dschungel. Hatschepsut lag auf einem Ruhebett, hatte ein fein geschliffenes Alabasterlämpchen vor sich stehen und wartete auf Senmut. Vertraute abendliche Laute drangen aus dem Palastgarten herauf. Vom großen Teich hörte man Froschquaken, Entengeschnatter und den klatschenden Aufprall von Fischen, die hoch in der Luft nach Insekten schnappten und wieder in ihr Element zurückfielen. Unter diese Laute mischten sich zwitschernde Vogelstimmen. Die junge Königin war an die Brüstung getreten und sah Senmut mit langen Schritten zwischen den Bäumen hindurch auf den Palast zukommen. Schon von weitem erkannte sie seine athletische Gestalt mit den breiten Schultern und den langen, geschmeidigen Beinen. Ein Diener wies nach oben und Senmut blickte mit freudiger Erwartung zu ihr hinauf. Als er dann vor ihr stand, bemerkte sie sein tiefbraun gebranntes Gesicht. Die unbarmherzige Sonne der Granitsteinbrüche Ta-Setis hatte ihn verwandelt. Er verneigte sich tief.

„Sei gegrüßt, Getreuer Inenis, setz dich zu mir und schau, wie der wundervolle Wagen des Rê im Westen versinkt“, sagte Hatschepsut mit einladender Stimme. Gemeinsam blickten sie in den sich blutrot verfärbenden Himmel. Nach Anbruch der Dämmerung verbreitete das Alabasterlämpchen sein warmes Licht. Die Königin nahm wieder Platz auf der Liege und deutete auf einen Stuhl in unmittelbarer Nähe. Erwartungsvoll ließ er sich nieder und legte die Hände an seine Knie. Die neue Pharaonin schwieg. Die Nacht senkte sich hernieder. Ihre Schönheit traf ihn mit aller Macht. Der betörende Duft von feinstem Behenöl und Myrrhe umgaben Hatschepsut. Stilisierte Lotusblüten in Gold und Lapislazuli funkelten in ihrem glänzenden, schwarzen Haar. Ihre mandelförmigen Augen unter den hohen Brauen waren sorgfältig mit bleiglänzendem Kohol umrandet. Ihr Mund, dessen Lippen leicht angehoben waren, ließ höchste Willenskraft erahnen. Im goldenen Schein des Lämpchens umschmeichelte ein hauchdünnes, fließendes Plisseegewand aus feinstem Königsleinen ihren jungen Körper. Auf Handflächen und Fußsohlen glänzte hellrote Henna.

Senmut überkam das wunderbare Gefühl der Liebe. Gleichzeitig erkannte er die Unmöglichkeit dieser Vorstellung. Vor ihm lag eine regierende Pharaonin, ein machtbewußtes Wesen, eine Tochter Amuns. Ihre

Göttlichkeit würde es nie zulassen, sich mit ihm zu verbinden. Er erkannte, daß seine Gefühle ein Sakrileg darstellten. Er erschrak über sich selbst.

„Du hast Großes geleistet. Die goldenen Sonnensäulen erstrahlen, wenn die Barke des Rê am Himmel erscheint. Ineni hat mich gebeten, dich zum Großen Medech des Reiches zu ernennen. Zugleich wirst du Erzieher meiner Tochter Nofrurê. Deine neuen Amtsräume werden hier in Malkatta eingerichtet. Du wirst also in Zukunft als Palastbewohner in meiner unmittelbaren Nähe sein“, sagte die Königin mit warmer Stimme. Senmut sank vor ihr nieder. Er war überwältigt.

Und Senmut sollte die Gnade rechtfertigen. Er vollbrachte wahre Wunder: Heiligtümer im ganzen Land erwuchsen unter seiner Führung. Im Göttertempel von Karnak ließ er einen Barkenschrein aus rotem Quarzit für Amun erstehen. Er baute Kapellen für die Götter Ptah, Sachmet, Osiris und Maat. Er schmückte den Tempel mit einem mächtigen Pylon und einer Sphinxallee bis Waset. Er errichtete einen Tempel für den Fruchtbarkeitsgott Kamutef. Südlich von Chmun arbeitete er an einem Felsentempel für die Löwengöttin Sachmet. Den von den Heqa Chasut zerstörten Hathortempel bei Qis stellte er wieder her.

Imhotep, der mächtige Wesir des Südens, verkörperte den führenden und belebenden Geist Tameris. Er, der schon Ahkeperkarês Vertrauter und großer Lehrer der Kinder des Kep war, besaß auch das grenzenlose, uneingeschränkte Vertrauen der neuen Pharaonin.

Einer plötzlichen Eingebung folgend, wollte Hatschepsut ihn in seinen Amtsräumen aufsuchen. Als sie seinen Arbeitsplatz verwaist fand, erklärte ihr ein Bediensteter, daß sich der Tatji im Palastgarten von der Arbeit ausruhte. Die Königin machte sich auf die Suche. Sie hatte das Bedürfnis, mit dem Mentor ihrer Jugend zu sprechen.

Die Mittagshitze der Erntezeit Schemu ließ die Luft des Gartens flimmern. Es war still, und die letzten Reste des Windes strichen ihr sanft übers Gesicht. Über ihr war der Himmel milchigweiß und klar, während Rê unbarmherzig brannte. Sie schritt eilig zwischen den Bäumen hindurch und kam schließlich an das grasbedeckte Ufer des Sees der Ibisse, dessen Wasser sich in der mittäglichen Stille kaum bewegte. Schon von weitem erkannte sie die markante Figur des Tatji. Seine Haltung war leicht gebeugt, und er schien auf einem Stuhl zu schlummern. Ein großes Sonnensegel spendete ihm Schatten.

„Bester Freund des Osiris Ahkeperkarê, sei gegrüßt“, sprach sie vorsichtig, um ihn nicht zu erschrecken. Er öffnete die Augen und wollte überrascht in die Knie gehen. Hatschepsut hielt ihn jedoch davon ab und sagte: „Mein großer Lehrer, bitte knie nicht vor mir. Ich möchte mit dir reden.“

Sie setzte sich vor ihm ins Gras und schaute den heiligen Vögeln zu, deren weißes Gefieder hell in der Sonne glänzte. Immer wieder stießen sie ihre langen, schlanken, leicht gebogenen Schnäbel ins Wasser, an denen hin und wieder ein Fischchen zappelte. „Edler Imhotep, was soll ich tun, wenn die Vier Säulen Tameris die Barken des Westens besteigen?“

„Majestät, du wirst sie ersetzen müssen. Den ersten Schritt hast du bereits getan. Die Entscheidung, den jungen Senmut als Großen Medech für Ineni einzusetzen, ist sehr gut. Du mußt im Namen der Maat so weiterhandeln, dann werden die beiden Länder unter deiner Herrschaft erblühen.“ Und sie beredeten sich lange und intensiv.

Als Rê sich schon weit gen Westen neigte, war die junge Pharaonin zu neuen Entschlüssen gelangt und rief Thot, ihren Schreiber und Herold, zu sich. Thot trug seine Schreibpalette an einer Schnur über der Schulter und verbeugte sich vor seiner Königin.

„Mein Herold“, begann sie, „setz dich, du mußt verschiedene Einladungen für mich verfassen.“

Sorgsam füllte er aus einem kleinen Lederbeutelchen Wasser in die Vertiefung der Palette, fügte als Bindemittel Ruß und Papyrussaft hinzu und schüttete zu guter Letzt die rote Farbe aus fein gemahlenem, gebranntem Ocker hinein. Dann verrührte er das Ganze zu einem feinen Brei, nahm aus einem Schlitz des Schreibgerätes die Binse und zerkaute deren Ende zu einem kleinen Pinselchen. Zwischendurch mußte er die Talglampen entzünden, denn beim Schreiben war die Nacht hereingebrochen.

Am letzten Tag des Mondes Mesore waren die Eingeladenen im Thronsaal Malkattas versammelt. Das Ende der Erntezeit war erreicht, und man erwartete in der Nacht den Sothisstern, der das neue Jahr ankündigen würde. Die Adj-Mer, die Herren der Kanäle, waren nach Ta-Seti gereist, um den Anstieg des Hapi zu registrieren.

Der Abend brachte angenehme, kühle Luft in die königlichen Gärten. Rê begab sich zur Ruhe. Der Flammenrand seiner heißen Barke tauchte Bäume und Sträucher in rötlichwarmes Licht. Hatschepsut saß am Ufer des Birket Habu und beobachtete, wie sich das Wasser in der abendlichen Brise sanft kräuselte. Dann erhob sie sich und machte sich auf den Weg, um ihre Gäste zu begrüßen. Als sie sich dem Thronsaal näherte, hörte sie das Reden und Lachen schon lange, bevor sie durch die große, goldene Doppeltüre trat. Thot sprang sofort auf und rief mit lauter Stimme: „Weiblicher Horus, Wosret-kaû – Herrscherin von Biene und Binse, Makarê – Tochter des Rê, Hatschepsut Khnemetamun – sie lebe ewig!"

Schon beim ersten Ruf des Herolds verstummten alle Anwesenden und berührten mit der Stirn den Boden. Hatschepsut machte eine Handbewegung, und ihre Gäste erhoben sich. Einzelne Hochrufe begleiteten sie bis zum Thron. Den prunkvollen Sessel der Königin flankierten Imhotep und Amun-Weser, die beiden Tatji Tameris. Sie begann zu sprechen; ihre Stimme, kühl und sicher, erfüllte den Saal: „Ihr Edlen Tameris, ich grüße euch. Unser Land gedeiht unter dem Mantel Amuns. Er hat uns gesegnet, denn die Ernte läßt unsere Speicher überquellen. Die Adj-Mer werden in einem Zehnttag bei uns eintreffen. Sie werden uns die Höhe des Strompegels in Ta-Seti melden. Der nahrhafte Schlamm des Hapigottes Chnum wird unsere Felder überschwemmen, und wir werden im nächsten Schemu wieder ernten. Maat wird sich erfüllen."

Beifall war zu hören. Hatschepsut fuhr fort: „Die Vier Säulen Tameris bildeten eine Mauer des Vertrauens um Ahkeperkarê, meinen göttlichen Vater. Diese Mauer umgibt auch mich, und ich danke Amun für diese selbstlosen Männer. Leider stehen diese Getreuen am Ufer des Westens und warten auf die Barke des Osiris, um in die herrlichen Gefilde der Amduat heimzufahren. Deshalb will ich sie bei ihrer schweren Arbeit unterstützen. Imhotep, mein Tatji des Südens, wird von seinen Sohn Useramon unterstützt. Amun-Weser, mein Tatji des Nordens, wird seinen gleichnamigen Sohn zur Mitarbeit bekommen. Amathu, Hohepriester Amuns, wird Unterstützung erhalten von Hapuseneb, dem Sohn des Hapu. Mein Heerführer Amosis-Pennechebet, der treue Diener dreier Pharaonen und Besieger aller Feinde Tameris, wird auf Nehesi, meinen Siegelbewahrer und schwarzen Freund aus Wawat bauen können. Alle vier Helfer werden zu Stellvertretern ernannt."

Staunendes Schweigen herrschte im Saal. Man spürte die Autorität der Pharaonin Makarê.

Hatschepsut sprach weiter: „Amunhotep, der Sohn des Seminach, wird mein Haushofmeister und Vermögensverwalter. Puemre, der Sohn des Neferhotep, wird zweiter Prophet des Amun in Karnak. Thuti, der Sohn des Inebni, ernenne ich zum Schatzhausvorsteher. Er ist als Goldschmied für dieses Amt bestens geeignet. Die Beförderten erhebe ich in den erblichen Fürstenstand. Schließlich erhält mein neuer Medech noch einen Stellvertreter, nämlich seinen Bruder Senimen. Aus der Hand Imhoteps werdet ihr den Ernennungspapyrus erhalten. Ich wünsche euch für eure neuen Aufgaben das Wohlwollen der Maat. Jetzt laßt uns feiern. Begleitet mich in meinen Garten."

Die Anspannung hatte sich gelöst. Alle drängten sich diskutierend durch die Saaltüren nach draußen. Tausende von Lampen flammten im Palastgarten auf. Sie spiegelten sich wiegend und tanzend in den Seen wie glitzernde Sterne. Die ehemaligen Kinder des Kep standen dicht beisammen, Hatschepsut mitten unter ihnen.

Hapuseneb sprach nachdenklich zu der jungen Königin: „Jetzt hast du uns in die Positionen erhoben, in denen wir den vor einem Jahr geleisteten Treueschwur beweisen können."

Hatschepsut erwiderte: „Die Vier Säulen gaben meinem Vater Ahkeperkarê den großen Rückhalt in seiner Herrschaft. Ich will, daß auch wir eine verschworene Gemeinschaft werden. Ich weiß, daß ich ohne euch die großen Aufgaben nicht bewältigen kann." Alle nickten.

Amun-Weser, der Jüngere, zeigte sich zutiefst beeindruckt. Er war mit zwiespältigen Gefühlen angereist. Vor fünf Sommern hatte er eine dreizehnjährige Prinzessin geliebt, die heute eine leibhaftige Pharaonin war. Wie sehr hatte sie sich doch verändert! Aus einem blutjungen, grazilen Mädchen war eine mächtige Herrscherin und Mutter geworden. Oft waren seine Gedanken zurückgewandert zu diesen Stunden der Zweisamkeit in Sakkara und Gisah: zu dem Lächeln nach dem Sturz aus dem Kampfwagen, als er meinte, sie wäre tot. Zu dem zarten Puls ihres Herzens, als er ihre Schläfe küßte, dem vertrauensseligen Schlummer in seiner Armbeuge, als er zum hingebungsvollen Beschützer dieses geliebten Geschöpfes wurde.

Aber er dachte auch an die blitzenden, zornigen Augen, als er auf die Opfer der Pyramiden hingewiesen hatte. Heute war er durch sie zum Nachfolger seines Vaters bestellt worden. Sie zeigte machtvolles Handeln.

Etwas abseits saßen Imhotep und Amathu auf einer Steinbank. Der alte Tatji des Südens raunte: „Wir sollten über den heutigen Tag froh sein. Falls Suttarna keinen Krieg gegen Tameri führt, wird das Land unter der Tochter Ahkeperkarês gedeihen. Ich glaube, wir können beruhigt abtreten."

Im Mond Athyr der Jahreszeit Achet ging die Überschwemmung ihrem Höhepunkt entgegen. Die Hapi-Auen verwandelten sich in riesige, rotbraune Seen. Die etwas höherliegenden Dörfer wirkten wie Inseln in der

Strömung. Im hellen Glanz des Rê wirbelten tausende von Wasserjungfern über den überschwemmten Feldern, um die im stehenden Gewässer befindlichen Mücken zu schnappen. Die Luft war erfüllt von Vogelgezwitscher. Hatschepsut sandte einen Palastdiener zu Senmut. Wenig später stand er vor ihr und neigte sein Haupt. Sie bat ihn, sich zu setzen und sagte leise aber bestimmt: „Senmut, mein neuer Medech, es gibt einen heiligen Ort hier im Westen, den ich dir zeigen möchte. Dort befindet sich seit über fünf Jahrhunderten die Ruhestätte einer meiner Ahnen, Mentuhotep Nebhepet-Rê. Er war der Begründer einer ruhmvollen Epoche Tameris, aus der so herrliche Könige wie Chakaura und Nimaat-Rê hervorgegangen sind. Das Aussehen seines Totentempels ist so anders als alles, was wir kennen. Ich will wissen, wie du über dieses Bauwerk denkst."

„Majestät, mein Mentor Ineni hat über diesen Tempel schon des öfteren mit mir gesprochen. Es ist ein weißer, zweistöckiger Bau, dessen hinterer Teil, die Hathorkapelle, an die Felsen stößt. Das Tjehenu-Steinzelt hat die Höhe eines halben Khet und steht genau im Zentrum des Tempels. Ein großer Vorhof, den eine Rampe mit dem Heiligtum verbindet, befindet sich davor. In der Tat, eine einmalige Baukunst."

Hatschepsuts Augen blitzten. Sie war begeistert von seiner schnellen Auffassungsgabe. „Ich habe nämlich Pläne – in meinen Träumen sehe ich ein weißes und luftiges Bauwerk aus feinem Stein vor mir. Ich möchte mit dir diesen heiligen Ort besichtigen. Sei deshalb bei Tagesanbruch am Eingangspylon. Geh jetzt, Medech, wir sehen uns morgen früh."

Senmut verneigte sich rückwärtsgehend und verschwand durch die schwere, goldene Doppeltür, die der Palastdiener öffnete.

Der Leiter der Gespanne staunte, als in der Morgendämmerung des nächsten Tages die Pharaonin in den Stallungen auftauchte und den königlichen Jagdwagen mit den Schimmelhengsten anforderte. Das Fell der Tiere glänzte. Die Königin nahm die Zügelenden in die Hand und setzte sich in den federnden Ledergurt des Wagens. Sie schnalzte mit der Zunge, und die Hengste trabten durch die morgendliche Kühle zum Palasteingang, an dem Senmut auf sie wartete. „Steig herauf, Senmut, fahr mit mir zu einem schönen Ort", sagte Hatschepsut und hielt ihm die Zügel des Gespanns hin.

„Sei gegrüßt, Majestät", rief er, war mit einem Satz im Wagen und nahm zögernd die Lederriemen in die Hand.

Sie lehnte sich zurück und schloß die Augen, während er die herrlichen Hengste antraben ließ. Die riesige Fläche des westlichen Fruchtlandes war bis zum Birket Habu überschwemmt, und Senmut fuhr dicht am Wasser Richtung Norden.

„Sobald der Hapi in sein ursprüngliches Flußbett zurückweicht, sind hier unzählige Menschen, um zu pflügen und zu säen“, rief die Königin gegen den Fahrtwind. Ihr Haar flatterte, und sie fühlte sich zum ersten Mal seit der Krönung wieder frei und ungebunden. Senmut bemühte sich, die temperamentvollen Pferde des königlichen Hofstalls zu kontrollieren. Sie waren ausgeruht, voller Tatendrang und kaum zu bändigen. Hatschepsut lachte, sie kannte ihre Lieblinge genau und wußte, daß die Hengste es nicht liebten, wenn jemand anders als sie die Zügel führte. So kam es, daß sie völlig unbemerkt ihren neuen Medech beobachten konnte, während dieser alle Hände voll zu tun hatte, seine Fahrt zu meistern. Was sie beobachtete, erfüllte sie mit großer Befriedigung. Diesem Mann konnte sie vertrauen, und ihr Gefühl sagte ihr, daß er in der Lage war, ihren Traum zu verstehen und auch zu erfüllen.

Geduckt, unterhalb der steilen Felsklippen, sah man die Mauern von Set Maat, der Siedlung der Nekropolenarbeiter, in der Sonne leuchten. Das Gespann rasselte über steiler werdende Pfade zwischen Hecken und Sykomoren nach Nordwesten. Hatschepsut rief mit geschlossenen Augen: „Bis zum Rand des Gebirges“.

Sie überquerten das Ende der fruchtbaren Ebene und befanden sich urplötzlich in der Ruhe und Einsamkeit des roten Landes. Große Steine und Felsgeröll vom Gebirge versperrten dem Gespann die Weiterfahrt. Senmut und Hatschepsut ließen die Pferde zurück und kletterten durch den heißen Sand bis zu einem Hügelkamm hinauf. Dann dieser Anblick: Vor ihnen öffnete sich ein tiefes Tal, auf drei Seiten von Felswänden umgeben. Das weiße Steinzelt des Totentempels Mentuhoteps blitzte im gleißenden Licht des Rê. Das Halbrund des rötlich schimmernden Felsbandes umfaßte wie schützend das geheimnisvolle Heiligtum des großen Gründerkönigs.

„Hier wird Hathor verehrt, die Herrin des Westgebirges, welche die Stille liebt. Diese weite Bucht hat mich seit meiner Kindheit immer wieder angezogen“, sprach Hatschepsut leise. Senmut schwieg ehrfürchtig. Er spürte die Aura dieses großartigen, unvergleichlichen Ortes. Kein Laut störte diese unendliche Stille. Wortlos und langsam waren sie im Talgrund auf das Halbrund der Felsen zugegangen.

„Für meinen Vater Amun möchte ich hier bauen. Ihm – dem Einzigen, der das Seiende schuf, ihm – dem Einzigen, der allein war, als er alles Wesen schuf – aus dessen Augen die Menschen herauskamen – aus dessen

Mund die Götter entstanden“, sagte Hatschepsut mit kaum hörbarer Stimme.

Hoch über den Berggipfeln kreiste ein Falkenpaar. Ihre heiseren Schreie klangen wie fernes Klagen in der Unermeßlichkeit des Himmels. Senmut erwachte aus seiner Erstarrung: „Majestät, dies ist der schönste Platz in Tameri, um deinen Traum zu verwirklichen.“

„Ja – laß uns wieder heimkehren.“

Freudig wieherten die Schimmel, als sie ihre Herrin erkannten. Die Königin lenkte das Gespann, und die Hengste trotteten lammfromm zurück nach Malkatta. Senmut war tief in Gedanken versunken. Als Baumeister der Königin sah er im Geiste die ersten Konturen eines wunderbaren Heiligtums.

XIV

Der Amuntempel zu Karnak war in der Dämmerung eines noch jungen Tages aus seiner nächtlichen Stille erwacht. Die Fahnen auf den hohen Masten vor den mächtigen Pylonen flatterten leicht in der morgendlichen Brise. Die schweren Tempeltore wurden langsam geöffnet, und die zahlreiche Priesterschaft strömte in die große Säulenhalle und begann mit den umfangreichen Vorbereitungen für die religiösen Rituale. Viele von ihnen stiegen über Treppenstufen in den heiligen See, um die Reinigungsprozeduren auszuführen. Manche halfen sich untereinander bei der Ganzkörperrasur, die alle drei Tage stattfinden mußte, wobei selbst die Wimpern und Augenbrauen stets entfernt wurden. Danach kleideten sie sich in schneeweiße Gewänder aus feinem Leinen, die nach einem konservativen Modell des Alten Reiches geschnitten waren. Nach der Reinigung legten sie weiße Sandalen an, und die Vorlesepriester schlangen zusätzlich ein rotes Band um ihre Brust. Eine ausgewählte Gruppe trug Teller mit Speisen, Gefäße mit Getränken, andere Priester Kästchen mit Toilettengeräten und wieder andere Wasser und Weihrauch in das Innere des Tempels. Vor den geschlossenen Türen des Allerheiligsten hielt die Prozession an. Ein Siegel, das den Intimbereich der Gottheit über Nacht geschützt hatte, wurde aufgebrochen und die Türflügel des Naos geöffnet. Im Duft des entzündeten Weihrauchs legten die Priester ein aus Brot und Kuchen, Fleisch, Gemüse und Obst, sowie Bier und Wein bestehendes Frühstück auf dem Opferaltar nieder. Eine zweite Priestergruppe sang das Morgenlied: „Erwache, großer Gott, in Frieden ...“

Nach dem Frühstück folgte die Toilette Amuns. An diesem Morgen führte dies der Hohepriester Amathu persönlich aus. Er entkleidete das Kultbild, wusch es, salbte es mit Öl und kleidete es wieder neu ein. Dann wurde das Gesicht des Gottes geschminkt und die Stirn mit Öl bestrichen, während Amathu die Segensformeln rezitierte. Zum Schluß wurden Kultbild und Schrein mit Wasser besprengt, dem Gott je sieben Körner Natron und Harz vorgelegt und die Statue mit Weihrauch beräuchert. Danach wurde das Allerheiligste verschlossen und versiegelt. Die Prozession war beendet.

Amathu begab sich in seine Amtsräume, und die anderen Priester gingen ihren weiteren Pflichten nach. Der Hohepriester fühlte sich erschöpft und nahm sich vor, den morgendlichen Kult nicht mehr persönlich durchzuführen, sondern seinem Stellvertreter Hapuseneb zu übertragen. Er sann über die Weisheiten der Großen Tameris nach und erkannte sich in dem Text:

„Das Greisenalter ist gekommen,
Gebrechlichkeit hat sich eingestellt,
Schwäche und immer wieder Müdigkeit.
Die Augen sind schwach, die Ohren taub,
und die Knochen schmerzen durch und durch.“

(Weisheitslehre des Ptahhotep)

Als er gerade im Begriff war, einzunicken, wurde er sehr unsanft aus seiner Ruhe gerissen. Einer seiner Mitbrüder stand bleich und völlig außer Fassung an der Tür und rief: „Edler Erster, die Pharaonin Makarê befindet sich im Tempel und ist auf dem Weg hierher.“ Danach verbeugte er sich und verschwand. Amathu staunte. Noch nie war ein regierender König außerhalb der Kulthandlungen im Tempel erschienen. Da mußte etwas Besonderes vorliegen.

Sie erschien ohne Herold und duldete nicht, daß Amathu sich zu Boden warf, sondern ergriff seine Hände und begrüßte ihn: „Amathu, väterlicher Freund, ich komme zu dir, um deine Hilfe zu erbitten.“ Und sie erzählte ihm, daß Amun ihr im Traum erschienen war. Voller Rührung, mit Tränen in den Augen, versuchte sie, die Worte des Götterherrn zu wiederholen: „Komm in Frieden, meine süße Tochter, die mir schöne Denkmäler errichtet. Du erquickst mein Herz. Ich gebe dir dafür Punt, das Gottesland. Niemand hat das Myrrhengebirge betreten, man hörte es nur von Mund zu Mund von den Vorfahren. Die frühen Könige erhielten die Gabe aus meiner Hand. Ich werde deine Mannschaft durch die unbekannten Gewässer führen, bis sie das Myrrhengebirge erreicht haben. Sie sollen die Schiffe beladen mit Weihrauchbäumen, die du selbst in meinem Tempel anpflanzen wirst. Himmel und Erde werden voller Weihrauchduft sein.“

Und Hatschepsut fügte voller Ergriffenheit an: „Zum Schluß sagte er das Schönste – ‚So wahr mein Herz lebt, so wahr ich dich liebe‘.“

Damit schloß die Königin ihren Traumbericht ab. Auch Amathu war tief beeindruckt. Gemeinsam machten sie sich auf, um in das Lebenshaus des Tempels zu gelangen. Dieses weiträumige Haus war in viele Bereiche unterteilt. Es gab Arbeitsräume, in denen zahlreiche Schreiber mit dem Verfassen von Totenbüchern und dem Abschreiben alter Texte beschäftigt waren. Andere erstellten Textvorlagen und Bildschemata für Gräber und Tempel. Es gab regelrechte Projektionsbüros, die Ineni, dem Medech des Reiches, zahlreiche Bauvorhaben zuarbeiteten. Weitere Räume enthielten

Labors, in denen Heilkräuter erforscht und Rezepturen für liturgische Essenzen und duftende Salben für die Götterstatuen hergestellt wurden. Es gab ein Observatorium, in dem Priesterastrologen vom flachen Dach des Hauses den Nachthimmel beobachteten. Sie bestimmten den Beginn der Kulthandlungen nach dem Lauf der Sterne, brachten den Kalender in astronomische Übereinstimmung und richteten die heiligen Bauten – Pyramiden wie Tempel – nach den Himmelsrichtungen aus.

Die meisten dieser Priester waren altgedient, und ihr Leben ging in den vielfältigen Aufgaben fast vollständig auf. Deshalb war es für sie eine große Überraschung, das scharlachrote Gewand des Hohepriesters zu sehen. Als sie hinter ihrem Tempelherrn gar die junge Pharaonin erblickten, gerieten sie völlig außer Fassung und wußten nicht, wie sie sich verhalten sollten.

„Auf den Boden", zischte Amathu, und erst dieser erregte Hinweis ließ sie mit der entsprechenden Huldigung reagieren. „Du mußt es ihnen nachsehen, die Kenner der heiligen Schriften sind es nicht gewohnt, einer jungen Göttin zu begegnen", entschuldigte sich Amathu.

Schließlich erreichten sie die Schatzkammern des Wissens, das riesige Tempelarchiv. Die Bibliothek nannte man auch das Haus der Buchrollen. Amathu durchschritt mit seiner Königin zahlreiche kleine und dunkle Räume mit vielen engen Nischen in den Mauern. Diese Nischen dienten der Ablage der unzähligen Papyrusrollen. Sie enthielten das empirische Wissen aus Jahrhunderten.

Zielgenau wandte sich Amathu den Rollen zu, die die königlichen Expeditionen aus fernen Zeiten beschrieben. Lange Zeit beugten sich die beiden über die Papyri, deren uralte Beschriftung nur schwer zu entziffern und deren Farbe aus fernen Zeiten vom Vergehen bedroht war.

„Sahurê war der erste", begann Amathu, „er war der dritte König nach den Pyramidenpharaonen, vor fast tausend Sommern."

„Unter Neferkarê gab es einen Seefahrer namens Chnumhotep, der regelmäßig Punt bereiste. Dieser tüchtige Mann besuchte elfmal das Gottesland. Er hat seinem König die Wunder des Myrrhengebirges zu Füßen gelegt und einen Tanzzwerg mitgebracht", berichtete Hatschepsut mit leuchtenden Augen.

„Der Sohn des Reichseinigers Mentuhotep, Seanchkarê, schickte dreitausend Mann durch das Taubental zur Küste des Meeres der roten Ufer. Dort wurde ein Schiff gebaut und auf die Reise nach Punt geschickt", führte Amathu weiter aus, „der letzte war Sehetepihrê vor fast fünfhundert Sommern. Dann sind die Berichte zu Ende.“

„Fünfhundert Jahre“, sinnierte die junge Königin, „und nicht einmal der große Chakaura führte die Expeditionen weiter.“

„Der Wille Amuns ist es, daß du dieses Unterfangen weiterführst. Ich wünsche dir für diese schwierige Expedition gutes Gelingen. Alles, was der Tempel an Plänen der alten Puntfahrer besitzt, besorge ich dir“, sagte er.

„Amathu, treuer Freund, ich danke dir“, verabschiedete sich Hatschepsut, und der Hohepriester verneigte sich.

Einige Tage später berief Hatschepsut den Thronrat ein. Dieses Gremium umfaßte die Männer, die im Zirkel der Macht Tameris standen. Die Pharaonin näherte sich dem Saal, Thot riß die Tore auf und kündigte mit lauter Stimme ihr Erscheinen an und ihre Titel auf. Beim Niederwerfen staunten alle Beteiligten. Makarê trug nicht den Chat, wie beim Rat üblich, sondern es schmückte die Atefkrone ihr Haupt.

Diese helle Federkrone des Osiris wurde nur bei rituellen Gelegenheiten getragen und signalisierte wichtige Entscheidungen. Vom Thron aus gab Makarê das Zeichen zur Beendigung der Huldigungen und sprach klar und mit fester Stimme: „Die Ewigkeit wird erleuchtet durch Amun. Er hat mich wissen lassen, daß das Gottesland Punt für uns geöffnet ist. Meine Majestät wird dem Götterherrn gehorchen und befehlen, nach dem Myrrhengebirge zu reisen, die Wege zu erkunden und seine Ausdehnung zu erfahren.“

Erstauntes Gemurmel ertönte. Amathu lächelte, er war stolz auf die Tochter Ahkeperkarês.

Die Pharaonin trat unter ihre Berater, und alle begaben sich an einen großen Tisch, den Senmut im Thronsaal aufgestellt hatte. Die umfangreichen Unterlagen Amathus stapelten sich darauf, und die Königin forderte den Rat auf, alles zu sichten und für die sagenhafte Punt-Expedition zu planen.

Es brach eine lange Zeit des Studierens an, Hatschepsut beriet sich mit ihren Getreuen Stunde um Stunde. Langsam legte sich Dunkelheit in den Thronsaal, und Fackeln wurden entzündet. Schließlich ergriff Ineni, der große, alte Baumeister und Schiffsbauer das Wort: „Majestät, die genau dokumentierte Expedition des Seanchkarê ins Weihrauchland scheint für uns die wichtigste zu sein. Wir müssen Schiffe auf Kiel und Spanten bauen, so wie wir es bei unseren Gubla- und Byblosschiffen seit jeher ausführen. Allerdings müssen diese Puntfernschiffe zerlegbar sein, denn wir sind gezwungen, mit Eselskarawanen die Schiffsteile von Iunet über das Taubental nach Mersa Gawasis zu den Küsten der roten Ufer zu bringen. Außerdem müssen diese Schiffe hohe Lasten tragen können."

Imhotep, der sich mit dem Seeweg beschäftigt hatte, gab zu bedenken: „Am Ende des Meeres der roten Ufer kann man nur in den Monden Phamenat, Pharmuti, Pachons und Payni weiterkommen. Dann bringt ein großer Nordostwind die Schiffe in achterlicher Richtung nach Punt voran. Die Rückfahrt dagegen ist nur in den Monden Thot, Paophi, Athyr und Coyak möglich, denn der große Wind dreht dann auf Südwest. Zwölf Monde muß man rechnen, bis unsere Leute wieder zurückkommen werden."

Amun-Weser fügte hinzu: „Punt ist ein Fürstentum. Die Untertanen des Fürsten wohnen in Pfahlbauten, die großen Bienenkörben ähneln. Schon Sahurê hatte im Handel wertvolle Waren heimgebracht. Ebenholz, Elfenbein, Tierfelle, Harz, Straußenfedern, Weihrauch, Myrrhe in großer Menge und sogar Gold. Bei allen Puntfahrten gab es nie kriegerische Auseinandersetzungen. Die Puntleute müssen friedliebende Menschen sein."

Amathu betonte die Interessen Amuns: „Unser Götterherr selbst hat Makarê den Auftrag erteilt, das Gottesland zu bereisen. Die Wunder von Punt will Amun in seinem neuen Tempel Djeser djeseru sehen. Er hat unserer Königin versichert, daß er die Kundschafter und Mannschaften zu Wasser und zu Lande führen wird. Wir können also im vollen Vertrauen diese Expedition vorbereiten und ausrüsten."

Hatschepsut war zufrieden und ordnete an: „Edler Ineni, ich übertrage dir die Planung der Puntschiffe. Useramon, Fürst und Sohn meines Wesirs Imhotep, dir übertrage ich den Bau und die Ausrüstung der Schiffe und ernenne dich zum Obersten Leiter der Werften. Nehesi, mein Siegelbewahrer, dir übertrage ich die Führung der Expedition, du wirst das Korps nach Punt bringen. Dazu ernenne ich dich zum Großfürsten Tameris. Außerdem ernenne ich dich zu meinem königlichen Gefährten."

Die beiden Begünstigten sanken vor der Königin in die Knie und küßten ihr dankbar die Füße.

Einige Abende später ging die Pharaonin hinüber in das Arbeitszimmer Senmuts. Erschrocken fiel der junge Medech nieder. „Warum bist du in Angst, wenn ich erscheine?" fragte Hatschepsut mit beruhigender Stimme.

„Majestät, eine Frau, die die Macht eines Gottkönigs in sich vereint, ist furchterregend."

„Du brauchst dich nicht zu fürchten. Ich bin die Tochter Amuns, und dieser, unser Götterherr, ist gütig zu seinen Kindern. Ich möchte über meinen Tempel mit dir reden."

Senmut schob einen Stuhl vor den Arbeitstisch, auf dem mit Klötzchen und Würfelchen das Modell eines Bauwerks zu sehen war. „Ich habe die Idee des Terrassentempels, wie ihn dein Urahn Mentuhotep erbaut hat, aufgegriffen. Jedoch beabsichtige ich, das Ganze leichter, zarter und anmutiger zu gestalten. Außerdem ist mir sehr wichtig, daß die rückwärtige Bergwand des Talkessels in den Tempel miteingeschlossen wird."

„Du stellst dir also vor, daß die Natur mit meinem Totentempel vereint wird?" fragte die Königin, setzte sich langsam auf den Stuhl und betrachtete sinnend das Modell.

„Ja, denn die Felswand wird deinem Tempel mehr Wucht verleihen als jeder Techenu-Pfeiler." Und Senmut ergriff sein Zeichenrohr und skizzierte auf einem Papyrus mit wenigen Strichen verschiedene Perspektiven des luftig wirkenden Bauwerks.

„Gut", bemerkte Hatschepsut, „ich habe dazu viele Wünsche. Zum Ersten mußt du das Allerheiligste für Amun tief in dem Felsen anlegen. Seine Barke soll hier in Frieden ruhen, wenn er zum großen Fest der Toten im Wüstental erscheint. Dann verlange ich Felsenkapellen für Hathor und Anubis, Kapellen für meine und Ahkeperkarês Totenversorgung und außerdem ein Sonnenheiligtum für Rê. In den unteren Terrassen wünsche ich einen heiligen See, umgeben mit viel Grün. Setz mehrfache Baumreihen in Verlängerung zu den Rampen. Sodann überall Statuen meiner Majestät, ebenfalls eine Sphinxallee des Osiris. Wenn die Puntfahrer zurückkommen, soll ein Myrrhengebirge entstehen, ein Lustgarten für meinen Vater Amun, in dem Vögel zwitschern und Bienen summen."

Senmut schwindelte es. Das waren die Ansprüche einer Pharaonin, die als Vermittlerin zwischen Menschen und Göttern fungierte. Nach einer längeren Pause sagte sie: „Fang so bald als möglich an. Ich stelle dir alles zur Verfügung, was du benötigst."

„Für dieses Götterwerk brauche ich Hilfe. Wirst du mir wieder, wie in Ta-Seti, die Fürsten zur Seite stellen?"

„Deine Bitte um Amunhotep und Thuti kann ich dir sofort erfüllen. Amosis Pennechebet wird in Mennefer ungern auf Nehesi verzichten wollen. Sobald er aber von Punt zurückgekehrt sein wird und Menkheperrê die Heeresführung in Mennefer übergeben hat, kann er dich ebenfalls beim Bau meines Tempels unterstützen. Ich ernenne dich zum Obersten Vermögensverwalter Amuns.“

Diese Worte trafen ihn wie bleischwere Tropfen. Senmut spürte den Flügelschlag des Schicksals – eines Schicksals, das es gut mit ihm meinte. Der Besitz Amuns gab ihm eine riesige Machtfülle in die Hand: Der reichsten Institution Tameris gehörten ausgedehnte Ländereien, Scheunen und Ställe, Herden und Weinkeller, Werkstätten mit den besten Handwerkern und Künstlern. Durch außergewöhnliche Schenkungen der Könige hatte sich der Tempelbesitz des Amun mit Einkünften ganzer Dörfer, mit Kriegsbeute, Gold und Sklaven gewaltig vergrößert. Senmut war sich bewußt, daß er zukünftig niemanden mehr zu fragen brauchte, wenn er die Träume der jungen Pharaonin verwirklichen wollte.

Er küßte die Füße seiner Königin.

XV

Tameri blühte unter Hatschepsuts Regierung auf. Umfangreiche Handelsfahrten wurden von ihr veranlaßt und ausgerüstet. Der Warenaustausch mit Alashia, Keftiu und Byblos erreichte nie dagewesene Ausmaße. Selbst Suttarna, der Mitannifürst, machte Geschäfte mit Makarê, und seine Eroberungsgelüste auf das Goldene Tameri erlahmten.

Die Königin ließ ihr Volk an dem steigenden Wohlstand des Landes teilhaben. Sie erließ zahlreiche Anordnungen, in denen Beamte und Staatsdiener verpflichtet wurden, gleiches Recht für alle walten zu lassen. Jeder Bittsteller mußte unabhängig von seiner Stellung angehört werden. Sie machte Ernst mit dem strengen, altägyptischen Sittenkodex, in gutem Gewissen mit der Wahrheitsgöttin Maat und in Gerechtigkeit zu leben. Sie begriff sich als Garant der göttlichen Weltordnung und als Beschützerin der Rômet und ihrer Kultur. Sie förderte bis in die weitesten Kreise ihrer Untertanen persönliches Eigentum und bestärkte dadurch das Selbstwertgefühl des Einzelnen. Ihre starke Religiosität manifestierte sich in der vertrauensvollen Geborgenheit mit ihrem göttlichen Vater Amun. Sie empfand tiefe Dankbarkeit für die Fürsorge des Götterherrn und ließ ihm ohne Unterlaß große Bauten und Stiftungen zukommen.

Der große alte Baumeister Ineni und der Leiter der königlichen Werften Useramon hatten hunderte von Eselladungen durch das Taubental zum Ufer der roten Wasser geschickt. Die Schiffsteile und die Ausrüstung für die Expedition ins Gottesland Punt drückten die Rücken der Tragetiere schwer. Nach sechs Monden erfuhr die Königin von der Abfahrt der Schiffe zu den fernen Ufern.

Mitten hinein in die Jahre des Erfolgs traf Hatschepsut der Tod Imhoteps. Der greise Wesir hatte bei einer Inspektionsreise nach Ta-Seti plötzlich starke Schmerzen im Unterleib verspürt. Es war später Abend, und er konnte nicht einschlafen. Thure, der Vizekönig, in dessen Haus er logierte, ließ sofort einen Arzt kommen. Schon vor dessen Eintreffen krümmte sich Imhotep vor Schmerzen. Kalter Schweiß trat auf seiner Stirn hervor. Thure setzte sich auf einen kleinen Stuhl neben dem Ruhebett und sah den tastenden Händen des Heilkundigen zu. Imhotep zog vor Schmerz die Beine hoch. Der Arzt richtete sich auf und deckte den Wesir des Südens wieder zu.

Thure sah ihn fragend an. „Nun?“

„Er hat starke Schwellungen, und die Haut ist sehr heiß.“

„Was können wir tun?“

„Ich werde ihm eine schmerzstillende Mohndroge geben, mehr kann ich jetzt nicht für ihn tun.“

Der Mediziner maß die Dosis in einen Becher und flößte sie dem Wesir behutsam ein. Mühsam trank Imhotep in kleinen Schlucken. Als die Droge zu wirken begann, fiel er in einen ruhelosen Schlaf. Stunde um Stunde in dieser unruhigen Nacht wachte Thure an dem Bett des Wesirs und alten Freundes. Hin und wieder hob er die Decke an und befühlte den geschwollenen Leib. Als die Nacht sich langsam dem Ende zuneigte, hatte Imhotep friedlich die Jenseitsbarke bestiegen. Thure ließ den Toten sofort nach Waset überführen.

Hatschepsut fühlte sich verlassen. Ihr bester Ratgeber betrat das Amduat, und ihr wurde bewußt, welch starke Stütze ihrer Herrschaft weggebrochen war. Sie richtete ihm ein Begräbnis – seiner hohen Stellung würdig – aus und übergab die Insignien der Macht an seinen Sohn Useramon. Hatschepsut war froh, daß sie den Sohn des Tatji schon sehr früh als Stellvertreter eingesetzt hatte.

Das Jahr sieben der Regierung Hatschepsuts brach an. Menkheperrê war elf Jahre alt und trug die Kronen bei Feierlichkeiten genau so stolz wie seine Stiefmutter. Er hatte großen Respekt vor ihr und akzeptierte die Entscheidung, daß er zur militärischen Ausbildung nach Mennefer beordert wurde. Amosis Pennechebet empfing den jungen Pharao und wies ihm die einfache Behausung des ägyptischen Soldaten zu.

Thutmosis der Dritte, der den Luxus der königlichen Residenz in Waset gewohnt war, fügte sich tapfer in das einfache Leben der Garnison. Nach wenigen Wochen des Eingewöhnens war er sich sicher, daß das einfache Soldatenleben seinem Naturell entsprach. Das anfängliche Unbehagen wich, und er fühlte sich immer wohler. Der greise Heerführer gewann den Jungen lieb. Unter diesen Voraussetzungen konnte man auf eine große militärische Laufbahn des jungen Pharao hoffen.

Nofrurê, ein scheues, junges Mädchen, litt manchmal unter der übermächtigen Mutter. Hatschepsut selbst war in großer Sorge, da sie meinte, daß eine zukünftige ägyptische Königin voller Selbstbewußtsein und Stolz zu sein hatte. Sie behandelte ihre Tochter sehr rücksichtsvoll, bedauerte aber, daß die Prinzessin keine Neigung zeigte, weder den von schnellen Pferden gezogenen Streitwagen zu besteigen noch in der Wüste zu jagen. Makarê sprach über diese Sorgen oft mit Senmut, dem Erzieher ihrer Tochter. Senmut beruhigte seine Herrscherin mit dem Hinweis, die weitere

Entwicklung der Prinzessin abzuwarten. Er war von seiner Ziehtochter überzeugt und liebte sie über alle Maßen. Hatschepsut bestimmte, daß ihre Tochter zur Gottesgemahlin des Amun erhoben werden sollte. Als zukünftige Gattin Menkheperrês war diese Erhebung notwendig. Außerdem glaubte die Königin, daß dadurch das Selbstbewußtsein ihrer Tochter gestärkt werden würde.

Als der Tag der Erhebung anbrach, empfing der greise Amathu die Königstochter und führte sie zu dem heiligen Schrein Amuns. Der Tempel war erfüllt von Stille und Schatten. Die Wände schienen lebendig durch die gezeichneten Götter, Könige und Königinnen, Tiere und Vögel, Lotus und Palmen. Ehrfürchtig betrat sie das Naos und kniete vor dem Götterherrn nieder. Nofrurê rief im Gebet den Gott an. Der Boden war kalt, und sie fröstelte unter ihrem dünnen Leinengewand. Stunde um Stunde verging. Amun aber offenbarte sich dem jungen Mädchen nicht.

Im Jahr Acht erhielt Makarê eine freudige Nachricht durch einen Boten, der von Mersa Gawasis durch das Taubental nach Waset geeilt war. Voller Erschöpfung warf er sich vor der Königin nieder.

„Rede“, forderte ihn die Pharaonin auf.

„Majestät, der edle Fürst Nehesi ist aus Punt zurückgekehrt. Schon während ich mich in Mersa Gawasis auf den Weg machte, belud er unzählige Esel, um ins Niltal zu gelangen. Die Esel sind mit kostbaren Schätzen beladen, und der Fürst wird sie in einem Mond vor deine Füße legen.“

Freudig erregt fragte Hatschepsut: „Auch Myrrhe und Weihrauch?“

„Oh ja, Herrin der beiden Länder, er hat viele Bäume mitgebracht, deren Wurzeln in großen Körben stecken. Die Schiffe lagen tief im Wasser, beladen mit Gold, Edelhölzern, Elfenbein und anderen wertvollen Dingen. Alle Seefahrer sind wohlbehalten angekommen, darunter auch Bewohner des Gotteslandes und viele Tiere, die man in Tameri noch nie gesehen hat.“

Hatschepsuts Freude war groß, und sie ließ den Boten fürstlich verpflegen. Eilig wurden drei Transportschiffe nach Iunet geschickt, um die Herrlichkeiten Punts in Empfang zu nehmen. Fast täglich erhielt Hatschepsut Berichte von Beobachtungsposten. Am Tag der Ankunft ließ die Königin eine prächtige Begrüßungsfeier ausrichten. Die Bewohner Wasets waren fast vollzählig auf den Beinen, um die Helden aus fernem Land zu empfangen.

Segenswünsche, Jubeltriller und Begeisterungsschreie aus tausenden von Kehlen umtosten die Königin, als sie sich mit ihren Getreuen zum Hafen begab. Die Palastgardisten mußten mit aller Kraft die Menschenmassen zurückhalten, um der Pharaonin einen Durchgang zu verschaffen.

Die Rômet schwenkten Palmwedel und Tücher, und viele von ihnen standen auf Türmen, Mauern, Dächern und Terrassen. Junge Leute waren auf Palmen geklettert, um einen Blick auf das Geschehen zu erhaschen. Hatschepsut und ihr Hof setzten sich am Fluß nieder und erwarteten gespannt Nehesi und seine Seefahrer. Alle Augen blickten nach Norden. Da – endlich kamen sie in Sicht. Die Königin erhob sich. Langsam fuhren die Schiffe um die Biegung, die Segel in den Nordwind gesetzt, während die Ruder sich im Rhythmus hoben und senkten.

Donnernder Beifallssturm brach aus, während das erste Schiff langsam auf seinen Liegeplatz einschwenkte. Die Rampe wurde herabgelassen. Auch die anderen Schiffe manövrierten, um an den Landungsstegen anzulegen. Trompetensignale ertönten, und Trommeln dröhnten, während Nehesi schwungvoll die Rampe herunterkam. Dann lag er vor seiner Königin und erhob sich, nachdem sie seine Schulter berührt hatte.

„Willkommen, mein Fürst und Siegelbewahrer“, sagte Hatschepsut. Sie umarmte ihn, während Freudentränen über ihre Wangen rannen.

„Die Herrlichkeiten Punts für dich und unseren Gott Amun“, antwortete er, und mit einem Wink bedeutete er seinen Leuten, die mannigfache Ladung zu löschen. Über dreißig schwere, in Körbe gepflanzte Weihrauchbäume, die an Tragestangen hingen, wurden von den Seeleuten vorsichtig über die Rampen zum Ufer getragen.

„Bäume für Amuns Garten, wie er es gewünscht hat“, frohlockte Hatschepsut und lief in dem kleinen, grünen Wald hin und her.

Danach folgte ein Warenstrom sondergleichen: Ebenholz, Bumerangs, kleine Truhen mit Gewürzen, Amphoren mit kostbaren Salben, Myrrhenharzblöcke, Straußenfedern, Schätze von Silber, Gold, Lapislazuli und Malachit, Elefantenstoßzähne und weich gegerbte Pantherfelle. Das letzte Schiff beherbergte eine mannigfache Tierwelt. Fremdartige Rinder, Giraffen, langohrige Hunde, Leoparden und scharenweise Affen der unterschiedlichsten Arten wurden mit großem Getöse und Gebell, teilweise in Gitterkäfigen, von Bord getragen.

Zum Schluß kamen zögerlich acht junge Puntbewohner an Land.

„Majestät, es sind Kinder des Häuptlings Parahu, sie sprechen unsere Sprache schon ganz gut“, stellte Nehesi sie seiner Herrscherin vor.

Hatschepsut begrüßte sie fröhlich: „Ihr seid in meinem Palast willkommen. Morgen feiern wir ein Fest für das Gottesland Punt. Es wird euch an nichts fehlen.“ Sie winkte, und es brachen erneut Jubelstürme aus. Dann bestieg sie mit Nehesi und ihrem Hofstaat das Prunkschiff Amun, um nach Malkatta überzusetzen.

Am nächsten Tag frühstückte die Pharaonin mit ihrem Siegelbewahrer Nehesi, der im Gästehaus des Palastes genächtigt hatte. Dann begaben sie sich auf die Dachterrasse der Residenz. Hatschepsut genoß es, mit dem erfolgreichen Seefahrer zu plaudern: „Mein königlicher Gefährte, edler Nehesi, beschreib mir deine wundervolle Reise ins Gottesland.“

„O Majestät, es war nicht immer wundervoll. Als wir endlich die Schiffe des großen Ineni zusammengesetzt hatten, verließen wir Mersa Gawasis mit starkem Wind. Steuerbord sahen wir nichts als Sand und Felsen. Der feine Wüstenstaub und die große Luftfeuchtigkeit beeinträchtigten die Sichtweite. Starke Strömungen erschwerten das Segeln. Nach zwanzig Tagen nahmen wir in Massaua viel Wasser an Bord und fuhren zwischen Inseln und vorgelagerten Riffen in großem Bogen von Südost nach Ost. Dabei machten uns Korallensiedlungen, die sich in geringer Wassertiefe ausbreiteten, große Schwierigkeiten. Dann segelten wir nach Südwest in ein anderes Meer. Nie gesehene, riesige Wellen ließen unsere Schiffe in dunkle Tiefen versinken und auf hohen Wellenbergen tanzen. Am Ufer wechselten hohe und niedrige Berge ab, dann wieder einsame Landschaften ohne jedes Leben. Wir fühlten uns in der unendlichen Weite des Wassers verloren. Endlich, nach weiteren dreißig Tagen, fanden wir eine Flußmündung, und das köstliche Süßwasser rettete uns. Wir fuhren ein Stück flußaufwärts und zogen die Schiffe an Land. Nach den Aufzeichnungen des edlen Ineni mußten wir am Ziel sein. Ich ging mit einem Landungskorps von Bord und traf auf ein sehenswertes Dorf mit freundlichen Einwohnern. Sie leben in Palmhütten, die auf bemoosten Pfählen stehen, inmitten des dichten Dschungels. Parahu, der Häuptling des Puntstammes, war ein freundlicher Mann, der uns in Begleitung seiner Frau Eti begrüßte. Eti war die dickste Frau, die ich je in meinem Leben gesehen habe. Sie hatte überall Hautwülste und schien mit schwabbeligem Fett vollgestopft zu sein. Der arme, kleine Esel, der sie tragen mußte, brach unter der Last fast zusammen. Anscheinend ist die übergroße Körperfülle in Punt ein Zeichen von Schönheit.“

Hatschepsut lachte herzlich und forderte Nehesi auf, die auf dem Terrassentisch bereitgestellten süßen Spezereien und den Alashia-Wein zu kosten.

„Zwei Monde dauerte es, bis wir die Tauschgeschäfte erledigt hatten“, fuhr Nehesi fort, „Parahu gab uns Söhne und Töchter mit, von denen er eine Menge zu haben scheint. Er beschenkt dich mit seinen Kindern und läßt dich herzlich grüßen.“

Hatschepsut war gerührt und sagte: „Parahu ist ein sehr großzügiger Mann. Seine Waren sind ein Mehrfaches unserer Handelserzeugnisse wert. Wie kann ich es ihm danken?“

„Das ist nicht nötig. Er ist stolz, seine Kostbarkeiten einer so schönen und mächtigen Königin zu Füßen legen zu dürfen. Wir waren für ihn Geschöpfe des Himmels, Erscheinungen aus einer anderen Welt. Als der Wind nach West von Sonnenuntergang drehte, feierten wir den Abschied. Der Wind, die Strömung und das Glück der Götter trugen uns wieder nach Hause. Die Schiffe, die jetzt in Mersa Gawasis liegen, sehen aus wie Geisterfahrzeuge. Voller Tang und Moos, über und über salzverkrustet, doch sie haben uns wohlbehalten zurückgebracht. Es waren treffliche Meisterstücke des Großen Ineni und des jungen Useramon.“

Die geglückte Punt-Expedition löste bei den Rômet größte Bewunderung für ihre Königin aus, die damit als Pharaonin Makarê auf einem Höhepunkt ihrer Macht angelangt war. Sie erschien strahlend vor Schönheit, Gesundheit und Lebenskraft vor ihrem Volk und wurde als die Tochter des Götterherrn Amun bejubelt.

XVI

Das Jahr neun der Makarê endete traurig. Amathu, der oberste Amunpriester, starb. An einem sonnendurchglühten Tag im Mesore verspürte er heftige Kopfschmerzen und verlor plötzlich das Bewußtsein. Ein Arzt aus dem Lebenshaus eilte herbei, um den Hohepriester bequem zu lagern und von beengenden Kleidungsstücken zu befreien. Amathu kam zu sich und legte die Hände kraftlos in den Schoß, die Augen geschlossen.

„Ich werde dir Mohnsamen gegen die Schmerzen verabreichen, Edler Erster", sagte der Mediziner und legte kalte Umschläge auf den Kopf des bereits Gelähmten. Als der Arzt ihm den Mohnsaft einflößen wollte, konnte er den Mund nicht mehr bewegen. Langsam und friedlich betrat der Hohepriester die Barke des Osiris, und der helfende Mann an seiner Seite konnte ihm nur noch die Augen zudrücken.

Hatschepsut spürte schmerzlich, daß sie mit Amathu einen ihrer besten Freunde verloren hatte. Zwar war die Nachfolge schon längst mit Hapuseneb geregelt, doch die Königin vermißte von nun an die unendliche Weisheit des Alters, die der von Akheperkarê eingesetzte Gottesmann ausgestrahlt hatte.

Amosis Pennechebet war nach dem Tod Amathus nicht mehr bereit, die Garnison Mennefer zu führen und bat seine Herrscherin um den wohlverdienten Ruhestand.

„Lieber Freund", sagte sie zu ihm, „ich will dir die Bitte gewähren. Jedoch sähe ich gerne, daß deine Weisheit meiner Tochter zugute kommt. Bleib hier in der Residenz mit all ihrer Bequemlichkeit und hilf Nofrurê, sich auf das Leben einer zukünftigen Königin einzustellen. Das Haus im Delta, das mein Vater dir geschenkt hat, kann noch warten."

Damit war Amosis Pennechebet gerne einverstanden und dankte seiner Pharaonin für das Vertrauen.

So wurde Nehesi oberster Heerführer und gleichzeitig der Ziehvater des jungen Königs Menkheperrê.

Der Kindpharao war zum Knaben von vierzehn Sommern gereift. Nehesi half, wenn es seine Zeit zuließ, beim Bau des königlichen Heiligtums Djeser djeseru. Bei diesen Reisen von Mennefer nach Waset begleitete ihn oft der junge Pharao. Diese Gelegenheiten erfreuten Menkheperrê, denn der große Luxus der königlichen Residenz erinnerte ihn daran, daß er zukünftig den Götterthron besteigen würde.

Auch Hatschepsut freute sich immer sehr, ihren jugendlichen Mitregenten begrüßen zu können. Bei einem dieser Besuche stellte die Königin erstaunt fest, welche Reife der Knabe entwickelt hatte. Sie waren zusammen auf das Dach des Palastes gestiegen. Die majestätischen Pylone und Techenu der Götterstadt Karnak leuchteten in der Ferne. Das breite Band des Hapi glänzte im Mittagslicht. Die königlichen Flaggen bewegten sich leicht in einem Windhauch aus Norden. Der Duft des Gartens mit seinen tausendfachen Pflanzen wehte herauf. Sie atmeten tief und sogen die Wohlgerüche der Lotusblüten und Bäume in sich ein. Hatschepsut ließ sich auf einer Bank nieder und reckte voller Wohlbehagen ihre Arme: „Thutmosis, setz dich zu mir, erzähl mir von deinem Leben in Mennefer."

Er kam dieser Bitte gerne nach und schilderte in den buntesten Farben sein Soldatenleben. Dabei schwärmte er von Nehesi, seinem General. Während er sprach, beobachtete sie ihn aufmerksam. Sein Gesicht strahlte Willenskraft, Energie und Selbstbewußtsein aus. Die Augen, die hohen Wangenknochen und das Kinn waren die des großen Kriegers Ahkeperkarê. In der Art, wie er erzählte, erkannte sie die Handschrift Pennechebets. Die harte Soldatenschule Nehesis zeigte sich bei ihm durch einen muskulösen und austrainierten Körper. Hatschepsut war stolz auf ihren Neffen und Stiefsohn. Als er seinen Bericht beendet hatte, sagte sie bewundernd zu ihm: „Du bist ein echter Thutmoside, und du wirst einmal ein großer Pharao sein."

Menkheperrê errötete und bedankte sich mit einer Verneigung: „Liebe Tante, ich muß noch viel von dir lernen. Vor allem möchte ich von den Rômet ebenso geliebt werden wie du." Nach einer Weile des Nachdenkens fügte er leise hinzu: „Ich mag Nofrurê sehr. Wirst du sie mit mir, wenn die Zeit gekommen ist, vermählen?"

Hatschepsut war überrascht. Von einem Vierzehnjährigen hatte sie diese Frage nicht erwartet: „Thutmosis, wenn sie damit einverstanden ist, gebe ich sie dir gerne zur Großen Königlichen Gemahlin. Dann würde sich Maat in wunderbarer Weise erfüllen."

Kurz entschlossen umarmte der Jüngling Hatschepsut. Es war wie ein wortloser Dank an die Königin.

Senmut hatte das für den Tempel Djeser djeseru vorgesehene Gelände mit großem Aufwand einebnen lassen und bat seine Königin, die Riten für den weiteren Verlauf des heiligen Baus zu vollziehen. Mit vollem königlichem Ornat wurde sie in ihrer Sänfte zur Baustelle getragen, wo die Priester des Amun in vielen Räucherpfannen köstlich duftenden Weihrauch aus Punt verbrannten. Mit Leiern, Harfen und den rhythmusbetonenden Sistren stimmten die Musikantinnen des Gottes den Hymnus auf Amun an.

Am ersten Eckpfosten des Tempelgrundrisses löste Amunhotep, Haushofmeister und königlicher Sandalenträger seiner Herrscherin, die Riemen der zierlichen Fußbekleidung. Mit nackten Füßen umlief die Pharaonin mit federnden, weit ausgreifenden Schritten das Feld des zukünftigen Tempels. Es bedeutete nicht nur die Inbesitznahme, sondern vermittelte auch die Mächtigkeit, Fruchtbarkeit und Wirksamkeit des göttlichen Wesens der Königin und ihres Vaters Amun. Dieser uralte Kultlauf war schon in vorgeschichtlicher Zeit vollzogen worden.

Hatschepsut umschritt beim zweiten Teil der Weihezeremonie erneut das Tempelgelände und umspannte die an den Ecken ausgesteckten Pfosten mit einer Leine. Dieses kultische Ausziehen der Leine ging auf die schon in der Vorzeit Tameris geübte Festlegung der Ackergrenzen zurück. Schließlich legte die Königin an den Ecken des Baugrundes rituelle Beigaben in eigens dafür ausgehobene Gruben. Es waren Nahrungsmittel wie Fleisch und Brot, Früchte und Zwiebeln, aber auch Salbgefäße mit Ölen und Parfüms, Amphoren mit Wein und Bier, Werkzeuge wie kupferne Steinsägen, Äxte, Meißel, Beile und schließlich magische Amulette, Skarabäen und den Heiligen Dächsel des Zimmermanns.

Die mannigfachen Beigaben wurden zugeschüttet, um dann überbaut zu werden. Dieses Begraben diente einem einzigen Zweck: dem Tempel ewige Dauer, stetes Werden und magische Wirksamkeit zu sichern. Senmut und seine Helfer dankten Hatschepsut und gelobten, für den Götterherrn Amun ein schönes, reines, festes und dauerhaftes Haus zu bauen.

Von nun an war Senmut kaum mehr in der Residenz zu sehen. Da seine Herrin den greisen Heerführer Amosis Pennechebet zur Erziehung ihrer Tochter Nofrurê herangezogen hatte, war seine Anwesenheit auch nicht mehr zwingend erforderlich. Senmut sah in Djeser djeseru die Berufung seines Lebens, und er war fest entschlossen, all sein Können und seine Tatkraft für dieses Heiligtum einzusetzen.

Hatschepsut akzeptierte dies dankbar. An manchen Tagen konnte Senmut hoch oben am Fels die Sänfte der Königin wahrnehmen. Der weiße Baldachin der Trage leuchtete wie ein Segel in der Sonne, aber die Baustelle betrat Makarê nicht.

Jahr um Jahr verging. Hatschepsut hatte die Bautätigkeit in Tameri auf Hapuseneb und Puemre übertragen, um Senmut den Rücken freizuhalten. Bei schwierigen Vorhaben bat sie den greisen Ineni, den jungen Baumeistern mit seinem Rat beizustehen. Den wichtigsten Auftrag erhielt Hapuseneb – das Grab Makarês im Tal der Könige.

Amunhotep, Thuti und Nehesi aber blieben im Tal des Heiligtums. Die Königin hatte dem Wunsch Senmuts entsprochen – seine Freunde verwirklichten mit ihm das Wunder Djeser djeseru.

Hatschepsut erreichte einen weiteren Höhepunkt ihrer Macht. Tameri hatte dank der Politik der Königin eine überaus lange Friedensperiode. Die unter ihrer Herrschaft immer regelmäßig wiederkehrenden Überschwemmungen des Hapi bewirkten, daß sich alljährlich das Wunder der Wiedergeburt der Natur vollzog. Dieses Wunder manifestierte sich in riesigen Ernten. Das goldgelbe Korn ließ die Vorratsspeicher des Landes überquellen. Hatschepsut führte mit der Hilfe des genialen Ineni die Bewässerungspolitik des Chakaura weiter, und das Wasserhebegerät Schaduf aus dem Zweistromland wurde stetig verbessert. Durch das dichterwerdende Kanalnetz war höhergelegenes Land zu künstlich bewässertem Ackerboden geworden. Das alles hatte zur Folge, daß zwei Ernten pro Jahr möglich wurden. Die Rômet fühlten sich zufrieden und geborgen. Der ungeheure Reichtum des Landes bewirkte, daß sich die Handelsbeziehungen noch mehr entwickelten; die Herrscher der Fremdländer lagen der Königin zu Füßen. Das Mysterium Amuns verlieh ihr eine geheimnisvolle Göttlichkeit, der sich niemand zu entziehen vermochte.

Der Mond Payni in der Erntezeit Schemu im Jahr Dreizehn der Makarê hatte das Land in Gold verwandelt. Die Väter der Fellachenfamilien nahmen eine Ähre des goldgefärbten Getreides in die Hand, rieben sie zwischen den Fingern und erkannten, daß sie reif war. Die langersehnte Ernte konnte beginnen.

In dieser Zeit eröffnete Senmut seiner Herrscherin, daß Djeser djeseru vollendet war. Das wunderbare Heiligtum leuchtete schneeweiß im Halbrund der mächtigen Felsen, die es schützend umfaßte. Die unvergleichliche Einheit zwischen Natur und der von Menschenhand geschaffenen Bauschöpfung wartete darauf, daß die Füße der göttlichen Pharaonin zum ersten Mal die Rampen der zart schimmernden Säulenhallen emporschritten. Hatschepsut wollte den Tag der Einweihung nur mit ihren engsten Vertrauten begehen. Kein Lärmen und Rufen sollte das Eintauchen in die Herrlichkeit Amuns stören.

„Der Verborgene kommt mit dem Wind. Man sieht ihn nicht, man hört ihn nicht, doch die Luft ist erfüllt von ihm“, so hatte Amathu Amun beschrieben, und so wollte die Königin ihrem Gott begegnen.

Djeser djeseru war von einer breiten Außenmauer umgeben. Ein schlichter Pylon gestattete den Eintritt in den ruhigen, wohltuend schattigen Bereich eines paradiesischen Gartens. Teiche glitzerten im Mittagslicht, darin Lotus und Papyrus, und überall grünten und blühten Büsche und Bäume. Vögel hatten sich angesiedelt, Schmetterlinge schaukelten durch die Luft, und Bienen summten ohne Unterlaß in den Blumen. Besonders freute sich die Königin über die Weihrauchbäume aus Punt, die stattlichen Wuchs zeigten und zur Erholung von der sengenden Wüstensonne einluden.

Dann blickte Hatschepsut in Richtung der Berge und gewahrte den Tempel in all seiner Pracht. Das Meisterwerk zeigte sich in drei Terrassen; wie in dreimaligem Anlauf schwang sich der Blick zu den Säulenhallen nach oben, und die oberste Halle schien sich an die Felsen anzuschmiegen wie an die Brust eines mächtigen Tieres. Die Pfeiler waren leicht und elegant. Djeser djeseru wirkte luftig und heiter. Die Königin wandte ihren Blick entzückt und glücklich zu den Terrassen und sprach voller Bewunderung: „Senmut, dein Werk ist überwältigend! ... Ein Traum! Und Amuns würdig."

Der Angesprochene verneigte sich tief und bedankte sich mit errötendem Gesicht: „Majestät, du hast mich mit allen Freiheiten ausgestattet. Es war mir eine Freude, deinem göttlichen Vater ein Denkmal zu setzen. Außerdem wäre dieses Wunder ohne die Hilfe der Fürsten, die du mir zur Seite gestellt hast, nicht möglich geworden."

Sie gingen auf die erste Säulenhalle zu. An den Seiten blickten zwei riesige Osirisstatuen in wesenlose Fernen. Der Kontrast von Licht und Schatten war beeindruckend. Die glatten Oberflächen der Pfeiler, Seitenkammern und Hofmauern schimmerten alabastern. Sie waren mit meisterhaften Reliefs verziert, und das kräftige Gelb der bemalten Szenen und Figuren vor dem weißen Hintergrund erzeugte ein Leuchten von anrührender Wärme und zarter Schönheit. Danach schritten sie die erste Rampe empor.

Da lagen zwölf mannshohe, bemalte Sphingen aus Rosengranit, jeder mit dem Kopf Hatschepsuts versehen und der Inschrift: „Königin von Biene und Binse, Makarê, geliebt von Amun, der inmitten Djeser djeseru ist, mit Leben beschenkt für immer".

Die kleine, erlesene Gesellschaft passierte das Spalier der liegenden Löwen, um zu den beiden Pfeilergalerien der mittleren Terrasse zu gelangen. Mit großer Exaktheit und Lebendigkeit waren links die Puntfahrt und rechts die Geburtslegende der Königin in leuchtendbunten Reliefbildern dargestellt. An die Geburtshalle schloß sich das Heiligtum des Anubis an. Die fein kannelierten Säulen der Vorhalle auf runden Fußplatten und die seitlichen Kollonaden waren von bildhauerischer Erlesenheit. Schweifte das Auge zur Decke, konnte man ein neuartiges Tonnengewölbe erkennen, eine wahrhafte Meisterleistung Senmuts.

Angegliedert an die Punthalle war das Heiligtum der Hathor. Entzückt sah sich Hatschepsut auf einem Thron dargestellt, der Hathor-Kuh die Hand reichend, über die das göttliche Tier ergeben mit der Zunge fuhr. Im Vorhof der Kapelle lächelte die sanfte Hathor menschengesichtig von den Säulen herunter. Ihr gegenüber war der stolze Horusfalke mit der Sonnenscheibe zu sehen.

Wie im Traum betraten die Edlen Tameris die zweite Rampe, um zu der oberen Terrasse zu gelangen. In langer Reihe standen hier zwölf Osiriskolosse, versehen mit den Gesichtszügen der Pharaonin – eine steinerne Manifestation ihrer göttlichen Macht.

Hatschepsut wandte sich nach rechts und bejubelte das Sonnenheiligtum des Rê Harachte. Durch eine Vorhalle erreichte man einen weiten, offenen Hof, in dessen Mitte sich der aus edlem, weißem Kalkstein gebaute Altar präsentierte. Hatschepsut las gerührt die Widmungsinschrift des Sonnenaltars: „Die Königin Makarê, Tochter der Sonne, Hatschepsut Khnemetamun, sie hat es gemacht als ihr Denkmal für ihren Vater Amun-Rê, damit sie mit Leben, Dauer und Glück beschenkt sei wie Rê ewiglich."

Die Pharaonin war sich bewußt, daß sie hier eine wichtige Königspflicht zu vollbringen hatte. Die Kulthandlungen in diesem Sonnenheiligtum würden bewirken, daß sich die tägliche Wiedergeburt des Rê aus dem Nachtreich vollzöge. Die Königin würde als Sonnenpriesterin die kosmische Ordnung des sich immer wiederholenden Sonnenlaufs beschwören.

Die Getreuen Hatschepsuts wandten ihre Schritte gemeinsam zur linken Seite Djeser djeserus. Hier befand sich die Totenkapelle der Pharaonin und ihres Vaters Ahkeperkarê, die aus einem rechteckigen Gewölbe und einer Türstele aus herrlichem Rosengranit bestand. Vor dieser Stele erhob sich eine bemalte, überlebensgroße Kultstatue Hatschepsuts aus hartem, marmorartigem Kalkstein.

Vom lichtdurchfluteten, zentralen Säulensaal der obersten Terrasse aus erreichte man das Allerheiligste des Amun. Tief in den Felsen geschlagen, nur noch erhellt durch wenige Fackeln, war er einer der kühlen Urhügel der Welt. Hier würden das Götterbild Amuns und seine Tragbarke während der großen Feste des Westens einen Ruheplatz finden.

Als alle Getreuen Hatschepsuts wieder ins Tageslicht des Säulensaals hinaustraten, bat die Königin zur Gesprächsrunde und verkündete: „Ich ernenne hiermit Senmut, meinen königlichen Medech, zum Großfürsten Tameris. Er hat dieses herrliche Bauwerk für meinen Göttervater Amun vollbracht. Außerdem gestatte ich ihm, sein Grab in diesem Tal des Heiligtums zu errichten, damit er nah seinem Lebenswerk eine ewige und wirkliche Heimstatt hat. Auch erhält er die Auszeichnung, seinen Namen innerhalb dieser heiligen Mauern einzutragen, damit die Götter seinen Namen lesen, wenn sie in Djeser djeseru spazierengehen."

Beifall brandete auf, und alle beglückwünschten den jungen Medech. Etwas abseits stand Ineni; er lächelte glücklich, war doch sein Meisterschüler und Ziehsohn an einem Höhepunkt seines Schaffens angelangt.

XVII

Hatschepsut war trotz ihres erfolgreichen Königtums ruhelos. Sie strahlte vor Lebenskraft und Schönheit, aber gerade diese Eigenschaften verlangten mit aller Kraft nach Erfüllung. Schlaflose Nächte und fiebrige Träume zeigten ihr, daß sie ihrer Witwenschaft müde wurde.

Sie dachte oft an Senmut. Er war der Mann, der vorbehaltlos alle ihre Träume verwirklichte. Mit Djeser djeseru hatte er einen Höhepunkt erreicht – ein unvergleichliches Heiligtum für Amun, den Götterherrn. Die Königin ahnte, daß Senmut auch ihre menschlichen Sehnsüchte befriedigen konnte. Seine liebevollen Blicke und seine unendliche Verehrung waren ihr nicht verborgen geblieben. Sie wußte, daß sie sich in einer einmaligen, göttlichen Stellung als Pharao befand und eigentlich nach dem Tod Ahkeperenrês ihre Bestimmung im Alleinsein suchen sollte. Es gelang ihr nicht. Mit fünfundzwanzig Sommern war sie ein junger, glutvoller Mensch voller Verlangen nach Liebe.

Senmut hatte eine lange Sphingenallee vom Eingangspylon des Terrassentempels bis zum Ufer des Hapi angelegt. Am Fluß war ein Taltempel mit einem Kanal und einer Landestelle für die Gottesbarke des Amun entstanden.

An einem heißen Sommertag im Mesore der Erntezeit Schemu ließ sich Senmut bei seiner Herrscherin anmelden. Voller Stolz erzählte er von der endgültigen Fertigstellung des Heiligtums.

„Morgen lasse ich die Pferde anschirren, dann kannst du mir dein Werk präsentieren“, sagte Hatschepsut voller Freude. Senmut verneigte sich und verließ rückwärtsgehend den Raum.

Die langen Mähnen der königlichen Schimmel flatterten im Wind, als die Königin mit ihrem Medech zum großen Felsenrund des Tempels fuhr. „Jetzt erst können wir Amun in seinem wundervollen Haus willkommen heißen.“ Die Stimme Hatschepsuts klang warm und liebenswürdig. Langsam schritten die beiden durch die Sphingenallee zum Pylon und betraten den Tempelgarten.

Wie verwandelt war die Welt. Rês Strahlen wärmten die Teiche, im Papyrusdickicht quakten Frösche. Geheimnisvolles Leben regte sich im grünen Wasser. Verliebter Flügelschlag tönte aus dem dichten Laub der Weihrauchbäume. Vogelstimmen wisperten leise im Gebüsch, in deren Knospen geheime Säfte drängten. Die Erde atmete balsamische Düfte, und der laue Wind verbreitete den Wohlgeruch der blühenden Pflanzen.

Hatschepsut blieb stehen und schaute Senmut in die Augen. Er erinnerte sich plötzlich an jenen Mittag auf dem Balkon Malkattas, und auch jetzt spürte er wieder dieses wunderbare Gefühl der Liebe.

„Senmut, ist es nicht traurig, wenn ein Baum aus Mangel an Wasser nicht mehr grünt und blüht, wenn sein Wachstum endet und seine Blätter welk herabhängen?“ Während sie diese Frage stellte, konnte sie nicht verhindern, daß ihre Stimme vor Kummer fast versagte.

Er erschrak: „Majestät, ich habe alle Bäume hier in Djeser djeseru bewässert und gepflegt. Der traurige Baum, den du beschreibst, den gibt es hier nicht.“

„Ja, mein Medech, du hast hier ein Paradies geschaffen. Der Baum, den ich meine, der steht nicht in Djeser djeseru, er befindet sich in meinem Herzen. Er welkt dahin und vergeht, weil ihn niemand hegt und pflegt.“

„Alles Wasser dieser Welt will ich dir geben, um diesen Herzensbaum zu erretten. Aber ich habe Angst, denn du bist eine Königin und eine Göttin. Wird nicht Amun mich vernichten, wenn ich es wage, dich zu lieben?“

„Amun ist mein Vater. Und wie alle Väter ist er glücklich, wenn es seiner Tochter gut geht, und gut geht es mir nur, wenn meine Sehnsucht gestillt wird. Endlos lange habe ich darüber nachgedacht. Ich habe alles erreicht, und nun möchte ich den Neigungen meines Herzens folgen. Du kannst den kranken Baum in mir heilen – nur du.“

Sie umarmten sich, zuerst sanft, dann immer inniger. „Ich habe viel zu lange auf dich gewartet“, flüsterte sie.

„Kein Mann konnte je davon träumen“, antwortete er.

Die Zurückhaltung und Selbstbeherrschung langer Jahre zerfiel unter ihrem leidenschaftlichen Kuß. Beide wurden von einer Flut heftiger und starker Gefühle überschwemmt. Ihre Leidenschaft erfüllte den paradiesischen Garten und senkte sich wie eine schwere Wolke über die Liebenden. Wellen von Zuneigung und Verehrung strömten aus Senmuts Herz, und ihm war, als hätte er schon immer gewußt, daß es so sein würde mit Hatschepsut, daß die Verschmelzung ihrer Körper ihm die Erfüllung bringen würde, die er ein Leben lang gesucht hatte.

Ein überwältigendes Verlangen erfaßte ihn. Vergessen war die Göttlichkeit und die Königswürde dieser jungen, wundervollen Frau. Er sah in ihr nur noch die Gefährtin seines Lebens. Seine kräftigen und doch weichen Hände streichelten ihren Nacken und die Rundungen ihres makellosen Körpers. Er nahm sie langsam und geduldig, und sie spürte kaum, wie er in sie eindrang – nur sanftes Gleiten, liebkosend schlagende Wimpern, blendender, strahlender Sonnenglanz, süß duftende Lotusblüten, der narkotische Myrrhehauch der Weihrauchbäume, der würzige Geruch des feuchten Bodens – dies alles gab ihr ein beseligendes Allgefühl.

„Dieser Traum sollte nie aufhören", flüsterte sie.

„Ich kann mir nichts Schöneres vorstellen", antwortete er zärtlich.

Langsam lösten sie sich voneinander und schauten gemeinsam in den Glanz des Himmels. Die heiseren Rufe der Falken lenkten die Blicke der Liebenden zu den Höhen über Djeser djeseru. „Es ist dasselbe Pärchen, das wir bereits kennen", lächelte Senmut.

„Laß uns wie sie zusammenbleiben".

„Ja, ich verspreche es dir", Senmut seufzte leise und fügte nachdenklich hinzu: „Dies ist keine Kleinigkeit für einen Pharao. Wird dein gottköniglicher Ruf nicht schwanken wie eine Lotusblume im Wind?"

„Nein, denn du bist nicht mein Witwentrost, sondern der Geliebte meines Lebens und mein Bruder."

„Dann bist du meine Gemahlin, auch wenn wir den Krug nie zusammen brechen können. Nur der Tod kann mich von dir trennen."

„Laß uns nicht vom Tod reden, mein geliebter Senmut, wir sind jung, wir können unsere Träume verwirklichen", hauchte sie ihm ins Ohr und küßte ihn sanft. Und sie taumelten wieder hinüber in das Land der Glückseligkeit.

Rê war schon weit und tief im Westen niedergesunken, als ein engumschlungenes Paar nach Malkatta zurückfuhr. Der letzte Rest des Tageslichts verlöschte, und kurz vor Erreichen des Löwentores löste sich Hatschepsut von ihrem Geliebten.

Es wurden keine offiziellen Verlautbarungen erteilt, doch nach kurzer Zeit wußten alle im Palast, daß der mächtige Großfürst der Liebhaber Makarês geworden war. Es schien, als wäre die gewaltige Kluft, die die Pharaonin vom Volk trennte, geschrumpft. Die Aura der Göttlichkeit, die Makarê umgab, war durchschaubarer geworden. Und eines war seltsam im Leben der Königin: Sie bewegte sich von nun an in einem Zustand der Glückseligkeit, der sie verwundbar machte.

Achet, die Zeit der Überschwemmung, nahte. Die lebensspendende Kraft des Hapi machte den Boden Tameris wieder fruchtbar. Als Freudenbringer trat er, reiche Ernten verheißend, über die Ufer. Als Quelle allen Reichtums erweckte er die Vegetation zu neuem Leben. In dieser Zeit, im Jahr Fünfzehn der Makarê, ließ die Königin eine Versammlung ihrer höchsten Beamten einberufen. Heb-Sed, das Fest der Millionen Jahre, mußte geplant und eine Menge aufwendiger Vorbereitungen getroffen werden.

Die Pharaonin sandte Senmut mit den besten Handwerkern des Landes nach Ta-Seti, um zwei riesige Techenu-Pfeiler zu brechen. Diese Obelisken sollten nach den Wünschen Hatschepsuts zu Ehren ihres Festes ganz mit Gold überzogen werden. Wieder waren es die vier Freunde und Fürsten, die für ihre Herrscherin monatelang Staub schluckten.

„Wird Makarê uns diese Mühen danken?“ fragte Nehesi in dieser schweren Zeit mit schweißüberströmtem Antlitz.

„Sie ist unser Schicksal, wir können nicht anders“, antwortete Senmut sinnend.

Der Hohepriester des Amun, Hapuseneb entsandte Boten zu allen größeren Tempeln des Landes, um die Einladungen der Pharaonin an die Götter zu überbringen. Der junge Wesir des Südens, Useramon und Amun-Weser, der Statthalter Hatschepsuts im Norden, benachrichtigten die Gaufürsten des Reiches. Das Fest der Myriade von Jahren war von großer kultischer Bedeutung. Es erneuerte die Verbundenheit der Königin mit den Göttern, ihrem Volk und ihrem Land. Die Herrscherin wurde als lebender Horus auf ihrem Thron bestätigt. Die Götter des ganzen Landes statteten der Hauptstadt einen Besuch ab. Es mußte eine große Säulenhalle in Karnak aufgebaut werden. Sie diente den Gottheiten für die Dauer des Heb-Sed als Wohnung. Diese Halle nannte man den Hof der Großen, alle Gottesschreine fanden hier ihren Platz. Außerhalb des Tempels entstand in jahrtausendealt überlieferter Form ein Palast aus leichtem Holzwerk, das der Königin für die Dauer des Festes als Residenz diente.

Vor dem Beginn des Heb-Sed trafen die Götterbarken aus den verschiedenen Tempeln des Landes ein. Groß war der Jubel, wenn die Herolde auf dem Pylon des Amuntempels das Erscheinen jeder Barke mit Trompetenstößen ankündigten. Festlich geschmückte Menschen eilten zum Hapi, um die ankommenden Götter zu begrüßen. Am Bug der Schiffe erkannte man die vertrauten Symbole: Osiris von Abdju, Hapi, Satis und Anukis von Ta-Seti, Min von Ipu Chent, Mut und Chons von Djanet, Isis und Nephtis von Om, Geb, Schu und Tefnut von Iunu, Anubis von Hebit, Horus von Mesen, Hathor von Tunet, Ptah von Mennefer, Thot von Chnum-Chmunu, Sobek von Schedet, Seth von Nubt und Neith von Ka-Suut. Jede Götterbarke wurde von Vertretern der Priesterschaft ihres Tempels begleitet. Weihrauch verbrannte, Hymnen wurden gesungen, das Rasseln der geheiligten Sistren erklang. Die Königin begab sich ans Ufer, um persönlich das Tau jeder Barke am Landungssteg festzuzurren. Das Volk wurde von religiöser Verzückung ergriffen.

Jede Abordnung aus den verschiedenen Tempeln des Landes hob den Schrein mit der Statue ihrer Gottheit auf die Schultern. Dann formierte sich der Festzug, um zum großen Amuntempel zu ziehen. Dumpfer Trommelschlag, rhythmisches Händeklatschen und Gesang kündigten dem Volk an, daß sich der Zug näherte. Thot, der Herold Makarês, rief ohne Unterlaß: „Es kommt die Königin!“ Soweit seine Stimme zu hören war, warfen sich alle zu Boden. Keinem Sterblichen war es erlaubt, in Anwesenheit der Herrscherin aufrecht stehenzubleiben. Die vergoldete, reich bemalte Sänfte Hatschepsuts ruhte auf den Schultern ihrer obersten Heerführer.

Hoch über dem Volk thronten sie, die weiße Hedsched der Biene und die rote Deschret der Binse auf dem Haupt der Königin. Regungslos hielt sie mit über der Brust gekreuzten Händen den Hirtenstab und den Stab mit den drei Schnüren als Symbole königlicher Macht. An der Allee, die zum Tor des Tempels führte, erwartete Hapuseneb mit seiner Priesterschaft den Festzug und geleitete ihn zum Vorhof der großen Säulenhalle. Dort wurden die Götterschreine auf Podesten abgesetzt. Im Inneren der Säulenhalle fanden feierliche Reinigungszeremonien statt.

Dann war der Zeitpunkt für den Einzug der Götter in die Sanktuarien des Tempels gekommen. Myrrhenduft erfüllte die große Säulenhalle, und ohne Unterlaß erklangen Gesänge zu Ehren der Gottheiten. In den dunklen Sanktuarien wurden Lichter angezündet, damit die Pharaonin die Götter aufsuchen konnte. Vor jedem Schrein huldigte die Königin mit Weihrauch und Gebeten.

Zwischen den Feiertagen empfing Hapuseneb, der Hausherr und erste Priester des Amuntempels, einen Gast im Palast des Hohepriesters, den er seit dem Tod Amathus bewohnte. Es war Kenhir, der Sem-Imutef-Priester des Krokodilgottes Sobek aus Schedet, ein kahlköpfiger Mann, gehüllt in einen großen Leinenmantel, aus dem seine dürren Beine hervorlugten. Die Adlernase, der stechende Blick und seine wulstigen Lippen gaben ihm eine unheimliche und rätselhafte Aura. Auf der Brust trug er ein silbernes Krokodil, das er zuweilen zwischen Daumen und Zeigefinger rieb. Er war bekannt als der größte Zauberer Tameris. Man sagte von ihm, daß er mit seiner Magie sogar schon Götter und Dämonen beeinflußt habe. Er war ein großer Traumdeuter und galt als Kenner der Astrologie. Er verfaßte unzählige Zaubertexte, die viele Rômet bei Krankheiten und sonstigem Ungemach anwandten.

„Willkommen, edler Erster des Sobek, großer Wundermann aus Schedet“, rief Hapuseneb und ging im Gastzimmer des Palastes auf Kenhir zu.

„Ich grüße dich, mächtiger Statthalter Amun-Rês auf Erden, es ist mir eine große Ehre, bei dem Heb-Sed für die Einzig-Eine dabeisein zu dürfen“, antwortete Kenhir mit leiser, näselnder Stimme und verneigte sich leicht.

„Erhabener Magier, ich habe dich hergebeten, weil ich in großer Sorge bin und deinen Rat brauche. Als ich wenige Tage vor dem Heb-Sed meinem Götterkönig im Naos huldigen wollte, gab er mir keine Antwort. Alle meine Gebete waren umsonst. Normalerweise verbringt der Herr der Götter nicht einen Tag im Zorn. Meine Hoffnung bestand für den nächsten Tag. Aber auch da blieb der Göttermund stumm. Kenner aller Geheimnisse, kannst du mir helfen? Was ist geschehen?“

Stille legte sich über den Raum. Nur der heisere Schrei eines Falken, der hoch oben in den Lüften einsam seine Kreise zog, drang zu den beiden Männern hinunter.

„Hüter des Amun, das Mißfallen des Gottes hat mit dir nichts zu tun. Es handelt sich um einen Ehestreit. Die Gottesgemahlin des Amun hat den Unwillen ihres Mannes hervorgerufen. Irgend etwas muß geschehen sein, das den Ingrimm des heiligen Verborgenen ausgelöst hat.“

„Darf ich dich fragen, edler Erster des Sobek, warum dies gerade jetzt geschieht?“

„Größter der Priester, es hat mit Heb-Sed zu tun. Es ist die Zeit gekommen, wo er ihr die Erneuerung der Schöpferkraft darbringen soll. Und das macht ihn zornig. Hast du schon einmal einen enttäuschten Ehemann gesehen, der seiner Frau auch noch Geschenke macht?“

Hapuseneb staunte über die Schärfe der Analyse seines Gegenübers. Schließlich kamen aus seinem Mund die schicksalsschweren Worte: „Makarê hat sich einen Geliebten genommen.“

„Ist er königlichen Geblüts?“

„Nein, es ist der Baumeister, der Djeser djeseru erschaffen hat.“

„Ausgerechnet eine der Wohnungen des Götterherrn! Jetzt kann nur noch die erlösende Kraft magischer Praktiken helfen.“

„Kenhir, ihr müßt mir assistieren, wenn Makarê in den Sarkophag der Erneuerung steigt.“

„Dir zu Diensten, Hohepriester.“ Der Krokodilmann verneigte sich und verließ mit wehendem Mantel den Raum.

Am vorletzten Tag des Heb-Sed wurde die entscheidende Zeremonie vollzogen, die der Pharaonin Makarê die Erneuerung ihres Ka sichern sollte. Hapuseneb und Kenhir vollzogen den Totenkult und nahmen das Heb-Sed-Gewand von der Schulter der Königin, um sie viermal zu reinigen. Dann wurde sie in die geheimen Räume geleitet, die für ihr Scheinsterben vorbereitet waren. Die beiden Hohepriester trugen Leinenbinden, Uschebti-Figuren und Salbgefäße, wie sie bei einem richtigen Begräbnis verwendet wurden. Gesang und Gebete begleiteten Makarê und ihr kleines Gefolge auf dem Weg in die Grabkammer. Als sich die Tür des geheimen Raumes hinter der Herrscherin und ihren Begleitern schloß, senkte sich Schweigen über Karnak. Der mit Spannung erwartete Zeitpunkt war gekommen, der das Herz eines jeden Rômet erbeben ließ.

Würden die Götter Makarê mit neuer Lebenskraft erfüllen, ihr auch weiterhin die Macht verleihen, die segenspendende Nilflut alljährlich auf die Felder Tameris zu lenken und die Feinde von ihrem Land fernzuhalten? Atemlos betete das Volk in den Tempelhöfen des ganzen Landes um die Gunst für ihre Herrscherin. Keiner mochte sich die Folgen ausmalen, sollte der Segen der Götter ausbleiben.

Zuerst wurde Hatschepsut zu einem Ruhebett geleitet und von dem Sem-Imutef-Priester des Sobek gesalbt, während Hapuseneb die magischen Formeln zu jeder Handlung rezitierte. Dann wurde die Königin mit den weißen Leinenbinden eingebunden, gleichzeitig brachte Hapuseneb das Totenopfer dar. Gemeinsam trugen die Hohepriester die Umwickelte zu einem mumienförmigen, hölzernen Sarg und legten sie vorsichtig hinein. Dann hoben sie den Deckel, der sich neben dem Sarg befand, stülpten ihn über Makarê, und in vollkommener Finsternis war sie in dem Mumiensarg eingeschlossen.

In diesem scheintoten Zustand versuchte Hatschepsut in geistige Verbindung zu ihrem Vater Amun zu gelangen. Nur er konnte sie in dieser bewußten Unbeweglichkeit beruhigen und ihr die Kräfte schenken, die ihr weiteres Schicksal beeinflussen und zur Erfüllung der Maat beitragen würden.

Aber sie wartete vergebens. Und plötzlich geriet sie in Panik. Mit aller Kraft versuchte sie, gegen den Sargdeckel zu schlagen, aber die Binden hinderten sie daran. Furchtbare Angst packte ihr Herz und lähmte ihre Glieder. Hatschepsut fühlte sich vor Entsetzen starr und leblos werden.

„So ist es also, wenn man stirbt“, dachte sie und fiel in eine gnädige Ohnmacht.

Als die beiden Hohepriester den Sargdeckel abnahmen, erschraken sie, denn die Königin rührte sich nicht. Langsam lösten sie die Mumienbinden und murmelten die magischen Formeln. Als Hapuseneb seine rechte Hand über ihrer Stirn und seine linke über ihrem Herzen hielt, schlug sie ganz langsam ihre Augen auf. Der unverkennbare Schimmer des Lebens kehrte auf ihre vorher noch sehr fahl wirkende Haut zurück.

„Steh auf, Gottesgemahlin und Tochter des Amun“, sprach Hapuseneb.

Zitternd erhob sie sich und mußte von den beiden Priestern gestützt werden, um nicht niederzusinken. Das triumphierende Lächeln Hapusenebs bemerkte sie nicht. Kenhir reichte ihr ein Gefäß mit Milch, das die Säugung durch die Göttin Isis symbolisierte und sagte: „Nimm die Brust deiner Schwester Isis, der Milchspenderin, die du an deinen Mund führen sollst.“

Gierig trank die Königin, dem Verdursten nahe. Dann rieb Kenhir ihre Glieder mit dem heiligen Salböl ein, und Hapuseneb kleidete sie in die Königstracht. Angetan mit ihren Herrschaftsinsignien verließ die Pharaonin das geheime Gemach und schritt hinaus, der Sonne entgegen. Mit Jubelschreien wurde sie von der Volksmenge begrüßt, und niemand bemerkte das heftige Zittern ihrer Knie unter dem schweren Königsgewand.

Die wichtige Weihzeremonie des Feldes war vorzunehmen. Menkheperrê erwartete seine Königin im Schrein des Gottes Osiris, um ihr bei dem Kultlauf behilflich zu sein. Er erschrak, als sie eintrat, denn sie hatte sich sehr verändert. Ihre strahlende Schönheit war von tiefer Schwermut überschattet, die ihr Gesicht bleich machte und zu beiden Seiten ihres Mundes tiefe Linien eingegraben hatte. Der lockende Schmelz ihrer mandelförmigen Augen war erloschen. Sie wirkte wie um Jahre gealtert. Der junge König war sichtlich erschüttert.

„Thutmosis, hilf mir bitte. Frage nicht, was passiert ist, hilf mir bei dem Lauf, um Tameris willen“, flüsterte sie und klammerte sich an seine starke, jugendliche Brust. Vorsichtig nahm er den schweren Mantel von ihren Schultern, so daß sie nur noch ihren goldenen Königsschurz und den kostbaren Wesechkragen trug.

„Arme Hat“, sagte er gerührt, „halte dich fest an mir, ich führe dich. Niemand wird sehen, daß du in Not bist.“

Und sie traten hinaus zum Rande des abgesteckten Landstücks in der Nähe des Tempels. Wieder jubelten Tausende ihren beiden Herrschern zu.

Die Großen des Reiches und Vertreter des Volkes hatten Aufstellung genommen. Arm in Arm schritten Menkheperrê und Makarê durch das Spalier der Edlen und begannen den kultischen Lauf um das von den Göttern geweihte Land. Mit weit ausholenden, hüpfenden Schritten umrundeten sie das Feld. Der junge König umklammerte die Hüfte Makarês, und fast trug er die zierliche Gestalt seiner Mitregentin ins Ziel.

Mit Spannung verfolgten die Anwesenden den Lauf ihrer beiden Herrscher, die bei dieser körperlichen Anstrengung in der Hitze des Tages kein Zeichen von Schwäche zeigen durften. Freudenrufe empfingen sie, als sie zum Ausgangspunkt zurückkehrten. Menkheperrê rief laut: „Sie ist gelaufen. Sie durchquerte das Land und berührte seine vier Seiten. Sie lief hindurch, weil sie es begehrte.“

Nach dieser Erklärung nahmen sie in einer kastenförmigen Sänfte Platz, um zu den Götterschreinen im Tempel geleitet zu werden. Für diese Zeit waren sie den Blicken des Volkes entzogen.

„Meine Königin, was ist dir widerfahren?“ fragte er.

„Amun hat mich verlassen“, schluchzte sie unter Tränen.

„Was ist geschehen?“ drängte er. Und sie erzählte von ihrer Verzweiflung in dem dunklen Ritualsarg. Von der Angst, sterben zu müssen.

„Daß sich der Götterherr nicht offenbart hat, ist nicht zu begreifen“, sagte er nachdenklich.

„Thutmosis, mein junger Mitregent, laß mich nicht allein im Unbegreiflichen. Bleib an meiner Seite“, flehte sie ihn an.

„Liebe Hat, ich werde dir immer beistehen. Hab keine Angst mehr“, antwortete er und drückte sie zärtlich.

Als die Sänftenträger den schweren Kasten absetzten, hatte sich die Königin ausgeweint und ihre Fassung wiedergefunden. Die Herrschaft der Königin wurde laut von Thot verkündet, und Hapuseneb überreichte ihr Pfeil und Bogen. In Gegenwart der Großen des Reiches und des gesamten Hofstaats schoß Hatschepsut vier Pfeile in vier Himmelsrichtungen. Ihre Arme zitterten nicht mehr, und es folgte die feierliche Inthronisierung. Mit der Weihe der Opferstiftung für die königlichen Ahnen endete das Heb-Sed. Die Festteilnehmer sammelten sich vor dem Tempel zu einer letzten, großen Prozession durch die Straßen Wasets, an deren Spitze die Königin in einer goldenen Sänfte getragen wurde. Freude und Zuversicht erfüllte die Bürger ihres Landes. Sie waren überzeugt, daß die kommenden Jahre Wohlstand und Überfluß bringen würden. Sie ahnten nicht, was tatsächlich geschehen war und setzten auf den Segen der Götter für ihre geliebte Makarê, der Einzig-Einen.

Am späten Abend schritt Kenhir durch das Tor des hohepriesterlichen Palastes. Er trug einen geheimnisvollen Kasten unter dem Arm, der mit einem Tuch abgedeckt war. Hapuseneb empfing den Krokodilmann in einem spärlich beleuchteten Raum.

Kenhir stellte den Kasten auf den Tisch und nahm das Tuch ab. Im Inneren konnte man die Wachsstatuette eines sich umarmenden Paares erkennen. Den Traditionen der alten Tameri-Kunst entsprechend, war die Frau aus hellerem Wachs geformt. Sie trug eine Kobra auf dem Haupt, dadurch war sie eindeutig als Königin zu identifizieren. Die dunkle Figur des Mannes hatte die Kopfbedeckung eines Großfürsten von Kemet.

„Du kannst die Figuren erschlagen, wenn die Zeit dafür gekommen ist", sagte der Sem-Imutef-Priester des Sobek.

Hapuseneb nickte und geleitete seinen Gast wieder hinaus. Er kehrte ins Zimmer zurück und schaute auf die Statuette. Er ahnte, daß er mit diesem mächtigen Zauber die ihm verhaßte Liebe zerstören konnte, und ein grausames Lächeln huschte über sein Gesicht.

Senmut war erschüttert. Er legte seinen warmen Arm um Hatschepsut, während sie ihm, von nachträglicher Angst überwältigt, mit brüchiger Stimme den Alptraum der Heb-Sed-Zeremonie erzählte. Als er den verzweifelten Klang ihrer Stimme wahrnahm, wurde ihm klar, wie sehr das Schicksal ihr mitgespielt haben mußte. Sie strahlte nicht wie sonst das Feuer ihrer Lebenskraft aus, sondern einen ungewohnten Fatalismus, der Senmut traurig machte. Er drückte sie ganz fest an sich und versuchte mit beruhigender Stimme, ihre unheilvollen Gedanken zu verdrängen. Von Zeit zu Zeit streichelte er ihr übers Haar, und sie legte seufzend ihren Kopf an seine Schulter.

Schließlich fühlte er, wie sie sich beruhigte und ihre Glieder sich entspannten. Nach einiger Zeit bemerkte er, daß sie eingeschlafen war.

Vorsichtig bettete er seine Königin in die weichen Laken und verließ leise das goldene Schlafgemach.

XVIII

Payni, der zehnte Monat im Jahr Sechzehn der Makarê, näherte sich dem Ende. Die Ernte war überreich, die Speicher quollen über. Maat hatte sich erfüllt, jeder Rômet fühlte sich glücklich und zufrieden. In dieser Zeit wurde ein sommerliches Fest gefeiert, in dem der Götterherr Amun zum ersten Mal sein prächtiges Haus Djeser djeseru besuchen sollte. Dieses „Schöne Fest vom Wüstentale“ nannte man auch den „Tag des Ruderns zum Tal des Mentuhotep“.

Amun verließ seinen Thronsitz im Göttertempel von Karnak, um in der Gräberstadt des Westens jedem Verstorbenen Lebenskraft und alle guten Gaben des Lebens zu bringen. Der Gott wurde, in dem goldenen Schrein seiner Tragbarke verborgen, vom Allerheiligsten zum Ufer des Hapi gebracht. Dort wartete das Prunkschiff Amun, der Bleibende, auf ihn. In der Morgensonne blitzten die Beschläge aus Gold, Silber und Edelsteinen grell auf. Aus starken Zedernstämmen von Byblos gebaut und mit Ebenholz aus Punt verkleidet, wirkte dieses Gottesschiff wie eine Erscheinung aus einer anderen Welt. Die festliche Prozession wurde von einer unübersehbaren Menschenmenge begleitet. Vom Tempel aus, in dem sie die Nacht verbracht hatte, schloß auch Makarê sich dem Zug an.

Amunhotep, ihr Haushofmeister, rief: „Jauchzen im Himmel und auf der Erde. Djeser djeseru in Festkleidung. Waset in Jubel. Makarê – solange der Himmel ist, bist auch du!“

Dann betrat die Pharaonin das Königsschiff Falke, dessen Rudermannschaft an diesem Festtag ein gänzlich anderes Aussehen hatte. Die Ruderreihen waren von den engsten Freunden der Königin und ihren höchsten Beamten besetzt, denn sie hatten heute die Ehre, nicht nur den weiblichen Horus der Lebenden, sondern den Götterherrn selbst über den Strom zu rudern. Das Gottesschiff wurde ins Schlepptau des Königsschiffes genommen, denn neben dem Schrein Amuns waren nur die Tragepriester an Bord. Kein anderer Lebender durfte sich der Allmacht des Gottes so weit nähern, wie dies eine Rudermannschaft tun müßte. Den beiden Prunkschiffen schloß sich ein unübersehbares Heer von Barken, Ruderbooten und Fischerkähnen an. Alles, was im weiten Umkreis der Hauptstadt noch einigermaßen dichte Planken hatte, setzte über zum schönen Fest des Westens.

Die vielen Boote hatten eines gemeinsam: Sie waren über und über mit Blumen gefüllt. Der Prozessionszug glich einer breiten Schiffsbrücke aus weißem Lotus, Kornblumen, Mohn, Chrysanthemen, Mandragora, Malven, Schwertlilien, Rittersporn, Jasmin und Efeu. Viele Weinamphoren ließen die Boote schwer im Wasser liegen. Die Festgäste lachten in fröhlicher Runde. Kurz vor Erreichen des Westufers bogen das Königsschiff und die Gottesbarke zum Kanal ein, der zur Landestelle am kleinen Taltempel von Djeser djeseru führte. Die anderen Boote legten direkt am Hapiufer an. Diese Manöver waren langwierig, und es verging viel Zeit, bis alle festen Boden unter den Füßen hatten.

Unterdessen ruhte der Gott auf dem Sockel des Taltempels, bevor ihn die Tragepriester durch die Sphingenallee zum Terrassentempel trugen. Vor dem Eingangspylon von Djeser djeseru befand sich ein ausgedehnter Festhof, in dem das große Brandopfer für Amun dargebracht wurde. Im Ornat der Pharaonen, gekrönt mit dem Pschent und mit der goldenen Uräusschlange auf der Stirn, weihte Makarê mit vier Schlägen ihres Szepters die bevorzugten Opfertiere des Amun: Wildgänse und Stockenten.

Inzwischen hatte die Festgemeinde einen regelrechten Blumenteppich rund um den Opferaltar ausgebreitet, und ein Lobgesang aus tausenden von Kehlen begleitete das Erscheinen Amuns. Allerlei Räucherwerk wurde verbrannt, und die Rücken krümmten sich in ehrfürchtigen Verbeugungen.

Makarê legte ausgewählte Opferstücke in das Feuerbecken des Altars, so daß der Rauch zum Himmel aufstieg, und rief: „Opfer für dich, du Götterherr, zur Stärkung deiner Kraft. Du bist der Einzige, der alles Seiende erschuf. Aus deinen Augen entstehen die Menschen, aus deinem Mund die Götter. Heil dir, der die Nacht durchwacht, während alle Welt schläft. Allgegenwärtiger Gott, der in die Welt eindringt. Amun, dauernd in allen Dingen!“

Danach herrschte ehrfürchtiges Schweigen, während jeder sein Gebet verrichtete. „Bete für dich mit deinem wünschenden Herzen, dessen Worte alle verborgen sind“, hieß die Weisheitslehre, die von allen respektiert und beachtet wurde.

Stellvertretend für die unendliche Blumenpracht legte die Pharaonin dem Gott Blumensträuße aus Lotusblüten und Papyruspflanzen zu Füßen. Zum Ende des Gottesdienstes wurden die Opfertiere verteilt und die von Amun geweihten Blumen aufgenommen. Frohe Stimmung kehrte wieder ein, und die Festgemeinde zog schwerbepackt mit Körben und Amphoren weiter zu den Gräbern ihrer Ahnen.

Die Königin schritt die Rampen ihres Tempels hinauf. Begleitet wurde sie von ihrem Mitregenten, ihrer Tochter und den engsten Vertrauten. Der

Schrein mit dem Bild des Gottes folgte auf seiner Barke. In der obersten Opferhalle fand nochmals eine Zeremonie für die unmittelbaren Vorfahren Hatschepsuts statt. Dann trat die Majestät des Gottes ein in das für ihn bestimmte Heiligtum Djeser djeseru, in sein tief in den Felsen eingehauenes Sanktuar.

In der Mitte des geheimen Raumes wurde die Barke auf einem Sockel abgesetzt. Fackeln erhellten die Kapelle. Auf einer Längsseite bot Makarê Wein zum Opfer dar, während auf der anderen Seite Menkheperrê in Begleitung Nofrurês Milch spendete. Als die letzten Riten des Tages vollzogen waren, übernachtete der Götterherr in seinem Naos und war somit im Wüstental anwesend, während in der weiten Totenstadt die Festbräuche in den schönen Häusern des Westens gefeiert wurden.

Schon Tage vorher waren die vergoldeten Mumiensärge aus den tiefen Sargräumen über die engen, steilen Gänge nach oben zu den kleinen Versorgungskapellen geschafft worden, so daß die Grabherren an den Türlaibungen der Kapellen nach ihren Angehörigen Ausschau hielten. Und sie erschienen festlich weiß gewandet mit Blumenkragen und kostbaren Juwelen geschmückt. Während der Grabherr gebührend begrüßt wurde, bereiteten Diener bereits den Festschmaus vor. Aus Astwerk und Blumen errichteten sie kleine Stände.

Die engsten Verwandten legten die geweihten und die an alle verteilten Stücke des Amun-Brandopfers in Tonschalen, die mit glühenden Holzkohlen gefüllt waren. Der zum Opferdienst verpflichtete Nachkomme sprach zu dem Verstorbenen: „Ich weihe dir das Gottesopfer des Herrn von Karnak, für Leben, Heil und Gesundheit der Königin Hatschepsut. Sie möge ewig leben."

Das Opfergebet wurde von den anderen Familienangehörigen rezitiert: „Tausend schöne und reine Dinge für den Herrn der Götter an seiner Flußfahrt des Westens und tausend an allen schönen und süßen Dingen für dich an deiner Fahrt durch die Pforten des Amduat."

Nach dem Brandopfer brachte man dem Verstorbenen die geweihten Blumen aus dem Tempel dar. Blumen waren in Tameri der Inbegriff des Lebens.

Dann versammelte man sich um die Tische und sprach den wohlschmeckenden Speisen und dem Wein zu. Währenddessen zogen die Sängerinnen und Sänger des Amun von Grab zu Grab und stimmten die Verklärung des Grabherrn an: „Preis ist im Himmel und Jauchzen überall, Amun ist glücklich über einen, der auf Erden rechtschaffen war. Geöffnet sind die Türflügel des Himmels, geöffnet ist der Weg in der Gräberstadt. Möge er an diesem Tag erfrischt werden ..."

Inzwischen war Rê im Westen verschwunden, während sowohl Amun in seiner Barke als auch die beiden Regenten hoch droben in der Felskapelle ruhten.

„Du bist der weibliche Horus, nur du kannst Amun besänftigen. Hat der Gott seinen Frieden mit dir gemacht?" fragte der junge Menkheperrê, während er sich neben Hatschepsut in der Sakristei der Opferhalle des Ahkeperkarê niederlegte.

„Ja, das Wunder der Überschwemmung hat uns reiche Ernte gebracht. Ich denke, Maat hat sich erfüllt, und unser Götterherr ist zufrieden", murmelte die Königin verschlafen.

Der Hohepriester des Amun stand bewegungslos nebenan im Sonnenheiligtum und starrte hinauf zu den Sternen. Neben dem schneeweißen Altar des weiten Hofes kniete die lebensechte Granitstatue Hatschepsuts und betete um die tägliche Wiedergeburt der Sonne aus dem Nachtreich. Hapuseneb starrte sie an. Er hatte das Gefühl, als würde sie lebendig, und sein Herz blutete.

„Amun, verzeih mir", stöhnte er. Nach langer, quälender Zeit legte er sich neben den Sonnenaltar nieder, aber er konnte nicht einschlafen.

In der Totenstadt drang Lichtschein und fröhlicher Gesang aus den Türen der Grabkapellen. Auf den von den Dienern mitgebrachten, aufklappbaren Feldstühlen hatten die Ehrengäste Platz genommen. Die übrigen Gäste, jüngere Verwandte und Freunde, saßen auf Kissen und Matten auf dem Fußboden. Die Frauen der Familien schenkten in verschwenderischer Fülle Wein aus, und viele Trinksprüche wurden ausgebracht:

„Nimm zu trinken, feiere einen schönen Tag ..."

„Dir zum Wohle, trink bis zur Trunkenheit ..."

Junge Tänzerinnen und Musikantinnen unterhielten die Gäste mit Gedichten, Liedern und Tänzen. Der Duft der Blumensträuße und Blütenkragen mischte sich mit dem Myrrhenduft der Salbkegel, welche die Frauen auf ihren Perücken trugen und die in der Wärme der Kapellen allmählich zerflossen und ihre Düfte freigaben. Die Feierlichkeiten dauerten die ganze Nacht. So wurden die Toten und alle Geister der Totenstadt neu gestärkt und versorgt an diesem schönen Fest vom Wüstental. Im ersten Morgenlicht des neuen Tages löschte Hapuseneb die Fackeln im Allerheiligsten und forderte seine Tragepriester auf, die Gottesbarke aufzunehmen, damit Amun heimkehren konnte zu seinem großen Tempel in Karnak.

Dann verließ er Djeser djeseru, während in der Sakristei der Felskapelle die beiden Herrscher Tameris noch schliefen.

XIX

Am Morgen des zehnten Tages des Ephiphi trugen die Sänftenträger der Königin zwei Tragebarken zum Schilfwald des Hapi. Im Häuschen der vorderen Sänfte saßen Makarê und Senmut, in der hinteren Barke der Haushofmeister Amunhotep und die Prinzessin Nofrurê. Hatschepsut ließ ihre verschwenderische Haarfülle locker über die Schultern fallen. Sie trug ein verführerisch durchsichtiges Kleid aus feinstem Königsleinen, und ein juwelenbesetzter Gürtel zierte ihre Taille. Senmut hatte eine leichte Tunika angelegt, die über den Schultern von Lederschnüren zusammengehalten wurde.

Einige Bauern im Fruchtland winkten, warfen sich zu Boden und riefen Segenswünsche aus, als die Träger mit ihrer Last vorüberschritten. Am Ufer angekommen, wurden die Tragestangen entfernt, so daß sich die Sänften in Schilfboote verwandelten. Körbe voller Wein und Köstlichkeiten ließen die kleinen Boote tief ins Wasser sinken. Nofrurê rief voller Vorfreude: „Deine Idee war wundervoll, Mutter. Ich wünsche Deiner Majestät viel Freude im Dschungel des Schilfs und der Lotusblumen!“

Hatschepsut nickte wohlwollend und forderte mit einer Handbewegung zur Abfahrt auf. Senmut stakte vom Ufer weg, und Amunhotep folgte durch das Rinnsal des Niedrigwassers. Hinter einer großen Sykomore am Ufer duckte sich eine dunkle Gestalt und beobachtete das Geschehen. Unter den zerschlissenen Stoffen war es schwer, Hapuseneb, den Hohepriester des Amun, zu erkennen. Seine Verkleidung war perfekt, und sein ruheloser Blick schweifte umher. Er wollte auf keinen Fall entdeckt werden.

Die Wände des Röhrichts wurden dichter, Tautropfen hingen an den Dolden und Kolben des Schilfs. Frösche sprangen ins Wasser, Schmetterlinge und Mücken schwirrten umher, Libellen flogen wie Edelsteine zwischen den Halmen. Schließlich erreichten sie eine Gabelung. Die Sonne erwärmte zusehends die Luft. An der moosüberzogenen Markierungsstange hing im Licht der Morgensonne ein Spinnennetz. Wie Diamanten glitzerten die Tautropfen in dem feinen Gespinst. Amunhotep verstand den winzigen Wink Senmuts und stakte sein Boot an der Gabelung in die andere Richtung. Senmut vertauschte die Stakstange gegen das Paddel, und das Boot glitt lautlos aus der brackigen Niedrigwasserzone.

Vorsichtig fuhr er zu einer alten Schwemminsel und befestigte das Boot an einer bloßliegenden Wurzel. „Wir sind allein“, sagte er.

„O Geliebter, komm zu mir“, erwiderte Hatschepsut, öffnete den schweren Juwelengürtel und streckte ihm ihre Arme entgegen. Er stieg vorsichtig über die Amphoren und Körbe und setzte sich neben Hatschepsut auf den Bootsrand. „Sei zärtlich, Senmut, wir haben so lange aufeinander gewartet. So lange hat uns das Geschäft des Regierens abgelenkt. Dich in all den Beratungen zu sehen, dich nicht in den Arm nehmen zu dürfen, das hat mich fast verrückt gemacht.“

Er beugte sich über sie und nahm sie in den Arm, dann trafen sich ihre Lippen. Ihre gegenseitige Sehnsucht war überwältigend. Wie im Fieber entledigten sie sich ihrer Kleider. Ein Gegeneinander und Miteinander mit ungeduldigen Händen. Schließlich ein Finden und Ruhigerwerden in zärtlicher Umarmung. Als sie spürte, wie er in sie eindrang, schluchzte sie leise vor Verzückung. Sie fühlte ihr Innerstes aufbrechen und warf den Kopf hin und her. Dann packte sie die Leidenschaft mit voller Wucht, und sie schrie ihre Lust wild hinaus.

Diesen Liebesschrei hörte Hapuseneb, sein Blick wurde starr, und sein Herz verhärtete sich zu Stein. Dann rannte er los, erreichte keuchend sein Boot und ruderte mit wilden Schlägen über den Hapi. Am anderen Ufer hetzte er zu seinem Palast und betrat schwankend das Zimmer, in dem der Kasten auf dem Tisch stand. Er riß das Tuch fort, nahm einen Stock und schlug mit rasender Wut auf die Wachsstatuette ein. Als die Figuren zerbrachen, schleppte er sich zu einer Liege und warf sich erschöpft und bitterlich weinend darauf.

Schweißüberströmt lösten sich die Liebenden voneinander. Jauchzend hüpften sie ins köstliche Naß, um sich in der trägen Strömung des Hapi abzukühlen. Nach dem Bad streckte sich Hatschepsut im Boot aus, und Senmut rieb myrrheduftendes Öl aus Punt in ihre Haut. Behutsam massierte er ihre Schultern, tröpfelte immer wieder das herrliche Olibanum auf die Beuge ihres Rückens und verrieb die wohlriechende Flüssigkeit, während sie wohlig seufzte. Wenig später öffnete er eine Amphore, und sie tranken süßen Alashia-Wein. Zum Verzehr legte Senmut den Inhalt des mitgeführten Korbes auf den Boden des Bootes – Datteln, Sykomorenfeigen, Weintrauben, Pflaumen, Walnüsse und die Früchte der Dumpalme.

Plötzlich, mitten in ihren Liebesträumen, ertönte ein entsetzlicher Schrei. Hatschepsut erkannte die Stimme und sagte fast tonlos: „Das war Nofrurê, schnell ... schnell ...“

Senmut begriff sofort, löste das Boot von der Wurzel und lenkte die Barke mit heftigen Ruderstößen durch das Gewirr der schmalen Kanäle in die Richtung, aus der eine verzweifelte Männerstimme um Hilfe rief. Als sie ankamen, fanden sie einen niedergeschmetterten Amunhotep, der sich die Haare raufte und immer wieder rief: „Ich konnte nichts machen, ich konnte nichts machen ..."

Laut rief Senmut: „Wo ist die Prinzessin!"

„Ein Krokodil, ein riesiges Krokodil hat sie gepackt, es war schrecklich. Sie hatte keine Chance. Das gigantische Tier ist mit ihr weggeschwommen. Dabei hat sie sich nur dicht bei dem Boot erfrischen wollen." Amunhotep schluchzte laut: „Ich konnte es nicht verhindern!"

Blut, wo man hinsah. Die Panzerechse war verschwunden. Die Königin hielt die Hände vor ihre Augen und klagte: „Meine arme Nofrurê, meine einzige Tochter. O Amun, warum hast du das zugelassen?"

Verzweifelt weinte sie. Senmut legte tröstend seine Arme um ihre Schultern.

„Sie war die Hoffnung Tameris. Sie war Menkheperrê als Königin versprochen. Nun ist diese Hoffnung zerbrochen", sagte sie schluchzend, und ihre Tränen benetzten seine Brust.

„Du bist die Hoffnung Tameris. Durch dich lebt die Dynastie", sagte Senmut und streichelte sanft das lange, schwarze Haar.

Behutsam befreite sie sich aus seinen Armen: „Bringt mich nach Malkatta. Ein schönes Licht ist erloschen. O Amun, warum hast du mich verlassen?" rief sie, und es war wie der Schrei einer tief verwundeten Seele.

Tage später berichteten Bauern von einem riesigen Krokodil, das sich träge und ausdauernd hapiabwärts bewegte.

XX

Hatschepsut lag in ihrem Schlafgemach und starrte an die Decke. Sie fühlte sich müde, erschöpft und ausgelaugt wie die leere Hülse einer Frucht. Mehrere Tage hatte sie nicht mehr gesprochen. Manchmal öffnete sie den Mund, um etwas zu sagen, aber jedesmal verschwanden die Worte, als habe das reine Nichts die Macht übernommen. Eine seltsame Empfindung signalisierte ihr, daß etwas in ihr durchtrennt worden und verschwunden war. Lautlos. Für immer. Ihre Dienerinnen waren ratlos.

Da machte sich der greise Ineni auf, um seine Königin zu trösten. Er verneigte sich vor seiner Herrscherin und hob erschüttert den Kopf. Er hatte die mandelförmigen, kühl brennenden Augen unter den hohen Brauen erwartet. Statt dessen erloschene Lichter, müde und matt. Der Mund war dicht geschlossen. Er fühlte, daß die Seele der Königin, die sonst immer das Gute und Schöne ausstrahlte, aufs Tiefste verletzt und gedemütigt sein mußte. „Majestät, was geschehen ist, muß erschütternd für dich sein."

Wortlos lief sie auf ihn zu und warf sich ihm an die Brust. Wie von selbst legten sich seine Arme um sie. Er führte sie zu einer Liege, nötigte sie zum Sitzen und streichelte mit zitternden Greisenhänden sanft ihr zerzaustes, schwarzes Haar. Schließlich schüttelte heftiges Schluchzen ihren Körper. Er hielt sie fest in seinen Armen.

Endlich öffnete sie ihren Mund und rief laut die Klage ihres Herzens heraus: „Warum hat der Götterherr mir das angetan. Nofrurê war ein so sanftmütiges, gutes Kind. Warum mußte sie sterben. Warum ... warum ...?"

„Makarê, weiblicher Horus unter den Menschen, sei groß in deinem Schmerz und zeig deinen Edlen, aus welchem Holz du geschnitzt bist. Du darfst dich nicht vergraben in deinem Kummer. Sei standhaft und stark, und beug dich nicht unter dieser Last. Alle deine Getreuen warten auf dich und deine Arbeit für Tameri."

Enttäuscht löste sie sich von ihm: „Ineni, du Freund meines göttlichen Vaters, warum bist du so hart zu mir?" Leichtes Schluchzen schüttelte sie noch immer.

„Majestät, ich bin nicht hart. Aber du bist nicht irgendeine Bauersfrau, sondern das Bug- und Hecktau Tameris. Ohne deine Führung gleitet die Barke des Reiches ins Verderben."

Hatschepsut hatte aufgehört zu weinen. Eine lange Stille setzte ein. „Du hast recht, edler Ineni. Du bist der einzige, der so mit mir reden darf.

Ich werde wieder regieren und den brennenden Schmerz, der an mir frißt, verbergen."

Damit entließ sie den letzten der großen Säulen Ahkeperkarês.

Unnahbar, ohne zu lächeln, widmete sie sich der Regierung und verlor nie mehr die Fassung. Nach der siebzigtägigen Trauer ließ sie nicht mehr nach Senmut rufen. Wie eine Lotusblüte zur Nacht ihren Kelch schließt, so schloß sie ihr Herz. Sie zog sich in ihrer Göttlichkeit zurück und war wie ein kalt schimmernder Stern am östlichen Morgenhimmel.

Am dritten Tag des Mesore brachte ein Hauptmann der Medjai, die die nördlichen Grenzen des Reiches bewachten, schlechte Nachrichten. In Gedjet waren Unruhen ausgebrochen, und es war unter der Regierung Makarês das erste Mal, daß ein Kriegsrat einberufen werden mußte.

Menkheperrê als Oberkommandierender und der General, Großfürst Nehesi, wurden beauftragt, den Aufstand niederzuschlagen.

Sie verließen Waset, um in der Garnison Mennefer zwei Divisionen mobil zu machen. Dann zogen sie nach Norden, eine riesige, glitzernde Kavalkade von zehntausend Mann. Menkheperrê, die blaue Chepresch-Kriegskrone auf dem Haupt, ritt mit Nehesi an der Spitze des Heeres und war sich bewußt, daß er die erste große Bewährungsprobe als Mitregent vor sich hatte. Und er war fest entschlossen, die Kriegsbeute Makarê zu Füßen zu legen.

Der Mesore neigte sich dem Ende zu, und Senmut überfiel ein unsägliches Gefühl der Leere, als wäre er in eine dunkle Kluft gestürzt. Oft flüsterte er beim Gedanken an Hatschepsut: „Ich kann dich niemals vergessen, warum empfängst du mich nicht mehr, meine Geliebte, Schwester meines Herzens?" Immer wieder versuchte er, ihr unter vier Augen zu begegnen – vergeblich. Sie war in unerreichbare Ferne gerückt.

Einsam stand er am Bug eines königlichen Schnellruderers und schaute hinauf zu den schroffen Granitwänden von Cheni. Er erkannte die Felsinschriften aus uralter Zeit, die auf die Bedeutung der Überschwemmungen für Tameri hinwiesen. Er war von seiner Königin nach Ta-Seti entsandt worden, um das mit Spannung erwartete Ansteigen der jährlich wiederkehrenden Flut zu kontrollieren.

Spät am Abend erreichte das Schiff die Insel, und der Abgesandte der Makarê wurde von Hunefer, dem Vorsteher der Adj-Mer, empfangen. „Edler Großfürst, Sothis geht erst in zwei Tagen auf", sagte Hunefer, „du hast also noch Zeit für deine Mission."

„Ja, Oberster Hapimesser, bevor wir den Schacht hinabsteigen, möchte ich nach Sehel, um im Chnumheiligtum zu beten."

„Mein bescheidenes Haus steht dir zur Verfügung. Morgen kannst du meine Barke für die Überfahrt benutzen. Dann benötigst du deine Schnellruderer nicht und kannst sie in Ta-Seti zurücklassen."

„Hunefer, du bist sehr gastfreundlich, ich danke dir", erwiderte Senmut.

Am nächsten Tag ruderte Senmut in aller Frühe los und näherte sich dem Steinmassiv von Sehel. Inmitten eines Gewirrs von Klippen erhob sich die heilige Insel des Chnum wie ein grünendes Paradies. Die Schroffheit des Granitsockels wurde von üppigem Pflanzenbewuchs und hohen Dattelpalmen gemildert. Die Sonne überwand das Hindernis der Ostberge und breitete ihre Glut über den Himmel. Nach den uralten Göttersagen entsprang an diesem einsamen Ort die lebensspendende Flut des Hapi. Am Abschluß des Tals schäumten die Wirbel des ersten Katarakts auf und verloren sich in den Stromschnellen zwischen Klippen und kleinen Inseln. Senmut machte das Boot an der Anlegestelle fest und stieg die steile Treppe zu dem abgelegenen Chnumtempel empor. Oben angekommen, erblickte er über dem Wasser und den Klippen die ockerfarbene Wüste, die direkt an das gegenüberliegende Steilufer angrenzte.

Am Tempel wurde er von einer jungen Frau im traditionellen, weißen Gewand der Priesterin empfangen: „Sei gegrüßt, edler Senmut. Ich heiße Nefer-Irdis und bin die Tochter des Ordensältesten. Ich kenne dich. In Waset wurde ich im Haus des Lebens ausgebildet. Der mächtige Großfürst hatte bei seinen seltenen Besuchen im Lebenshaus natürlich keine Augen für die kleinen Priesterschülerinnen, die ihn allesamt anhimmelten."

Senmut lachte befreit auf. „Ich grüße dich, schöne Nefer-Irdis. Du bist für mich wie ein Licht in dunkler Nacht. Meine Traurigkeit ist tief wie das Meer. Dein Antlitz erwärmt mein erkaltetes Herz."

„Dein Schicksal ist mir wohlbekannt. Atme den Salbduft Chnums ein, den geheimnisvollen Morgentau, hervorgegangen aus der Vereinigung von Himmel und Erde. Vielleicht kannst du durch den Zauber dieser Insel wieder froh werden."

Und sie gingen hinein in das grüne Paradies. Das Geheimnis dieses üppigen Dschungels waren die unendlichen Gischtwolken des Katarakts, die der Wind von Süden her durch das Tal trieb. Die Blumen und Blüten erfüllten die Luft mit einer Vielfalt köstlicher Düfte. Prächtige Orchideen hingen von moosbedeckten Zweigen herab, und schlanke Hibiskusbäume streckten ihre rosa, roten und blauen Blüten über leise plätschernde Wasserläufe.

Senmut war fasziniert. Zum ersten Mal seit langem kreisten seine Gedanken nicht um den Verlust der großen Liebe, sondern er nahm wie ein Kind die Wunder wahr, die sich überall zeigten. Seine Wahrnehmungsfähigkeit schien auf einen anderen, klareren Empfang eingestimmt zu werden. Es war, als würde das dunkle Bewußtsein, die trostlose Tiefe und die Aussichtslosigkeit seines Denkens und Fühlens in einen lebensbejahenden Zustand verwandelt. Die rauschenden Palmenkronen und das fröhliche Vogelgezwitscher aus dem mannshohen Papyrusdickicht erfüllten ihn mit Freude und Leichtigkeit. Nefer-Irdis erzählte von ihrer Zeit in Waset. Senmut registrierte kaum den Sinn ihrer Worte, sondern genoß wie im Traum den angenehmen Klang ihrer sanften Stimme.

Sie näherten sich einem kristallklaren Quellsee inmitten blühenden Ufergebüschs. Nefer-Irdis stieg hinab in das glitzernde Gewässer und ließ sich mit einem wohlig glucksenden Lachen hineinfallen. Als die junge Priesterin sich aus dem Wasser erhob und mit einer einladenden Geste ihre Arme ausbreitete, war Senmut fasziniert, denn das hauchdünne Gewand von bestem Königsleinen verband sich mit ihrer Haut und enthüllte mehr, als es verbarg. Kurz entschlossen legte er sein kostbares Fürstengewand ab, denn er konnte dieser liebreizenden Einladung zum erfrischenden Bad nicht widerstehen. Seine Hand stützte sich ab am kräftigen Stamm einer weitgefächerten Sykomore des Uferbereichs, und er dachte an das Liebesgedicht des Gartens, das auch diesem Baum gewidmet war:

> „Das Rauschen ihrer Blätter ist wie Honigduft,
> beladen ist sie mit reifen Früchten, rot wie Jaspis.
> Wie Türkis sind ihre Blätter, wie Fayence ist ihre Haut.
> Sie sagt: ‚Es ergehen sich unter mir die Geliebten in ihrem Wandel.
> Ich bin verschwiegen und verrate mit keinem Wort, was ich sehe.“

Als er sich ihr im Wasser näherte, drückte sie sich sanft an ihn. „Laß uns gemeinsam eine angenehme Stunde verbringen“, flüsterte sie leise. In seinem Kopf überschlugen sich die Gedanken. Seine Gefühle waren seltsam eingekapselt, seit seine Königin ihn ignorierte. Jetzt spürte er plötzlich, daß seine Sehnsüchte die Hülle sprengten. Die bisherige Ausweglosigkeit seiner Liebe zu Hatschepsut begann sich langsam in den Armen der jungen Chnumpriesterin aufzulösen.

Er legte beide Arme um Nefer-Irdis' Schultern und küßte sie auf den Mund. Sie schloß die Augen und sagte kein Wort, nur ihre Hände strichen weich und zärtlich über seinen Rücken. Schmerz, Zerrissenheit und Begierde strömten im Herzen Senmuts zusammen. Nefer-Irdis stellte sich darauf ein, schwach zu sein. Sie wollte nicht die Überlegene sein, sondern die nachgebende Geliebte. Nur als besiegtes Opfer würde es ihr gelingen, ihm mit einem Sprung ans andere Ufer einer neuen Liebe hinüberzuhelfen. Und es gelang ihr.

An beiden Tagen bis zum Aufgang des Sothissterns war Tameris Großfürst auf Sehel bei der jungen Priesterin. Am Vorabend des Hinabsteigens zum Schacht mit Hunefer, dem Vorsteher aller Flutmesser, begab sich Senmut direkt aus den Armen seiner neuen Geliebten zum Chnumheiligtum, um für die Überschwemmung zu beten.

Dann stand die spannende Messung im Schacht Ta-Setis an. Hunefer, der Oberste der Adj-Mer, und Senmut stiegen den engen Treppenabgang hinab zum Wasser des Hapi. „Eigentlich müßte der Pegel jetzt am Neujahrstag des Sothis fünf Striche höher sein“, sagte Hunefer, „das bedeutet nichts Gutes.“

„Kann sich die Überschwemmung verspäten und trotzdem gut werden?“ fragte Senmut.

„In aller Regel nein. Ich befürchte ein schlimmes Jahr für alle Rômet.“

„Wann hast du Gewißheit?“

„In spätestens zwei Tagen werden wir über Chnums Verhalten Bescheid wissen.“

„Gut, dann werde ich mit den Schnellruderern nach Waset jagen, um der Königin zu berichten.“

„Ja, solange solltest du noch warten.“

Voller Sorgen stieg Senmut die schmale Wendeltreppe nach oben. „Was wollen die Götter von Tameri?“ fragte sich der Großfürst.

Nefer-Irdis wunderte sich über ihren wortkargen Geliebten. Schließlich berichtete er von dem sich anbahnenden Drama. Das war kein guter Beginn ihrer Liebe, und sie weinte in seinen Armen.

Senmut tröstete sie: „Ich will mit dir den Krug zerbrechen und werde die Königin um Erlaubnis bitten, vielleicht wird doch alles wieder gut.“

„Dann werde ich zu Amun beten“, sagte sie und küßte ihn zum Abschied mit tränennassen Augen.

Während der Fahrt zurück nach Waset erinnerte sich Senmut an den ermordeten Amunmosis, an die Todesangst vor der Rache des Ahkeperkarê. Auch jetzt hatte er wieder schlechte Nachrichten für das Königshaus. Damals war er nur der Waffengefährte des Kronprinzen gewesen, heute war er der mächtigste Mann unter den beiden Herrschern des Reiches. Trotzdem überfiel ihn auch heute wieder eine seltsame Angst, die ihn schwer bedrückte. Er kannte die große Verantwortung der Pharaonen als Erhalter und Vollstrecker der Maat. Nur die Königin konnte in ihrer Verbindung zu den Göttern dafür sorgen, daß die jährliche Flut des Hapi zur rechten Zeit und in gehöriger Fülle einsetzte. Nur dann blieb die Fruchtbarkeit des Landes erhalten. Und genau diese wichtige Verantwortung brachte er mit seiner Nachricht ins Wanken.

Als er sich dem Palast näherte, erwarteten ihn am Löwentor zwei bewaffnete Wachen, die ihn zu dem hell erleuchteten Thronsaal führten. Dieser ungewöhnliche Empfang beunruhigte Senmut sehr, und Stiche der Angst bohrten sich tiefer in sein Herz.

Königin Makarê saß hocherhobenen Hauptes auf dem Horusthron. Auf der weißroten Doppelkrone der beiden Lande glitzerten die dunklen Augen der Uräusschlange bedrohlich im Schein der vielen Flammen des Podests. Der schwere Wesechkragen drückte ihre Brust, und mit festen Händen hielt sie Geißel und Szepter. Weihrauchschwaden stiegen empor und ließen die Gestalt der Pharaonin seltsam unwirklich erscheinen. Immer wieder verhüllten die weißen Dämpfe das Gesicht der Königin, so daß es zeitweise der unmittelbaren Betrachtung entzogen wurde.

Der Thronrat war vollzählig versammelt. Senmut verbeugte sich an der untersten Stufe tief vor seiner Herrscherin.

„Meine Majestät hat den Großfürsten Senmut vor den Thron des Großen Hauses befohlen.“ Die Stimme Hatschepsuts hallte an den Wänden des weiten Raumes wider. „Die Götter haben alles geprüft und kennen die Wahrheit. Senmut ist bei der Chnumpriesterin Nefer-Irdis gelegen und hat seine Herrscherin im Per-Ao beleidigt. Diese Tat wird von dem Großen Haus nicht bestraft. Er hat aber, nachdem er bei dem Weibe gelegen, ungewaschen das Heiligtum Chnums betreten. Damit ist eine unerträgliche Lästerung der Götter geschehen und verdient Strafe. Useramon, Tatji und oberster Richter im Süden, wird das Urteil verkünden.“

Senmut war wie betäubt. Er konnte zunächst das Gehörte nicht glauben. Seine Beine schwankten, und er fiel auf die Knie.

„Senmut wird der Titel des Großfürsten genommen“, sprach Useramon, während Senmut immer noch an der Wirklichkeit des Geschehens zweifelte, „sein Vermögen geht an die Krone Tameris. Verbannung in die Oase Bahrija. Verbot, die Grenzen Tameris zu überschreiten. Das Urteil wird sofort vollstreckt.“

Ein Alptraum. Bleierne Stille legte sich um die Anwesenden.

Da sah man plötzlich Bewegung im Kreis des Kronrats. Fürst Thuti trat vor seine Königin und verbeugte sich.

Hatschepsut neigte leicht ihr Haupt: „Mein Schatzhausvorsteher mag reden."

„Majestät, ich bitte, dieses Urteil auch über mich zu verhängen."

Mühsam versuchte Makarê, ihre Fassung zu bewahren: „Mein Fürst, welche Gründe bewegen dich, diese Schmach auf dich zu laden?"

„Majestät mag verzeihen, aber Senmut war mein wichtigster Mentor, ohne ihn kann ich meine Arbeit nicht mehr verrichten."

Da trat ein zweiter Mann des Rats vor den Thron zu Thuti. Es war Amunhotep, der Haushofmeister der Königin: „Majestät, auch ich möchte den Weg in die Verbannung gehen."

Das Gesicht der Königin erbleichte. Zwei ehemalige Kinder des Kep, ihre engsten Vertrauten, wollten sie verlassen. Unruhiges Gemurmel ertönte im Saal. Makarê spürte, daß das Gesetz des Handelns ihr zu entgleiten drohte.

Da trat der letzte der Großen Ahkeperkarês vor. Inenis schlohweißes Haar erglänzte im Fackelschein, und sein erzürntes Gesicht erheischte Ehrfurcht bei allen Anwesenden.

„Chnum wurde durch Senmut beleidigt", sprach der Greis mit mühsamer, leiser Stimme. „Der Adj-Mer Hunefer hat uns die verheerende Kunde vom Ausbleiben der Hapiflut überbracht. Die Götter sind mächtig und groß. Chnum kann Tausende vernichten. Senmut hat seine Strafe verdient."

Beifall ertönte bei den Edlen des Reiches, und die große Unruhe wollte kein Ende nehmen. Da hob Hatschepsut die Hand, die die Geißel umfaßte. Sofort verstummten alle, und die Königin sprach mit fester Stimme: „Wer nicht für mich ist, ist wider mich. Man führe die drei Fürsten ab. Wache!"

Die Medjai packten sie an den Oberarmen und führten sie aus dem Saal. Senmut stemmte sich gegen die Wachleute und versuchte, sich umzudrehen. Er wollte einen Blick der Königin erhaschen, um das Unvorstellbare zu begreifen. Vergeblich – Hatschepsut hatte sich abgewandt und schritt bereits durch die Tür zu ihren Privatgemächern.

XXI

Das Wunder der Flut blieb aus. Der Wasserstand überstieg nicht die Marke von zwölf Königsellen. Hunefer stieg mehrmals am Tag den Treppenschacht hinab. Jedesmal kehrte er enttäuscht nach oben zurück. Der Pegelstand veränderte sich nicht.

„Sechzehn Königsellen, o ihr Götter, warum steigt das Wasser nicht?" raunte er immer wieder. Er malte sich die Folgen aus. Dürre und Hungersnot würde die Fellachen heimsuchen, und das lauernde Ödland den grünen Fruchtboden verschlingen. Gewiß, Makarê hatte große Vorräte anlegen lassen, aber wenn der Kampf mit der Wüste verloren ginge, dann würde das zweite Hungerjahr folgen. Denn selbst bei ausreichender Flut mußte man im Folgejahr mit dem kostbaren Wasser den anspruchsvollen Boden der Wüste erst wieder abringen.

Hatschepsut betete tagelang im Göttertempel zu Karnak. Mit bittendem Herzen flehte sie zu Amun um Gnade für sich und das Land.

Der Hohepriester war zufrieden. Die Königin schien in ihrer überschäumenden Tatkraft gestutzt. Und mit Kenhirs Hilfe war es gelungen, aus einer selbstbewußten Göttin eine ganz normale, junge Frau zu machen. Jetzt, nachdem der lästige Nebenbuhler verbannt war, konnte er sich Hoffnungen machen. Vielleicht könnte er eines Tages doch zum engsten Vertrauten der Königin aufsteigen. Hapuseneb lächelte im Gedanken an die Macht, die er dann innehätte.

Einen Mond später ertönten dumpfe Trommelschläge und helle Fanfarenklänge vor Waset. Menkheperrê kehrte triumphierend an der Spitze seiner Truppen heim. Die Menge umjubelte ihn, als er siegreich und mit Beute beladen in die Stadt einzog. Hatschepsut hörte ihm zu, wie er stolz von der Belagerung Gedjets und den Höhepunkten des Feldzugs berichtete. Sie begleitete ihn nicht in den Tempel, als er für den Sieg dem Götterherrn dankte. Makarê blieb draußen vor dem großen Pylon. Sie dachte an die gramvollen Tage voller vergeblicher Bitten und konnte Amun nicht danken.

Makarê und Menkheperrê ließen sich zum Westufer übersetzen und begaben sich gemeinsam zum königlichen Hafen Birket Habu.

„Liebe Tante, ich muß dir eine betrübliche Mitteilung machen", sprach der junge Mitregent, „der tüchtige stellvertretende Heerführer und General Nehesi, durch dich zum Großfürsten erhoben, ist zur Oase Bahrija gereist. Als er hörte, daß du drei deiner Gefolgsleute verbannt hast, wollte er nicht mehr nach Waset zurückkehren. Ich nehme an, daß er hauptsächlich Senmut gefolgt ist, dem er in all den Jahren blind vertraut hat. Es tut mit leid für dich."

Hatschepsut war tief enttäuscht. Ausgerechnet der königliche Gefährte, Siegelbewahrer und Held von Punt hatte sich auch von ihr abgewandt. „Ach Thutmosis, meine Getreuen weichen von mir, und du triumphierst als Feldherr über deine Feinde. Amun schenkt dir seine Huld, und mich hat er verlassen", sagte sie betrübt.

„Verzage nicht, Makarê, große Königin, du hast so unendlich viel für Tameri getan. Amun wird auch dir eines Tages sein Antlitz wieder zuwenden."

„Ich danke dir für deine tröstlichen Worte, Menkheperrê. Die Macht in unserer Regentschaft hat sich nunmehr zu deinen Gunsten verschoben. Damit bin ich einverstanden und wünsche dir für die Zukunft Ruhm und Ehre."

„Unsere Arbeitsteilung bleibt unverändert. Deine Belange werden weiter in der Verwaltung liegen. Ich bin mit dem Heer und den Fremdländern genug beschäftigt."

„Du müßtest mich eigentlich hassen, denn ich habe dich viele Jahre von der Alleinherrschaft abgehalten."

„Ich bin jung und werde den Pschent noch früh genug tragen können", erwiderte er und ergriff freundschaftlich ihre Schultern. Dann gingen sie Hand in Hand zum königlichen Hafen.

Zwei große Byblosschiffe lagen am Kai, und die Tameriherrscher beobachteten, wie die Schätze aus Gedjet entladen und zu ihren Füßen aufgehäuft wurden. Die Schreiber des Tatji Useramon fertigten die Listen der Kostbarkeiten an, bevor sie in der Schatzkammer der Residenz ihren Platz erhielten.

Das Jahr des Niedrigwassers war ein Jahr voller Entbehrungen für alle Rômet. Wenn Amun aber gnädig war und im folgenden Jahr die segensreiche Flut wieder einsetzte, dann würden die Wunden Tameris heilen. Das Herz der Königin aber erstarrte in Kummer. Sie schlief sehr schlecht und hatte oft wirre Träume: „Senmut ... Senmut ... verzeih mir", rief sie verzweifelt, wenn er ihr weinend winkte. Dann erwachte sie schweißüberströmt und spürte Enttäuschung und Reue. Grübelnd verging dann Stunde um Stunde.

Ja, sie hatte gelebt wie keine Königin je zuvor.

Sie hatte die Macht voll ausgekostet und die Freuden der Götter genossen. Sie war in Tameri seit zwanzig Sommern Herrin allen Lebens. Aber nun war sie einsam. Tausendmal fragte sie sich, ob die Verbannung Senmuts richtig gewesen war. Gewiß, es war seit Jahrtausenden ein Sakrileg, von einem Liebeslager aufzustehen und ungereinigt vor eine Gottheit zu treten. Oder hatte sie aus Eifersucht gehandelt? Sooft sie sich auch immer wieder fragte, sie konnte keine eindeutige Antwort finden. „Mächtiger Amun, König der Götter, mein göttlicher Vater, hilf deiner Tochter in ihrer Not", betete sie oft im Tempel. Hapuseneb sah die Königin fast täglich. „Ist mein Grab fertiggestellt?" fragte sie den Hohepriester bei einem ihrer Besuche.

„Ja Majestät, der Sarkophag aus Quarzit ist eingetroffen und schmückt dein Haus des Westens", antwortete er selbstgefällig, „dein Königsgrab ist das größte von allen. Es reicht fast vierhundert Königsellen in den Berg bei einer Tiefe von über hundertachtzig Königsellen."

„Halte dich bereit, Hohepriester, ich will in den nächsten Tagen meine ewige Heimstatt aufsuchen." Hapuseneb verneigte sich.

Die Königin magerte ab. Sie verlor die Freude am Feiern und Essen. Thot, ihr Mundschenk, war voller Sorge und versuchte mit allerlei Köstlichkeiten, ihren früheren Appetit wieder zu beleben. Aber es gelang ihm immer seltener.

Das Ende des Regierungsjahres Zwanzig der Makarê nahte. Viele Rômet hatten gehungert, aber die wohlgefüllten Speicher früherer guter Jahre bewirkten, daß niemand sterben mußte. Im Mesore des Trockenjahres wurde Hatschepsut immer unruhiger. Mit klopfendem Herzen dachte sie an die nächste Hapiflut. Das ausgetrocknete Land lechzte nach Wasser. Ihre Nervosität trieb sie hinaus in den Palastgarten. Der Löwe, jetzt voll ausgewachsen, gezähmt und gut im Futter, trottete auf sanften Pfoten neben ihr her und versuchte immer wieder, die Aufmerksamkeit seiner Herrin mit allerlei seltsamen Sprüngen und Lecken ihrer Hände zu erregen.

Plötzlich packte ihn eine rätselhafte Unruhe. Er fauchte ängstlich und floh mit eingezogenem Schwanz zwischen den Sträuchern zum See der Ibisse. Das Rufen der Königin beachtete er nicht, und sie eilte ihm verärgert nach. Da registrierte sie, wie die Affen aufgeregt in den halbentlaubten Sykomoren kreischend und keckernd einander verfolgten. Als sie den See erreichte, flüchteten die Störche und Ibisse mit wilden Flügelschlägen über die Palastmauern. Hatschepsut hatte das Empfinden, als würde das Summen der Fliegen und Bienen einen bedrohlichen Klang annehmen.

Taubenschwärme bildeten seltsame Muster im gleißenden Blau des Himmels.

Da ertönte aus der Tiefe ein sonderbares Grollen. Wellenförmig bewegte sich der Boden unter den Sandalen Makarês. Wirre Muster bildeten sich auf der Oberfläche des Sees, während die Fische in panischer Angst hin und her zuckten. Einzelne Affen fielen von den Bäumen, prallten auf und flüchteten zeternd zurück ins Geäst. Die Palastmauern wankten. Zutiefst erschrocken wandte Hatschepsut ihren Blick zum Palast. Dort bot sich ihr ein chaotisches Bild von schreienden, ins Freie stürmenden Beamten und Bediensteten.

Dann lähmende Stille.

Voller Angst und Entsetzen stürzten die Palastbewohner zu ihrer Pharaonin und knieten vor ihr nieder. „Majestät, bitte Amun, daß er uns nicht vernichtet", flehte Useramon.

„Ja, ich werde mit ihm sprechen", beruhigte sie ihn.

Die Erstarrung löste sich langsam, und sie kehrten zurück in die Residenz. Ein Priester Hapusenebs brachte die unheilvolle Kunde, daß einer ihrer Krönungsobelisken umgefallen sei. Einen Tag später erfuhr sie von Verschüttungen ihres Königsgrabes. Erschüttert hörte Makarê, daß ein großes Felsstück in das Sonnenheiligtum Djeser djeserus gestürzt war und diesen Bereich vernichtet hatte.

Eine Taube des Tatji Amun-Weser landete auf der Terrasse Malkattas. Sie brachte schlimme Kunde aus dem Delta: Die Insel Thera im Großen Grün war in einem gigantischen Höllenfeuer untergegangen, und große Teile Keftius waren der Zerstörung anheimgefallen. Danach hatte eine riesige Flutwelle die letzten fruchtbaren Auen des Hapi-Deltas verwüstet.

Aufgewühlt und betroffen nahm die Königin diese schicksalhaften Ereignisse zur Kenntnis.

Und urplötzlich erschien am Himmel eine graue Wolke – sie dehnte sich rasch aus und verwandelte sich in rötliches Schwarz. Der Tag wurde zur Nacht. Die Tiere veränderten ihr Verhalten – sie verkrochen sich lautlos in Nischen und Höhlen. Kreischende Vogelschwärme fielen ins Schilf des Hapi ein. Und die Menschen flüchteten voller Entsetzen in ihre Häuser.

Da begab sich die Königin in den Amuntempel, um zu Füßen des Gottes zu beten. Sie betrat das Sanktuarium und fühlte eine seltsame Verbitterung in sich: „Mein göttlicher Vater, warum bestrafst du mich mit solcher Härte? Warum ist Maat nicht mehr an meiner Seite? Alles, was mein liebendes Herz mir gebot, habe ich für dich getan. Ich bin in allen Dingen deinen Plänen gefolgt. Ich war gehorsam und bin nie abgewichen von den Angelegenheiten deines Herzens. Warum zürnst du mir? Warum, warum, warum ..."

Reglos lag die Königin vor dem Naos drei Tage und drei Nächte lang. Wie ein wandelnder Geist erschien Hapuseneb, um von Zeit zu Zeit nach Makarê zu sehen. Er wagte es nicht, sie anzusprechen und wandte sich mit zur Schau getragener, besorgter Miene immer wieder ab.

Heißes Fieber fraß an der Königin, und ihre Augen füllten sich immer wieder mit Tränen. Von Zeit zu Zeit stöhnte sie gequält auf. Es schien, als hätte sich Amun endgültig von ihr abgewandt. Ohne Hoffnung ließ sie sich schließlich in die Residenz zurückbringen. Der Sothisstern ging auf, und die heißersehnte, segensreiche Flut setzte nicht ein. Hatschepsut wußte, was das bedeutete: Hunger, Hunger, Hunger ... Das Land mußte verdorren unter der gnadenlosen Hitze des Rê, und Tausende würden sterben, vor allem Kinder. Und die Fellachen würden ihre toten Kinder verspeisen, um selbst nicht zu sterben.

Tief besorgt war Menkheperrê zu ihr nach Malkatta gekommen. Die Königin hüstelte. Seit Tagen hatte sie nichts mehr gegessen. Das einst so stolze, herrliche Antlitz war eingefallen, so daß die Wangenknochen hervorstanden. Sie war froh, den jungen Mitregenten zu sehen. Schluchzend warf sie sich ihm an seine starke Brust. „Ach, Menkheperrê, warum hat Amun mich verlassen?"

„Ich weiß es nicht – vielleicht sollten wir Chnum aufsuchen, so wie es einst der große Djoser getan hat, als Tameri am Abgrund stand. Wir müßten ihn um Gnade bitten."

Hatschepsut sah ihn dankbar an: „O ja, begeben wir uns gleich morgen zu den Schlafstätten des Hapi."

„Gut, jedoch müssen wir das kleine Boot benutzen, weil der Fluß zu wenig Wasser für die Falke führt."

Thutmosis der Dritte verabschiedete sich. Herzlich drückte sie seine Hand. Nachdem er sie verlassen hatte, dachte Hatschepsut über ihn nach. Was für ein großartiger Mensch! Er, der sie eigentlich hassen müßte, achtete sie. Manchmal glaubte die Königin, sogar Liebe zu spüren. Das war mehr, als sie erwarten konnte.

Am nächsten Tag wachte die Königin früh auf. Die Wiedergeburt des Rê nahte. Im fahlen, schattenlosen Grau des Morgens rief sie nach Thot.

Während ihr Mundschenk und Herold sie ins Bad führte, fragte er vorsichtig: „Wird Majestät etwas vor der Reise essen?“

Hatschepsut versuchte zu lächeln. „Ja, lieber Thot, reich mir etwas Erfrischendes. Vielleicht tut es mir gut.“

Vergebens – ihr wurde übel. Vorsichtig und traurig spülte der Mundschenk das Erbrochene von dem kostbaren Silberteller und räumte die Gefäße wieder fort. Der Mitregent holte sie zu früher Stunde ab. Vorsichtig bewegten sich die nubischen Sänftenträger. Sie wußten, daß die Königin keine ruckartigen Bewegungen mehr ertragen konnte. Menkheperrê begleitete sie zu Fuß neben der Sänfte.

„Bevor Rê seine erbarmungslosen Strahlen sendet, wirst du im Kiosk der Barke Schutz finden. Das Wasser des Hapi wird dir zusätzlich Kühle spenden“, sagte Thutmosis.

Hatschepsut nickte und dachte an ihren Bruder, der vor so vielen Jahren denselben Weg gefahren war. Sie dachte an ihren Vater, wie er voller Verzweiflung den Tod des Thronfolgers betrauert hatte. Würde sich ihr Schicksal wie bei Amunmosis in Sehel erfüllen?

Vorsichtig wurde die Sänfte abgestellt. Menkheperrê half ihr, auszusteigen, und sie betraten das Boot. Birket Habu war wie ausgestorben. Wo sonst reges Leben herrschte, war nichts mehr zu sehen. Keine Schiffe aus fremden Landen brachten ihre Handelswaren. Die königlichen Speicher waren leer.

Als das Boot den Hapi erreichte, sah Hatschepsut, wie verdorrt und ausgetrocknet das Land war. Braun und staubig hingen die schlaffen Zweige der Palmen herab. Die rissige Erde war knochenhart. Der Fluß strömte mit seinem Niedrigwasser durch eine tote Wanne aus stinkendem Schlamm. Und Rê spie sein Feuer gnadenlos aus dem blauen Himmel herab. Hatschepsut hatte das Gefühl, als ob die Sonnenstrahlen wie Pfeile den Rücken und das Herz durchbrächen. Alles glühte und Myriaden von Stechmücken stürzten sich auf jede lebende Kreatur. Erschauernd zog sich die Königin ins Halbdunkel des Kiosks zurück.

Es wurde eine beschwerliche Reise. Große Sandbänke erschwerten oft das Durchkommen des Bootes. Der sonst so kräftige Wind blieb schwach, die Ruderer mußten sich quälen. Keine Rômet standen an den Ufern, um ihrer Königin zuzujubeln. Thure, der Vizekönig von Kusch, empfing die beiden Herrscher Tameris. Er geleitete den hohen Besuch zu seiner Residenz auf den Hügeln Ta-Setis.

Unübersehbar war die Gebrechlichkeit Hatschepsuts, seiner Gönnerin in all den vielen Jahren. Er wurde traurig.

„Hat der Flußgott ein Zeichen gegeben – hast du seinen Willen erfahren?“ fragte Hatschepsut den Vizekönig.

„Nein Majestät, Chnum hat sich niemandem offenbart.“

„Dann werde ich ihn morgen aufsuchen“, sagte sie müde.

Sichtlich erschrocken begrüßten die Chnum-Priester ihre Königin. Zwei stützten sie, und ein dritter hielt die Fackel. So bewegten sie sich ins Innere des Heiligtums. Als sie den mächtigen Felsendom erreicht hatten, bemerkten sie, daß der Sockel des Gottes im Trockenen stand.

Wo sonst hüfthohes Wasser zu durchqueren war, befand sich staubiger Sand. Dadurch wirkte die Chnum-Statue noch überragender als sonst. Unheimlich funkelten die Augen des schwarzen Widders im Widerschein der Fackel. Hatschepsut fiel auf die Knie: „Geht, laßt mich allein mit dem Gott“, befahl sie.

Der Fackelträger steckte sein Licht in den Sand, dann verließen die Priester ihre Königin. Hatschepsut blickte auf zu dem Gott und sprach mit ihm: „Chnum, du guter Freund meines Vaters Amun. Was ist geschehen? Warum schickst du die segensreichen Fluten nicht nach Tameri? Was haben wir getan, daß du so zornig bist?“

Unbeweglich und starr blickten die Augen des Widders auf sie herab. Die unruhig brennende Fackel ließ den Gott seltsam lebendig erscheinen. Die hüpfenden Schatten an den Wänden der riesigen Grotte machten Hatschepsut mutlos. Sie meinte, den Unmut und Zorn des Gottes zu spüren. Die Fackel war fast niedergebrannt, als die Priester erschienen. Harsch fuhr die Königin sie an und schickte sie wieder fort. Die Fackel erlosch. Die Dunkelheit war nun vollkommen. Die Wirklichkeit verschwamm.

Plötzlich hatte die Königin das Gefühl, als ob die mächtige Domkuppel auf sie herabstürzte und sie in grenzenlose Tiefen zu fallen drohte. Ihr Puls raste, und sie spürte Todesangst. Sie meinte, sich weder in dieser Welt noch im Amduat zu befinden. Sie schwebte im Nichts. Hatschepsut wollte sich von diesem hoffnungslosen Zustand befreien. Sie litt Qualen und klammerte sich an den Sockel Chnums. Tränen der Verzweiflung rannen über ihr abgehärmtes Gesicht.

Mit einem Mal dehnte sich der Raum. Hatschepsut gewahrte in unendlicher Ferne jenseits alles Vergänglichen, eine herrliche, männliche Gestalt. Das Antlitz dieser wunderbaren Erscheinung erstrahlte, und im blendenden Licht breitete sie die Arme aus. Das Herz der Königin beruhigte sich, als sie die große Liebe spürte, die von dieser magischen Gestalt ausging. Hatschepsut erkannte ihren himmlischen Vater Amun. Sie wußte, er würde sie von allem Leid befreien.

Unendlicher Friede legte sich auf Makarê, denn sie ahnte, daß der Götterkönig Tameri erlösen würde. Völlig ohne Angst verließ sie ihre körperliche Hülle und schritt beschwingt auf ihren Vater Amun zu, der sie in die Arme nahm und auf die Nase küßte. Sie empfand grenzenloses Glück.

„Bleib bei mir, meine Tochter", hörte sie ihn sagen.

Menkheperrê war, nachdem er beim Vizekönig notwendige Arbeiten erledigt hatte, voller Unruhe der Königin nachgefahren. Der Regent stieg in höchster Eile die Stufen zum Heiligtum hinauf.

„Ihr könnt doch die Königin nicht allein lassen", herrschte Thutmosis die Chnum-Priester an, als er die Anhöhe vor der Höhle erreicht hatte. Er riß einem der Männer eine Fackel aus der Hand und stürmte ins Innere der Felseninsel. Am Sockel Chnums angelangt, bemerkte er die am Boden liegende leblose Gestalt. Hatschepsut!

Sein in den Kriegszügen geübter Blick verriet ihm sofort, daß die Königin tot war. Unendlich traurig nahm er ihr Gesicht in beide Hände und erkannte die gelösten Züge. Das größte Wunder aber nahm er wahr, als er das Wasser erblickte, das in feinen Rinnsalen unter Hatschepsuts Körper hervorquoll. Der Felsendom Chnums füllte sich allmählich mit dem köstlichen Naß, auf das alle Lebewesen Tameris so sehnsüchtig gewartet hatten. Da begriff er, daß sie in Frieden von der Welt gegangen war.

Gerührt hob Thutmosis Ägyptens Königin auf und trug sie vorsichtig, damit der Talg der Fackel nicht auf ihr Gesicht tropfte, ans Tageslicht. Schon beim Verlassen der Höhle vernahm der junge Pharao das verheißungsvolle Tosen des Katarakts. „Wasser ...", rief er mit der toten Hatschepsut in den Armen, „Tameri wird nicht sterben!"

Die Chnum-Priester warfen sich zu Boden. Menkheperrês Stimme hatte geklungen wie der heisere Schrei eines jagenden Falken.

XXII

Längst war Ägyptens Königin in ihrem Felsengrab bestattet, als ein einsamer, alter Mann das Tal der Meret Seger betrat. Auf seinem Rücken trug er einige Steinmetzwerkzeuge. Langsam war sein Gang, die Last des Alters drückte ihn, und er atmete schwer. Am Eingang zu Hatschepsuts Grab bemerkte er einen quadratischen Steinblock und nickte. „Guter Thot, du hast mir den Wunsch erfüllt", sagte er halblaut und war von ganzem Herzen dankbar.

Tagelang hörte man ein monotones Klopfen im Tal. Keine Menschenseele störte den alten Mann bei seiner Arbeit.

Als sein Werk vollendet war, drückte er schwer keuchend eine wundervoll behauene Platte in eine exakt passende Öffnung, die sich in der Wand am Eingang des Grabes befand. Still betrachtete er sein Werk. Er war zufrieden.

Leise sprach er die Sätze nach, die er in mühseliger Arbeit in Stein gemeißelt hatte:

Mein Herz, geliebter Amun, ist gebrochen,
das Leben flog wie im Traum vorbei.
Ich hielt, was der Maat war versprochen:
Tameri ist stark, vereint und frei.
Mein Ka lebt hier bei Merets Hügel
im Felsengrab in sichrer Ruh.
Es schwebt mit Horus' starkem Flügel
mein Ba zu dir, dem Vater zu.

Epilog

Zum Zeitpunkt des Todes der Königin befand sich Tameri in großer Gefahr. Unter der Führung des Fürsten der Stadt Kadesch am Orontes in Nordsyrien erhoben sich zahlreiche Stadtstaaten, um die ägyptische Oberherrschaft abzuschütteln. Geschürt wurden diese Aufstände von dem Mitanniherrscher Suttarna, der jetzt den Zeitpunkt gekommen sah, seine aufstrebenden Großmachtgelüste zu befriedigen.

Zwei Monate nach dem Antritt seiner Alleinregierung brach der junge König mit seiner Streitmacht auf, um der Herausforderung seiner Feinde zu begegnen. Nach elf Tagen erreichte er das von ihm bereits eroberte Gedjet. Nur einen Tag dauerte der Aufenthalt mit der Bevorratung der Truppen.

Die Armee zog nun an der Küste Palästinas entlang bis zu der Stadt Yehem am südwestlichen Abhang des Karmelgebirges. Hier sandte Menkheperrê seine Kundschafter aus, um die Positionen seiner Feinde erspähen zu lassen. Sie kehrten bald zurück und berichteten dem König, daß der Gegner sich nicht weit entfernt bei der Festung Megiddo aufhielte und dort die ägyptische Armee zur Entscheidungsschlacht erwarte. Vor den Toren der reichen Stadtfestung befand sich die fruchtbare Ebene Esdralon, die das Herannahen eines Feindes schon von weitem erkennen ließ.

Von Yehem führten drei Wege nach Megiddo. Die beiden ungefährlichen Routen zur Festung führten in den Norden, jedoch waren hier die gegnerischen Truppen stationiert, und Menkheperrê wäre sofort in Kampfhandlungen verwickelt worden.

Der dritte und direkte Weg führte über den gefährlichen Aruna-Paß zum südlichen Teil Megiddos ins Tal des Kina-Baches. Der Paß war extrem schmal und ließ nur ein Durchkommen von Mann hinter Mann und Pferd hinter Pferd zu. Sofern die Syrer dieses Vorgehen bemerken würden, wäre durch den Beschuß aus den umliegenden Höhen das Todesurteil für die Tameri-Armee besiegelt.

Der junge König konnte nur mit äußerster Überzeugungskraft seine entsetzten Generale zu diesem tollkühnen Unternehmen bewegen. Seine Einschätzung sollte sich als richtig erweisen.

So gelangte er in den Rücken der Feinde und konnte mit einem Überraschungsangriff einen großen Sieg erringen. Die kühne Strategie des Herrschers, die vor keinem Wagnis zurückschreckte, entsprach dem Charakter Menkheperrês.

Das Strafgericht Thutmosis' des Dritten war milde. Er übte Gnade und gewährte den Besiegten freien Abzug. Seine Maßnahmen gegen die Bürger Megiddos bestanden darin, daß er einen Teil der Bewohner mitsamt ihrem Hab und Gut nach Ägypten führte, um sie dort seßhaft zu machen.

Jubelnde Freude empfing die siegreiche Armee in Tameri. Besonders gefeiert wurde jedoch der junge König, der mit starkem Arm die Bedrängnis von seinem Land genommen hatte.

Mit seinem ersten erfolgreichen Feldzug als alleiniger Herrscher legte der junge Pharao den Grundstein zum Bau eines Weltreiches.

Im Laufe seiner langen Regierungszeit führte Menkheperrê siebzehn siegreiche Feldzüge durch. Die militärischen Leistungen des Königs, sein politischer Scharfblick und seine Fähigkeit zu sinnvoller Administration und Eingliederung der eroberten Gebiete sicherten Ägyptens Vormachtstellung unter den Völkern. Unter Thutmosis' Herrschaft blühte Tameri auf. Er verstand es, die Macht seines Landes in einem Maße zu vergrößern, wie es keinem seiner Vorgänger gelungen war. Man nannte ihn noch nach Jahrhunderten: Thutmosis den Großen.

Als er nach 57 Regierungsjahren als hochbetagter Pharao zu Osiris wurde, nahm er seinen Platz in der Barke des Sonnengottes ein:

„Oh, mein Herr, der die unendliche Zeit durchläuft,
der da sein wird für immer;
Osiris, Erster der Westlichen,
der gerechtfertigte Gott,
Herr der Ewigkeit, Herrscher der Unendlichkeit.
Die Seienden, sie sind bei dir,
Götter wie Menschen.
Du bereitest ihre Stätte im Totenreich,
zu deinem Ka flehen sie.
Die da kommen zu Millionen über Millionen –
am Ende steht das Anlanden bei dir.
Die im Mutterleib haben ihr Gesicht schon auf dich gerichtet –
es gibt kein Verweilen in Tameri.
Ob man stromauf oder stromab fährt im Verlauf der Lebenszeit –
Morgen für Morgen ist deine Majestät da als Rê,
und alles, was ist und noch nicht ist, folgt dir."

(Hymne an Osiris – Totenbuch Neues Reich)

Glossar

Abdju/Abydos, heilige Stadt des Osiris im nördlichen Oberägypten
Adj-Mer, Nilmesser, hauptsächlich in Ta-Seti (Assuan)
Ahkeperkarê, Thutmosis I., Vater der Hatschepsut
Ahmose, erster Pharao der 18. Dynastie, Pharaoname Nebpechtirê
Ahotep I., Fürstin und Widerstandskämpferin
Ahotep II., Königin und Gattin des Djeserkarê
Alashia, das heutige Cypern, in dynastischer Zeit großer Weinlieferant Ägyptens
Aleppo, Stadt in Nordsyrien
Amenophis I., zweiter König der 18. Dynastie, Pharaoname Djeserkarê
Amun, Götterkönig im Neuen Reich, höchste religiöse Instanz
Ankh, das Lebenskreuz, Symbol für Leben und Gesundheit
Annu, siehe Duat/Amduat
Anubis, Nekropolengott, dargestellt als Schakal
Aphopis-Auserrê, Hyksoskönig während des Befreiungskampfes
Apiru, Volk im südlichen Palästina
Argo, Nilinsel in Obernubien zwischen dem dritten und vierten Katarakt
Arunapaß, enger Gebirgspaß bei Megiddo
Askut, Nilinsel in Obernubien zwischen dem zweiten und dritten Katarakt
Atefkrone, Krone ägyptischer Könige bei besonderen Anlässen
Auaris, Hauptstadt der Hyksos im Nildelta
Ba, die Seele des Menschen
Baki, Festung in Nubien zwischen dem ersten und zweiten Katarakt
Biene und *Binse*, Bezeichnung für Oberägypten (Biene) und Unterägyten (Binse)
Birket Habu, künstlicher Hafen der königlichen Residenz Malkatta
Buhen, größte Festungsanlage in Nubien
Buranun, alte Bezeichnung für den Fluß Euphrat
Byblos, Hafenstadt des Libanon, größter Holzlieferant Ägyptens
Chaêf-Rê, Chefren, Pharao der vierten Dynastie und Pyramidenbauer
Chakaura, Pharaoname von Sesostris III., Mittleres Reich
Chamsin, Sandsturm mit verheerender Wirkung
Chamudi, letzter Hyksoskönig vor deren Vertreibung
Chasechemui, Pharao der zweiten Dynastie
Chat, Kopfbedeckung ägyptischer Könige
Cheni, Sandsteinbrüche im südlichen Oberägypten und Felskapellen
Chepresch, Kriegskrone ägyptischer Könige
Cheta Mefkat, Trockental im Sinai mit großen Türkisvorkommen
Chmun, Tempelstadt in Mittelägypten
Chnum, Schöpfergott, Schutzherr des 1. Katarakts
Chnumhotep, Seefahrer unter dem Pharao Neferkarê, der Punt bereiste
Chnum-Chmunu, Stadt des Weisheitsgottes Thot
Chnum-Chufu, *Cheops*, Pharao der vierten Dynastie und Pyramidenbauer
Dabnarti, Festung in Obernubien
Das Große Grün, in dynastischer Zeit Bezeichnung für das Mittelmeer

Deschret, Königskrone Unterägyptens
Djahi, altägyptisch für den Libanon und das nördliche Syrien
Djanet, auch San el-Hagar, Stadt im Nildelta, Gottheiten Mut und Chons
Djeba, Hauptstadt des 2. oberägyptischen Gaues (Edfu), siehe Mesen
Djerti, Tempelstadt des Month im südlichen Oberägypten
Djeser djeseru, Tempel der Hatschepsut für den Göttervater Amun
Djeserkarê, Amenophis I., zweiter König der 18. Dynastie
Dollerit, extrem harter Stein, zur Bearbeitung der Obelisken
Duamutef, Sohn des Horus, auf der Kanope mit Schakalkopf abgebildet
Duat/Amduat, Pfortenbuch, das schöne Reich nach der Fahrt durch die Unterwelt
Faijum, Seeoase westlich des Niltals, Blütezeit in der zwölften Dynastie
Farras, Tempelstadt in Obernubien mit Felsenkapelle für Hathor
Gedjet, altägyptisch für Gaza in Südpalästina
Gisah, Pyramidenstadt Gizeh bei Kairo
Gubla, Hafenstadt in Palästina
Hapi, altägyptisch für Nil
Hathor, Göttin der Schönheit, auch Himmelsgöttin
Hatnub, Alabastersteinbrüche in Oberägypten
Heb-Set, Fest zur Erneuerung der Kräfte des Königs
Hebenu, Stadt im südlichen Oberägypten mit Felsengräbern
Hebit, Stadt der Gottheit Anubis
Hedschet, Königskrone Oberägytens
Hefat, Stadt im südlichen Oberägypten mit Felsengräbern
Henket, altägyptisch für Bier
Henna, rote Kosmetikfarbe zum Bemalen von Handinnenflächen und Fußsohlen
Heqa Chasut, Hyksos, Eroberer Ägyptens
Horus, Sohn von Isis und Osiris, leibhaftige Verkörperung der Pharaonen
Hypostil, große Tempelsäule
Imset, Sohn des Horus, auf der Kanope mit dem Menschenkopf abgebildet
Intef, einer der Gründerväter des Mittleren Reiches
Ipu Chent, Stadt im nördlichen Oberägypten mit Felsenkapelle für den Gott Min
Isis, Gattin des Osiris, Schutzgöttin und Zauberin
Iunet, Stadt im nördlichen Oberägypten am Eingang des Taubentales
Iunu, Stadt in Oberägypten, Gottheiten Schu und Tefnut
Ka, Doppelgänger des Menschen, der ihn überallhin unsichtbar begleitet
Kadesch, Stadtfürstentum in Nordsyrien
Kamose, Widerstandsfürst gegen die Hyksos vor deren Ende
Kamutef, Gottheit in Theben, im Neuen Reich mit Amun und Rê verschmolzen
Kanope, Begräbniskrug zur Aufbewahrung der inneren Organe
Karnak, riesige Tempelanlage des Reichsgottes Amun bei Theben
Ka-Suut, Stadt der Jagdgöttin Neith
Kebechsenef, Sohn des Horus, auf der Kanope mit dem Falkenkopf abgebildet
Keftiu, das heutige Kreta
Kem/Kêmet, altägyptisch für das Reich der Pharaonen
Kerma, große Siedlung in Obernubien

Khet, altägyptisches Längenmaß (ca. 52,3 m)
Kinabach, Gewässer bei Megiddo, Schlacht des Thutmosis III.
Kinder des Kep, Kinder der Vornehmen, erzogen in der Schule der königlichen Residenz
Kohol, schwarze Farbe zur Betonung der Augenpartie, auch Sonnenschutz
Königselle, altägyptisches Längenmaß (ca. 52,3 cm)
Kor, Festung in Obernubien
Kurgus, Stadt nach dem vierten Katarakt, südlichstes Ende des Pharaonenreiches
Kusch, altägyptisch für Obernubien
Litani, Fluß im nördlichen Syrien
Maat, Die rechte Ordnung, oberste moralische Instanz, Göttin mit Feder
Malkatta, Residenz des Königs westlich von Theben
Mammisi, Geburtshütte mit natürlichen Materialien erbaut
Massaua, Hafenstadt am Ausgang des Roten Meeres
Medech, oberster Baumeister des Königs
Medjai, Polizeikräfte Ägyptens im Neuen Reich, rekrutiert aus Nubien
Megiddo, befestigte Stadt in Palästina mit der vorgelagerten Ebene Esdralon
Menes, vorgeschichtlicher König, Gründervater des Pharaonenreichs
Menkan Rê, Mykerinos, Pharao der 4. Dynastie
Mennefer, altägyptisch für Memphis nahe dem heutigen Kairo – Garnison –
Mentuhotep, Gründerkönig des Mittleren Reiches
Merit-Seger, Naturpyramide am Eingang zum Tal der Könige
Mer-Mesha, General und Oberbefehlshaber der ägyptischen Streitkräfte
Meroê, Stadt in Obernubien mit Palästen der kuschitischen Könige
Mersa Gawasis, altägyptische Hafenstadt am Roten Meer
Mesen, Stadt der Gottheit Horus, auch Djeba genannt
Miam, Verwaltungszentrum von Unternubien mit Festung
Min, ithyphallischer Fruchtbarkeitsgott, Schutzherr der Ostwüste
Mitanni, mesopotamisches Königreich, auch Naharina genannt
Month, falkenköpfiger Gott mit heiligem Bezirk in Karnak
Murschilisch, Mitannikönig, Gegner der Hyksos
Mut und *Chons*, Kinder des Göttervaters Amun
Mykenai, griechische Inselgruppe, der heutige Peloponnes
Naharina, siehe Mitanni
Naos, der innerste und heiligste Bezirk des Götterkönigs Amun
Napata, Residenzstadt der kuschitischen Könige
Nebpechtirê, Ahmose, Gründerkönig der 18. Dynastie
Nebra, kuschitischer König, dessen Aufstand niedergeschlagen wurde
Nechen, Hauptstadt des dritten oberägyptischen Gaues (Hierakonpolis)
Nechoschet, altägytisch für Zinn
Neferkarê, Pharao der achten Dynastie
Nefertari, Königin und Gattin des Nebpechtirê
Neith, Göttin mit gekreuzten Pfeilen in Ka-Suut
Nekropole, Gräberbezirk vornehmer Ägypter
Nephthys, Schwester der Isis, Schutzgottheit

Netjerichet-Djoser, Pharao der dritten Dynastie, erster Pyramidenbauer
Neun Bögen, Die Feindländer Ägyptens
Neunheit, Göttergremium in Theben und Abydos
Nimaatrê, Pharaoname von Amenemhet III., Mittleres Reich
Niuserrê, König der fünften Dynastie, Sonnenheiligtum bei Memphis
Njin, Stadt im mesopotamischen Raum, Elefantenjagd des Thutmosis I.
Nomarch, Gaufürst im Neuen Reich
Nubt, Stadt des Wüstengottes Seth
Nut, Himmelsgöttin, Gattin des Amun
Om, Stadt der Gottheiten Isis und Nephthys
Opetfest, Fruchtbarkeitsfest im Neuen Reich, Zug der Göttertriade
Orontes, Fluß bei Kadesch
Osiris, Gott des Vegetationsrhythmus, Herrscher der Unterwelt
Pektoral, wertvoller Halskragen vornehmer Ägypter, meist aus Gold
Pepinacht, oberägyptischer Fürst der sechsten Dynastie
Per-Ao, das Große Haus, der Herrscherpalast
Per Bastet, Stadt der Katzengöttin
Per Hathor, oberägyptische Stadt am Westufer des Nil (Gebelein)
Peribsen, Pharao der zweiten Dynastie
Pschent, Doppelkrone des Pharao, Hedschet und Deschret für die beiden Länder
Ptah, großer Schöpfergott von Memphis
Ptahhotep, großer Weisheitslehrer des Mittleren Reiches
Punt, sagenhaftes Weihrauchland, vermutlich am Horn von Afrika
Pylon, riesiges Eingangstor zum Tempel
Qis, Stadt in Mittelägypten mit bedeutenden Felsengräbern (6./12. Dynastie)
Rê, Sonnengott
Rê-Harachte, Gott der Morgensonne
Retenu, altägyptisch für Palästina und das südliche Syrien
Rômet, altägyptisch für das Volk der Ägypter
Sachmet, löwenköpfige Kriegsgöttin
Sahurê, Pharao der fünften Dynastie
Sai, Inselstadt und Festung in Obernubien
Salitis, Hyksoskönig, Eroberer Ägyptens
Sanam, Zackengebirge bei Napata
Saqqara, riesige Nekropole bei Memphis mit Stufenpyramide des Djoser
Satet und *Anuket*, Flußgöttinnen des Nil, Töchter des Chnum
Schaduf, Schöpfgerät zum Bewässern der Felder und Gärten
Scharuhen, Stadt in Palästina, letzte Zuflucht der Hyksos
Schedet, Hauptstadt des Fajium, Tempel des Krokodilgottes Sobek
Seanchkarê, Pharao der elften Dynastie
Sehedu, altägyptisch Pyramide
Sehel, Insel am ersten Katarakt, Heiligtum des Nilgottes Chnum
Sehetepirê, Pharao der zwölften Dynastie (Amenemhet I.)
Sem-Imutef, Erster der Sem-Priester
Sem-Priester, hohe Priesterkaste im alten Ägypten

Serra, Stadt und Festung in Obernubien
Set-Maat, Siedlung der Nekropolenarbeiter im Tal der Könige
Set-Fest, siehe Heb Set
Seth, Gott des Chaos und der Wüsten, Bruder des Osiris
Seqenrê Tao I und *II*, thebanische Fürsten des Widerstands gegen die Hyksos
Sirius (Sothis), Fixstern, der am 17. Juni sichtbar wird (Ankündigung des neuen Jahres)
Sobek, Krokodilgott des Fajium
Taharka, nubischer König während der Hyksos-Fremdherrschaft
Tal Allaqui, große Goldvorkommen in Nubien
Tameri, altägyptisch für das Land der Pharaonen
Ta-Senet, Stadt in Oberägypten mit Chnum-Tempel
Ta-Seti, das heutige Elephantine bei Assuan
Tatji, Wesir, höchster Beamter des Pharao
Taweret, Nilpferdgöttin, Schutzherrin schwangerer Frauen
Techenu, altägyptisch für Pyramide
Tesup, Gottheit aus dem mesopotamischen Raum
Tetischerie, Stammutter der achtzehnten Dynastie, Widerstandskämpferin
Thera, alter Name für die Insel Santorin
Thot, Gott der Weisheit und der Schreiber
Tjehenu, altägyptisch für Obelisk
Tumbos, Stadt in Obernubien
Tunet, Stadt der Göttin Hathor
Tura, Kalksteinbrüche am Ostufer des Nil bei Memphis
Uronarti, Festungsinsel in Obernubien
Uschebti, Totenfiguren, die im Jenseits für den Verstorbenen arbeiteten
Uto und *Nechbet*, Kronengötter, die dem König Stärke und Unbesiegbarkeit verleihen
Wadjit, Schlangengöttin, ziert oft als Uräus die Kronen der Pharaonen
Waset, altägyptisch für Theben
Wawat, altägyptisch für Unternubien
Webpriester, niedrige Priesterkaste im Kult der ägytischen Götter
Wesech, siehe Pektoral
Yehem, Stadt in Palästina

Die drei Jahreszeiten im pharaonischen Ägypten

ACHET = die Zeit der Überschwemmung
15. Juni bis 15. Oktober

Thot	15. Juni bis 15. Juli
Paophi	15. Juli bis 15. Aug.
Athyr	15. Aug. bis 15. Sept.
Choyak	15. Sept. bis 15. Okt.

PERET = die Zeit der Saat
15. Oktober bis 15. Februar

Tybi	15. Okt. bis 15. Nov.
Mechir	15. Nov. bis 15. Dez.
Phamenat	15. Dez. bis 15. Jan.
Pharmuti	15. Jan. bis 15. Febr.

SCHEMU = die Zeit der Ernte
15. Februar bis 15. Juni

Pachons	15. Febr. bis 15. März
Payni	15. März bis 15. April
Ephiphi	15. April bis 15. Mai
Mesore	15. Mai bis 15. Juni

Ich bin den Sachbuchautoren für die Werke, die ich zu Rate gezogen habe, zu größter Dankbarkeit verpflichtet. Als Anfänger hätte ich ohne ihre Kompetenz die Geschichte der Hatschepsut nie schreiben können. Da die Liste lang wäre, seien hier stellvertretend nur die beiden wichtigsten Quellen genannt:
– Peter H. Schulze: Herrin beider Länder – Hatschepsut. Augsburg 1990;
– Angelika Tulhoff: Thutmosis III., München 1984.
Ebenfalls danke ich Monika Mai aus Bonn, die hingebungsvoll meinen Schreibstil verfeinerte und mich beim Durchsehen der Korrekturen unterstützte.
Auch bin ich allen, die geholfen haben, dieses Buch Realität werden zu lassen, sehr verbunden.